우리가 정말 알아야 할 동양고전

삼국지 6

펴낸곳 / (주)현암사
펴낸이 / 조근태
지은이 / 나관중
옮긴이 / 정원기
그린이 / 왕굉희 외 60명

주간 · 기획 / 형난옥
교정 · 교열 / 김성재
편집 진행 / 김영화 · 최일규
표지 디자인 / ph413
본문 디자인 / 정해욱
제작 / 조은미

초판 발행 / 2008년 10월 25일
등록일 / 1951년 12월 24일 · 10-126

주소 / 서울시 마포구 아현 2동 627-5 · 우편번호 121-862
전화 / 365-5051 · 팩스 / 313-2729
홈페이지 / www.hyeonamsa.com
E-mail / editor@hyeonamsa.com

글 ⓒ 정원기 · 2008
그림 ⓒ 현암사 · 2008

ISBN 978-89-323-1509-6 03820
ISBN 978-89-323-1515-7 (전10권)

정역삼국지

6

나관중 지음

정원기 옮김

왕굉희 외 60명 그림

현암사

천년 고전 『삼국지』를 옮기며

국내 번역 상황

천년이 넘는 조성 과정을 거쳐 14세기 후반에 완성된 『삼국지』는 6백 년이란 장구한 세월을 넘겼는데도 갈수록 독자들의 사랑을 더욱 끌어들이는 마력을 발휘하고 있다. 우리나라에는 조선 중기에 처음 소개된 이래로 필사본에서 구활자본에 이르기까지 현대어 번역 이전 판본이 이미 1백 종을 넘었다. 번역도 조선시대부터 완역과 부분 번역, 번안飜案(개작), 재창작 등 다양한 방식으로 진행되었으며 번역의 저본이 된 대상은 가정본·이탁오본·모종강본 등이었다. 그런데 현대어 번역이 시작되고부터는 모종강본 일색으로 통일되었다.

최근 인하대학교 한국학연구소에서 발표한 연구 결과에 의하면, 1920~2004년에 한국어로 출간된 완역본 『삼국지』가 모종강본毛宗崗本 계열의 중국본(즉 정역류正譯類)이 58종, 요시카와 에이지吉川英治 계열을 위주로 한 일본본(즉 번안된 일본판 중역류重譯類)이 59종, 국내 작가에 의한 독자적 재창작 및 평역(즉 번안류)이 27종으로 모두 144종이고, 거기다 축약본 86종까지 합치면 230종이나 된다고 한다. 뿐만 아니라 만화 극 장르(애니메이션·영화·드라마·대본·연극), 참고서 등으로 발전한 응용서까지 포함하면 무려 342종이 넘고, 그 가운데는 발행 부수가 수십 쇄를 넘기는 종류도 상당수 된다고 하니, 근·현대기 한국에서 간행된 그 어떤 소설도 경쟁을 불허한다고 하지 않을 수 없다.

그런데 여기서 한 가지 놀라운 사실은 이렇게 144종이 넘는 정역류, 번안류, 번안된 일본판 중역류 가운데 단 한 종도 중국문학 전공자가 체계적인 『삼국지』 학습을 통하여 성실하고 책임 있는 완역을 시도한 경우를 찾아볼 수 없다는 것이다.

지금까지 국내에 번역 출간된 기존 『삼국지』에 나타난 문제점을 살펴보면, 무엇보다 중대한 것은 '『삼국지』 자체에 대한 무지'이다. 요약하면 『삼국지』 판본에 대한 무지, 저본 선택에 대한 무지, 원작자에 대한 무지로 나눌 수 있다. 이러한 무지는 어느 누구의『삼국지』를 막론하고 종합적인 것으로, 그야말로 국내 기존 번역은 '『삼국지』의 근본에 대한 무지'에서 출발했다고 해도 과언이 아니다.

그 다음으로 중요한 문제는 '번역상의 오류'이다. 대별하면 저질 저본의 선택에서 비롯한 2차 오류, 원문을 한글로 옮기는 과정에서 발생한 3차 오류로 나눌 수가 있다. 이러한 오류도 거의 전반적인 현상으로 번역서의 대부분을 차지한다.

셋째 문제는 역자 자신이 원본을 마주하고 진지한 번역 작업을 수행한 것이 아니라 초창기의 부실한 번역을 토대로 기술적 변형 및 교묘한 가필과 윤색을 가한 경우나 아예 번안된 일어판을 재번역한 역본이 많다는 사실이다. 그러면서도 저마다 이구동성으로 '시중에 나도는 판본에 오류가 많아 자신이 원전을 방증할 만한 여러 책을 참고해서 완역했다'는 식이다. 이 때문에 수십 년 동안 동일 오류가 개선될 줄 모르고 답습되어 온 상황이다.

이러한 현상은 저명 문학가의 번역일수록 두드러지는 경향이 있는데, 그 자체가 내포한 엄청난 양의 오역으로 말미암아 재중 동포 작가가 단행본을 출간하여 신랄하게 비판하는 국제적 망신까지 당하는 일도 벌어졌다.

그러면 이와 같은 현상은 왜 일어나는 것일까? 이런 현상이 우리 풍토에서 고질적으로 반복되는 이유를 중문학자인 홍상훈 선생은 "기존『삼국지』번역이 중국 고전 소설에 대해 문외한에 가까운 이들에 의해 주도되었을 뿐만 아니라 상업성 높은 필자를 내세운 사이비 번역본이 국내 출판 시장을 주도하고 있기 때문"이라고 지적했다. 그렇다면 이렇게 사이비 번역이 판치는 우리 풍토에서『삼국지연의』의 실체를 올바로 소개해 줄 정역은 진정 나오기 어려운 것일까?

진정한 정역

이 책은 나관중羅貫中이 엮고 모종강毛宗崗이 개편한 작품을 선뻐쥔沈伯俊의 교리 과정을 거쳐 중국 고전문학을 전공한 역자가 책임 의식을 가지고 번역한『삼국지』다. 국내『삼국지』전래 사상 최초로 가장 확실한 저본을 통한 정역이라고 할 수 있다. 앞에서 살펴본 바와 같이 지금까지는 문명文名이나 광고에 현혹된『삼국지』시대로, 과장·변형·왜곡되거나 어딘가 결함을 가진『삼국지』가 독자를 오도해 왔다. 우리는 이제 중국의 실체를 있는 그대로 파악하기 위해서라도 '과장되거나 왜곡된『삼국지』' 읽기에서 과감히 벗어나야 한다. 다행히 지금은『삼국지연의』를 다시 연의한 작품에 대한 비평과 반성으로부터 시작된 정역 붐이 한창이다. 그러나『삼국지』정역이란 한문을 좀 안다고 되는 것이 아니며, 글재주만으로 되는 것도 아니다. 더욱이 명성이나 의욕만 앞세운다면 더욱 곤란하다. 널린 게『삼국지』, 손에 잡히는 게『삼국지』지만『삼국지』의 실체를 있는 그대로 보여 준『삼국지』는 없었다. 그야말로『삼국지』를 전공한 전문가가 없었기 때문이다. 그러면『삼국지』의 정체는 무엇인가?

나관중 원본의 변화 발전

전형적 세대 누적형 역사소설인『삼국지』는 크게 보아 세 차례의 집대성을 거친 작품이다. 첫 번째는 나관중 원본이다. 14세기 후반인 원말 명초元末明初에 나관중은 천 년이 넘는 세월을 거치며 다양한 형태의 민간 예술로 변화 발전해 오던『삼국지』이야기를 중국 최초의 완성된 장편 연의소설演義小說로 집대성하기에 이른다. 그런데 육필 원고로 된 이 나관중 원본은 종적이 사라지고 수많은 필사본으로 전해지며 변화 발전해 오다가 150년 정도의 세월이 흐른 명대明代 가정嘉靖 임오년壬午年(1522년)에 최초의 목각 인쇄본으로 출간되기에 이른다. 이것이 이른바 가정본嘉靖本(일명 홍치본弘治本)으로, 두 번째의 집대성이다. 그 후 다시 1백 수십 년의 세월 동안 유례없는 출판 호황기를 거치며 '가정본' 및 '지전본志傳本' 계열로 분화되어 발전을 거듭해 오다가 17세기 후반 청대淸代 초기에 모종강에 의해 다시 한 번 집대성되기에 이른다. 이것이 바로 모종강본으로, 세 번째의 집대성이다.

가정본과 모종강본 사이인 명대 만력萬曆·천계天啓 연간에는 출판 경쟁이 치열하게 벌어져 여러 출판사에서 각기 총력을 다 해 다양한 종류의『삼국지』를 시장에 내놓았다. 당시 유행한 판본이 지금도 30여 종이나 남아 있다. 그러나 모종강본이 한 번 세상에 나오자 가정본은 물론 그 이후에 나타난 수많은 종류의 판본은 모두 경쟁력을 상실하고 말았다. 모종강본이 독서 시장을 장악하게 된 것이다. 모종강본은 그 이후로『삼국지』의 대명사가 되어 3백 년이 흐른 오늘날까지도 베스트셀러의 자리를 유지하고 있다. 따라서 지금 우리가 읽고 있는 144종이 넘는 국내『삼국지』는 예외 없이 모두 모종강본을 모태로 한 것이다. 그런데 대부분의 번역자는 나관중 이름만 내세우고 모종강 이름은 언급조차 하지 않고 있다. 게다가 일부 번역가는 가정본을 나관중의 원작으로 오인하고 있을 뿐만 아니라 가정본을 모종강본보다 우수한 작품이라 억단하는 경우도 있다. 그러나 사실상 나관중의 손으로 편집된 원본은 찾을 길이 없고, 찾는다고 해보아야 형편없이 얇고 볼품없는 육필 원고에 불과할 따름

이다. 왜냐하면 나관중『삼국지』는 원본 형태를 유지하며 정체하고 있었던 게 아니라 모종강본 출현 이전 3백 년이란 세월 동안 부단히 진화되어 왔기 때문이다.

모종강본의 특징과 가치

모종강은 자字가 서시序始이고 호號는 혈암孑庵으로, 명나라 숭정崇禎 5년(1632년)에 출생하여 80세 가까이 살았다. 그는 눈 먼 부친(모륜毛綸)의 『삼국지』 평점評點 작업을 도우며 『삼국지』 공부를 시작하여 마침내 『삼국지』를 개작하기에 이르렀다. 첫 작업은 부친이 생존한 청나라 강희康熙 5년(1666년) 이전에 이루어졌다. 그러나 경제적인 이유로 출판하지 못하자 부친이 세상을 떠난 후에도 쉼 없는 원고 수정 작업을 계속하다 마침내 강희 18년(1679년)에 정식 출판을 하게 되었다. 이것이 바로 '취경당본醉耕堂本'인데, 모종강의 육필 원고를 출간한 최초의 목판본으로 간주된다. 취경당본이 나온 이후로 모종강본은 다시 필사본·목각본·석인본石印本·연鉛 활자본 형태로 널리 전파되면서 각기 조금씩 다른 판본이 수십 종 이상으로 늘어났다. 학계에서 표현하는 청대 판본 70여 종 대다수는 바로 모종강본인 셈이다.

　모종강본은 장기간에 걸쳐 여러 차례 출판되면서 책 이름도 몇 차례나 바뀌었다. 명칭의 변화를 시간 순서로 나열하면 사대기서제일종四大奇書第一種→제일재자서第一才子書→관화당제일재자서貫華堂第一才子書→수상김비제일재자서綉像金批第一才子書→삼국지연의三國志演義→삼국연의三國演義가 된다. 여기서 사대기서제일종(일명 고본삼국지사대기서제일종古本三國志四大奇書第一種)이 바로 모종강본『삼국지』의 본래 명칭이다. 이것은 강희 18년에 간행된 취경당본의 명칭인데, 여기에는 김성탄의 서문序文이 아닌 이어李漁(이립옹李笠翁)의 서문이 실려 있다. 조선 숙종肅宗 연간에 유입되어 1700년을 전후로 국내에 널리 간행된 판본은 바로 모종강의 제3세대 판본에 속하는 관화당제일재자서 종류이다.

　모종강본의 특징은 '어떻게 『삼국지』를 읽어야 하는가'(별책 부록에 수록)에서 잘 나타난다. 모종강은 '어떻게 『삼국지』를 읽어야 하는가'를 통해 작가로서의 역사관과 가치관을 드러냄은 물론『삼국지』의 문체와 서사 기법까지 상세히 분석했다. 즉

『삼국지』가 사대 기서 중에서도 첫 자리에 위치해야 할 당위성이나, 가정본에서는 피상적 서술에 불과하던 '정통론'과 '존유폄조尊劉貶曹'도 확실한 작가적 의도로 논리 정연한 사상적 체계를 이루었다. 그의 개편 작업은 앞서 나온 '이탁오본李卓吾本'에 대한 불만에서 출발했다. 협비夾批와 총평을 가하는 데서부터 시작하여 문체를 다듬고, 줄거리마다 적절한 첨삭을 가하며, 각 회목을 정돈하고, 논찬論贊이나 비문碑文 등을 삭제하며, 저질 시가를 유명 시인의 시가로 대체함으로써 문장의 합리성, 인물 성격의 통일성, 등장인물의 생동감, 스토리의 흥미도를 대폭 증가시켰다. 이에 과거 3백 년 간 내려오던 『삼국지』의 면모를 일신하고 종합적인 예술적 가치를 한 차원 제고시킴으로써 마침내 최종 집대성을 이루기에 이른다. 따라서 모종강본은 실질적인 면에서 과거 유통된 모든 『삼국지연의』의 최종 결정판이며, 개편자인 모종강 역시 『삼국지연의』 창작에 직접 참여한 작가임을 부정할 수 없다.

왜 교리본인가?

그런데 『삼국지연의』 원문 중에는 역사소설로서 갖추어야 할 기본적 사실에 위배되는 결함이 적지 않았다. 이 결함은 기술적인 면에서 발생한 문제이므로 '기술적 착오'라고 할 수 있다. '기술적 착오'는 작가의 창작 의도는 물론 작품상의 허구나 서사 기법과는 전혀 상관없이 발생한 것들로, 그 원인은 작가의 능력 한계나 집필상의 오류, 필사나 간행 과정에서 생긴 오류 등으로 나눌 수 있다. 이러한 오류들은 최종 결정판인 모종강본에 이르러 일정 부분 삭제되거나 수정되었다. 하지만 그 중 대부분은 그대로 답습되며 사안에 따라 모종강본 자체에서 새로 발생시킨 오류도 적지 않다.

선뿨쥔의 '교리본'은 바로 이러한 '기술적 착오'를 교정 정리한 판본이다. 여기서 '교리校理'란 '교감 및 교정 정리'를 줄인 말인데, 이 교리본은 26년 간 『삼국지연의』 연구에만 몰두해 온 선뿨쥔 선생의 노작勞作이다. 선 선생은 『교리본 삼국지연의』 작업을 진행하면서 취경당본 『사대기서제일종』을 저본으로, 선성당본善成堂本과 대도당본大道堂本 『제일재자서』를 보조본으로 삼고, 가정본과 지전본 류는 물론 관련 사서史書나 전적을 광범위하게 참고했다. 장기간에 걸친 교리 작업이 완성되자 중국 저명 학자인 츠언랴오陳遼, 주이쉬앤朱一玄, 치우전성丘振聲 선생들로부터 '심본沈本 삼국지연의', '삼국지연의 판본사상 새로운 이정표', '모종강 이후 최고의 판본'이란 격찬을 받았다. 따라서 본 번역의 범위는 기술적 착오 부분까지 포함하였다. 이는 타쓰마시 요우스케立間祥介 교수의 일어판 및 모스 로버츠Moss Roberts 교수의 영문판에서도 손대지 못한 작업이다.

　모종강본을 교정 정리한 것으로 선뻬쿤의 '교리본' 이전에도 인민문학출판사人民文學出版社의 '정리본整理本'과 사천문예출판사四川文藝出版社의 '신교주본新校注本'이 있다. 하지만 이들의 작업은 전면적이고 지속적이지 못했고, 여러 이유로 일정 한계를 넘어서지 못한 채 중단되고 말았다. 따라서 이들의 '기술적인 착오' 정리는 선뻬쿤의 교리본에서 완성한 숫자에 비하면 그 10분의 1 정도에 불과하다.

준비 작업까지 치면 8년이란 세월이 지났고, 본격적으로 투자한 시간만 해도 5년이나 된다. 더욱이 최종 3년은 거의 모두 이 작업에 몰두한 시간이라 해도 과언이 아니다. 뿐만 아니라 지금까지 출간된『최근 삼국지연의 연구 동향』→『삼국지평화』→『설창사화 화관색전』→『여인 삼국지』→『삼국지 사전』→『다르게 읽는 삼국지 이야기』→『삼국지 상식 백가지』→『삼국지 시가 감상』 등의 작업이 이번 정역을 귀결점으로 모두 하나의 고리로 연결되어 있다. 한마디로 말해 지난 10여 년 동안의『삼국지』관련 연구와 번역 작업은 모두 이번 정역을 탄생시키기 위한 기초 작업이었던 셈이다. 동시에 그동안 나름대로 계획하고 실행해 온 일련의『삼국지』관련 프로젝트 역시 일단락을 보게 되었다.

　완벽한 번역이란 하나의 이상일지 모른다. 그러나 역자는 자신이 수행한 작업에 나름대로 자부심을 가진다. 왜냐하면 단순한 의욕이나 열정만으로 손을 댄 것이 아니라 충분한 사전 학습과 면밀한 기초 작업을 거치면서 이루어 낸 번역이기 때문이다. 따라서 근 1세기 동안이나 답습되어 온 왜곡과 과장과 오류로 점철된 사이비 번역의 공해를 걸어 내고 일반 독자에게는 원전 본래의 진미를, 연구나 재창작을 계획하는 전문가에게는 신뢰할 수 있는 한국어 텍스트를 제공할 수 있게 되기를 기대한다. 특히 원전의 1차적 오류까지 해소한 선뻬쿤의 '교리 일람표'를 별책 부록으로 발행하니, 기간된『삼국지 시가 감상』과 곧 개정증보판이 나올『삼국지 사전』 등과 연계한다면『삼국지』에 관한 이해를 한 차원 높이리라 생각한다.

2008년 10월
옮긴이 정원기

차례

주요 등장인물

유비
현덕

관우
운장

강유
백약

장비
익덕

제갈량
공명

황충
한승

조운
자룡

유선
공사

조조 맹덕

사마염 안세

손견 문대

여포 봉선

등애 사재

손책 백부

조비 자환

원소 본초

주유 공근

허저 중강

손권 중모

61

장강을 가로막고 아두를 빼앗다

조운은 강을 가로막아 아두를 빼앗고
손권은 글을 보내어 아만을 물리치다
趙雲截江奪阿斗 孫權遺書退老瞞

방통과 법정은 현덕에게 잔치 자리에서 유장을 죽이면 손바닥에 침뱉는 것처럼 쉽게 서천을 얻을 수 있다고 권했다. 그러나 현덕은 듣지 않았다.

"내가 처음 촉중으로 들어와 아직 백성들에게 은혜를 베풀지 못했고 신의도 서지 못했는데 결코 그런 짓을 할 수는 없소."

두 사람이 두 번 세 번 설득했으나 현덕은 한사코 따르지 않았다. 이튿날 현덕은 다시 유장과 성중에서 연회를 열었다. 피차 속마음을 시시콜콜 털어놓고 나자 정은 더욱 깊어졌다. 술이 거나하게 취할 즈음 방통이 법정과 상의하며 말했다.

"일이 이미 이 지경에 이르렀으니 주공의 처분만 따를 수는 없게 되었소."

즉시 위연을 불러 대청 위로 올라가 검무를 추다가 틈을 보아 유장을 죽이라고 일렀다. 위연이 검을 뽑아 들고 나서며 말했다.

"잔치 자리에 즐길 만한 오락이 없으니 제가 검무나 추어 놀아 보겠습니다."

방통은 즉시 무사들을 불러들여 대청 아래 늘어세우고 위연이 손을 쓰기만을 기다렸다. 유장의 장수들이 보니 위연이 연회석 앞에서 검무를 추는 데다 계단 아래 무사들은 칼자루에 손을 얹은 채 대청 위를 지켜보고 있는 게 아닌가? 이에 종사 장임張任 또한 검을 뽑아 들고 춤을 추며 말했다.

"검무에는 반드시 짝이 있어야 합니다. 원컨대 제가 위장군과 함께 추어 보겠습니다."

두 사람은 연회석 앞에서 마주 보고 춤을 추었다. 위연이 유봉에게 눈짓을 하자 유봉 또한 검을 뽑아 들고 춤을 도왔다. 그러자 유괴, 영포, 등현 등도 제각기 검을 뽑아 들고 나서며 말했다.

"저희들이 군무를 추어 웃음을 돋우어 보겠습니다."

깜짝 놀란 현덕은 급히 측근이 차고 있던 검을 뽑아 들고 자리에서 일어나며 소리쳤다.

"우리 형제가 만나 마음껏 술을 마시는 자리니 결코 의심이나 거리낌 따위는 없다. 더욱이 홍문회鴻門會도 아니거늘 검무가 무슨 소용이 있단 말이냐? 검을 버리지 않는 자는 당장 목을 치겠다!"

유장도 꾸짖었다.

"형과 아우가 모인 자리에 어찌 칼을 지닌단 말이냐?"

정보홍 그림

제61회 1491

그러고는 호위하는 자들에게 모조리 차고 있던 검을 풀게 했다. 사람들은 대청 아래로 우르르 내려갔다. 현덕은 장수들을 대청 위로 불러올려 술을 내리면서 말했다.

"우리 형제는 한 조상의 피와 뼈를 나눈 사이로 함께 대사를 의논할 뿐 조금도 다른 마음이라곤 없소. 그대들은 의심하지 마시오."

장수들이 모두 절하며 감사했다. 유장은 현덕의 손을 잡고 눈물을 흘렸다.

"우리 형님의 은혜를 맹세코 잊지 않겠습니다!"

두 사람은 저물녘까지 술을 마시다가 헤어졌다. 영채로 돌아온 현덕은 방통을 나무랐다.

"공들은 어찌하여 이 비를 불의에 빠뜨리려 하오? 이후로는 결단코 그런 일일랑 하지 마시오."

방통은 한숨을 쉬면서 물러났다.

한편 유장도 영채로 돌아가자 유괴를 비롯한 부하들이 말했다.

"주공께서는 오늘 연회석에서의 광경을 보셨지요? 후환이 생기기 전에 속히 돌아가시는 게 좋겠습니다."

그러나 유장은 느긋했다.

"우리 형님 유현덕을 다른 사람과 비교하지 마시오."

장수들이 말했다.

"비록 현덕에게는 그런 마음이 없겠지만 그의 수하들은 죄다 서천을 삼켜 부귀를 도모하려 하고 있습니다."

"그대들은 우리 형제의 정을 이간하지 마시오."

유장은 끝내 부하들의 말을 듣지 않고 날마다 현덕과 더불어 즐겁게 이야기를 나누었다. 바로 이러한 때였다. 별안간 장로가 군마를 정돈하여 가맹관葭萌關을 침범하려 한다는 보고가 들어왔다. 유장은 곧 현덕에게 가맹관으로 가서 그들을 막아 달라고 청했다. 현덕은 흔쾌히 응낙하고 그날로 수하 군사들을 이끌고 가맹관으로 떠났다. 유장 수하의 장수들은 유장에게 각지의 관이나 요충지에 대장들을 보내 단단히 지키게 하라고 권했다. 이로써 현덕이 일으킬 군사적 변란을 방비하라는 것이었다. 처음에는 그 말을 듣지 않던 유장도 여러 사람이 하도 권하는 바람에 마침내 백수 도독白水都督 양회楊懷와 고패高沛에게 명하여 부수관涪水關을 지키도록 했다. 그리고 자신은 성도로 돌아갔다. 현덕은 가맹관에 이르자 군사들을 엄히 단속하고 널리 은혜를 베풀어 민심을 모았다.

어느새 첩자가 동오로 들어가 이 사실을 보고했다. 오후 손권은 문관과 무장들을 모아 의논을 했다. 고옹이 나서서 계책을 드렸다.

"유비는 군사를 나누어 험한 산길을 거쳐 멀리 갔으니 쉽게 돌아오지 못할 것입니다. 그러니 먼저 한 떼의 군사를 보내어 삼협三峽 입구를 막아 그의 돌아갈 길을 끊어 놓고 동오의 군사를 모조리 일으켜 치면 한번 북을 울려서 형양을 함락시키지 않겠습니까? 이는 놓쳐서는 안 될 기회입니다."

손권이 감탄했다.

"그 계책이 참으로 묘하구려!"

한참 그 일을 상의하고 있는데 갑자기 병풍 뒤에서 한 사람이 큰소리로 호통을 치며 나타났다.

"그 계책을 드린 놈은 목을 잘라야 하느니라. 내 딸의 목숨을 해

---

*삼협 | 사천성과 호북성 경계인 장강 중류의 세 협곡. 무협巫峽, 구당협瞿塘峽, 서릉협西陵峽.

치려는 게 아니냐?"

모두들 놀라서 쳐다보니 바로 오국태였다. 오국태는 노한 음성으로 소리쳤다.

"내 하나뿐인 외동딸을 유비에게 시집보냈다. 이제 군사를 움직인다면 내 딸의 목숨은 어떻게 된단 말이냐?"

그러고는 손권을 꾸짖었다.

"너는 아비와 형의 기업을 차지하여 앉아서 81주를 거느렸으면서도 만족을 모르고 작은 이익에 연연하여 혈육은 생각지도 않는단 말이냐?"

손권은 어쩔 줄 몰라 연거푸 "네, 네"만 했다.

"어머님의 가르침을 어찌 감히 어기겠습니까?"

그러고는 관원들을 꾸짖어 물리쳤다. 오국태는 연거푸 한탄하며 안으로 들어갔다. 손권은 창가에 서서 혼자 생각했다.

'이 기회를 잃고 나면 어느 날에 형양을 얻을 수 있단 말인가?'

말없이 생각에 잠겨 있는데 문득 장소가 들어와서 물었다.

"주공께서는 무엇을 근심하고 망설이십니까?"

손권이 대답했다.

"좀 전에 있었던 일을 생각하고 있소."

장소가 계책을 내놓았다.

"이는 지극히 쉬운 일입니다. 지금 믿을 수 있는 장수 한 사람에게 군사 5백 명을 딸려 형주로 잠입케 하십시오. 군주께 밀서를 전하여 국태께서 병이 위중하셔서 따님을 보고 싶어 하신다고 말하고 밤을 도와 동오로 모셔 오는 겁니다. 현덕은 평생 아들 하나를 얻었는데 그 아들도 함께 데려오게 하십시오. 그러면 현덕은 필시 형주와 아두를 바꾸자고 할 것입니다. 만약 그러지 않더라도 그때는 마음대로 군사를 움직이더라도 거리낄 일이 뭐 있겠습니까?"

손권이 찬성했다.

"그거 참 묘한 계책이구려! 주선周善이라는 사람이 있는데 담력이 매우 크오. 어릴 적부터 우리 집에 드나들면서 형님을 많이 따르던 사람이오. 그를 보내면 되겠소."

장소가 당부했다.

"절대 일이 누설되어서는 안 됩니다. 지금 즉시 보내시지요."

이에 주선을 비밀리에 보내는데 군사 5백 명을 장사꾼으로 꾸며서 배 다섯 척에 나누어 타게 했다. 기찰 당할 경우를 대비하여 가짜 국서國書 한 통을 준비하고 배 안에는 무기를 감추어 놓았다. 명을 받든 주선은 물길로 형주로 갔다. 강변에 배를 정박하고 형주로 들어간 주선은 문 지키는 관리를 시켜 손부인에게 알리도록 했다. 손부인의 명을 받고 들어간 주선은 밀서를 받들어 올렸다. 오국태의 병세가 위중하다는 사연을 읽은 부인은 눈물을 뿌리며 상황을 물었다. 주선은 절을 올리며 호소했다.

"국태께서는 병환이 대단히 위중하셔서 아침저녁으로 오직 부인만 그리워하고 계십니다. 지체하시면 생전에 만나 뵙지 못할 수도 있을 것입니다. 그리고 국태께서는 아두도 데려와서 한번 보여 달라고 하셨습니다."

손부인은 선뜻 결단을 내리지 못했다.

"황숙께서 군사를 거느리고 멀리 나가셨으니 내가 지금 돌아가려면 반드시 먼저 사람을 보내 군사께 알리고 떠나야 한다."

주선이 물었다.

"만일 군사께서 반드시 황숙께 알려서 돌아가라는 명령을 받은 후에야 배를 탈 수 있다고 하시면 어떻게 하시렵니까?"

손부인은 걱정이 되었다.

"알리지 않고 떠나면 못 가게 막지나 않을까 걱정이구나."

주선이 다그쳤다.

"장강에 이미 타고 가실 배를 준비해 놓았습니다. 청컨대 부인께서는 지금 바로 수레에 오르시어 성을 빠져나가소서."

모친의 병이 위급하다는 말을 들은 손부인이 어찌 당황하지 않을 수 있을 것인가? 그녀는 즉시 일곱 살 난 아두를 수레에 태웠다. 수행원 30여 명에게 각기 칼과 검을 차고 따르게 하고 말에 올랐다. 형주성을 떠나 배를 타러 강변으로 갔다. 부중의 사람들이 공명에게 보고하려 할 즈음에는 손부인은 이미 사두진沙頭鎮에 당도하여 배에 타고 있었다.

주선이 막 배를 출발시키려고 할 때였다. 강기슭에서 누군가 크게 외치는 소리가 들렸다.

"잠시 배를 출발시키지 마시오! 부인을 전송토록 해주시오!"

사람들이 보니 바로 조운이었다. 조운은 순찰하러 나갔다가 돌아오는 길에 이 소식을 듣고 소스라치게 놀랐다. 그래서 기병 너덧 명만 거느리고 회오리바람처럼 강변을 따라 쫓아온 것이었다. 주선이 손에 기다란 과戈를 들고 큰소리로 호통을 쳤다.

"네가 누구이기에 감히 주모主母(주인의 부인)께서 가시는 길을 막느냐?"

군사들을 꾸짖어 일제히 배를 출발시키는 한편 각자 병기를 꺼내와서 배 위에 배치하게 했다. 마침 순풍이 불고 물살도 급했다. 배들은 모두 급류를 타고 쏜살같이 떠났다. 조운은 강변을 따라 뒤쫓아 가며 소리쳤다.

"부인께서는 마음대로 가셔도 됩니다. 단지 한마디 드릴 말씀이 있을 뿐입니다!"

주선은 거들떠보지도 않고 배를 재촉하여 신속하게 미끄러져 나갈 뿐이었다. 강변을 따라 10여 리나 쫓아가던 조운은 강여울에 비스듬히 매어 놓은 어선 한 척을 발견했다. 조운은 말을 버리고 창을 잡은 채 어선으로 뛰어올랐다. 사공과 함께 단 둘이서 힘껏 노를 저어 부인이 타고 있는 큰 배를 향하여 뒤쫓아 갔다. 주선은 군사들에게 활을 쏘게 했다. 그러나 조운이 창으로 쳐버리자 화살들은 어지러이 강물로 떨어졌다. 큰 배와의 거리가 불과 열 자 남짓 좁혀지자 동오의 군사들이 창을 마구 내질렀다. 조운은 작은 배 위에 창을 버리고 허리에 찬 청강검을 뽑아 들더니 푹푹 찔러 대는 창끝을 칼로 헤치고 동오의 배로 몸을 솟구쳤다. 어느새 조운이 큰 배로 올라서자 동오의 군사들은 모조리 놀라 자빠졌다. 조운이 선창 안으로 들어서자 아두를 품에 안고 있던 손부인이 호통을 쳤다.

"무슨 까닭으로 이리 무례하게 구시오?"

조운은 검을 칼집에 꽂고 나서 인사를 하고 물었다.

"주모께서는 어디로 가십니까? 무슨 까닭으로 군사께는 알리지 않으셨습니까?"

손부인이 대답했다.

"우리 어머님의 병환이 위독하시다는 바람에 알릴 겨를이 없었소."

조운이 다시 물었다.

"주모께서 병문안을 가신다면 무엇 때문에 어린 주인까지 데리고

대굉해 그림

가시는 겁니까?”

손부인이 변명했다.

“아두는 내 아들이오. 형주에 남겨 두면 돌볼 사람이 없지 않소?”

“주모께서 틀리셨습니다. 주인께서는 평생에 일점의 혈육밖에 두지 못하셨고 그나마 소장이 당양 장판파의 백만 대군 속에서 구해 냈는데 오늘 부인께서 안고 가시다니 이게 무슨 도리란 말입니까?”

이 말에 손부인이 화를 냈다.

“막하의 일개 무부武夫에 지나지 않는 네가 어찌 감히 나의 집안일을 간섭하려 드느냐?”

하지만 조운은 단호했다.

“부인께선 가시려면 가십시오. 그러나 어린 주인만큼은 남겨 두십시오.”

손부인이 호통을 쳤다.

“네가 중도에서 배로 뛰어들었으니 필시 모반할 뜻이 있으렷다!”

그래도 조운은 물러서지 않았다.

“만약 어린 주인을 남겨 두지 않으신다면 만 번 죽는 한이 있더라도 부인을 놓아 드리지 못하겠습니다.”

손부인은 시비侍婢들에게 앞으로 나가 조운을 붙잡으라고 호령했다. 그러나 조운이 밀어젖히자 시비들은 모두 넘어졌다. 손부인의 품에서 아두를 빼앗은 조운은 아이를 끌어안고 선창을 나와 뱃머리에 섰다. 그러나 배를 기슭에 대고 싶어도 도와줄 사람이 없고 무력을 휘두르자니 또한 도리에 어긋날 것만 같아 이럴 수도 저럴 수도 없었다. 손부인은 시비들에게 아두를 빼앗으라고 호통을 쳤다. 그러나 조운이 한 손으로 아두를 틀어 안고 다른 한 손으로는 검을 들고

정보홍 그림

있으니 누구도 감히 가까이 다가들지 못했다. 주선은 고물에서 키를 잡은 채 부지런히 배를 몰아 하류로 내려가는 일에만 집중했다. 순풍에 물살도 빨라 배는 중류를 향해 거침없이 흘러갔다. 외손뼉으로는 소리를 낼 수 없는 법 조운은 그저 아두만 보호할 뿐 배를 기슭으로 움직여 갈 방법이 없었다.

바로 이 다급한 순간에 하류 쪽 항구에서 10여 척의 배가 한 일자로 줄을 지어 나오며 깃발을 휘두르고 북을 두드려 댔다. 조운은 속으로 생각했다.

'이번에는 동오의 계책에 걸려들고 말았구나!'

그런데 앞장 선 배 위에서 장팔사모를 손에 든 대장이 목청을 높여 큰소리로 고함쳤다.

"형수님! 조카를 남겨 두고 가시오!"

순찰 나갔던 장비가 소식을 듣고 급히 유강油江의 협구夾口(물길이 교차하는 지점)로 오다가 동오의 배와 맞닥뜨리자 재빨리 앞을 가로막은 것이었다. 장비는 즉각 검을 들고 동오의 배로 뛰어올랐다. 장비가 배에 오른 것을 보고 주선이 칼을 들고 대들었다. 그러나 장비의 손이 번쩍 올라가자 단칼에 찍혀 쓰러졌다. 장비는 주선의 수급을 잘라 손부인 앞으로 내던졌다. 손부인은 소스라치게 놀랐다.

"작은 서방님! 무슨 까닭에 이토록 무례하게 구세요?"

장비가 대꾸했다.

"형수님께서 우리 형님을 중히 여기지 않고 몰래 집으로 돌아가시니 이야말로 무례한 짓이 아니오?"

손부인이 말했다.

"우리 어머님께서 병환이 나서서 지금 위급하시대요. 형님의 회답을 기다려서 돌아가려 했다간 틀림없이 낭패를 당할 거예요. 나를 돌아가게 놔주지 않으신다면 나는 차라리 강물에 뛰어들어 죽어 버리겠어요!"

장비는 조운과 의논했다.

"부인을 몰아붙여 죽게 한다면 신하의 도리가 아닐 것이야. 아두를 데리고 우리 배로 돌아가면 그만일세."

그러고는 부인에게 말했다.

"우리 형님은 대한의 황숙이시므로 형수님께 욕됨이 없을 거요. 오늘 헤어지더라도 형님의 은혜와 의리를 생각하신다면 빨리 돌아오시오."

말을 마친 장비는 아두를 안고 조운과 함께 자기 배로 돌아오고 손부인 일행의 배 다섯 척을 놓아 보냈다. 후세 사람이 시를 지어 자룡을 칭찬했다.

지난날엔 당양에서 주인을 구하더니 /
오늘은 장강 향해 온몸을 날리누나. //
배 위의 동오 사들 놀라 자빠지니 /
조자룡의 영용함 세상에 짝이 없네.
昔年救主在當陽, 今日飛身向大江. 船上吳兵皆膽裂, 子龍英勇世無雙!

또 익덕을 칭찬해서 지은 시가 있다.

지난날엔 장판교에서 노기가 등등하여 /
범처럼 포효하며 조조 대군 물리쳤지. //

정보홍 그림

제61회 1503

오늘은 강 위에서 위기의 주인 구하니 /

청사에 실린 이름 만세에 전하리라.

長坂橋邊怒氣騰, 一聲虎嘯退曹兵. 今朝江上扶危主, 靑史應傳萬載名.

두 사람은 기뻐하며 자기네 배로 돌아왔다. 그로부터 몇 리를 가
지 않았는데 공명이 대대적인 선박을 이끌고 맞이하러 나왔다. 공명
은 아두를 빼앗아 돌아오는 것을 보고 크게 기뻐했다. 세 사람은 말
머리를 가지런히 하고 돌아갔다. 공명은 직접 문서를 만들어 가맹관
에 있는 현덕에게 지금까지 있었던 일을 보고했다.

한편 동오로 돌아간 손부인은 장비와 조운이 주선을 죽이고 물길
을 가로막아 아두를 빼앗아 간 일을 상세히 이야기했다. 손권은 크
게 노했다.

"이제 내 누이가 돌아왔으니 저들과는 인척이 아니다. 주선을 죽
인 원수를 어찌 갚지 않겠는가?"

문무 관원들을 불러 모은 손권은 군사를 일으켜 형주를 공격할 일
을 상의했다. 마침 병력을 이동할 일을 의논하고 있는데 갑자기 조
조가 40만 대군을 일으켜 적벽 싸움의 원수를 갚으러 온다는 보고가
들어왔다. 크게 놀란 손권은 잠시 형주 일은 제쳐 놓고 조조를 막아
대적할 일을 상의했다. 이때 장사長史의 장굉張紘이 그간 병 때문에
벼슬을 사직하고 고향에 돌아가 있었는데 이제 세상을 떠나 그의 유
서를 올린다는 보고가 들어왔다. 손권이 그 글을 뜯어보니 글 가운데
는 말릉秣陵으로 도읍을 옮기라고 권하고 있었다. 말릉의 산천에는
제왕의 기운이 서려 있으니 속히 그곳으로 옮겨 만세의 기업으로 삼

으라는 것이었다. 손권은 유서를 읽어 보고 통곡했다. 그러고는 여러 관원을 보고 말했다.

"장자강子綱(장굉의 자)이 나더러 말릉으로 자리를 옮기라 하였으니 내 어찌 그 말을 따르지 않겠소?"

즉시 명을 내려 관청을 건업建業으로 옮기고 석두성石頭城을 쌓게 했다. 여몽이 나서서 말했다.

"조조의 군사가 오면 유수濡須(강 이름) 입구에 성채를 쌓아 막는 것이 좋겠습니다."

다른 장수들은 모두 반대했다.

"기슭으로 올라가서 적을 치고 여의치 않을 때는 맨발로 배로 돌아오면 될 텐데 성을 쌓아 무얼 한단 말이오?"

여몽이 설명했다.

"전쟁을 하다 보면 유리할 때도 있고 불리할 때도 있는 법, 싸울 때마다 반드시 이긴다는 보장은 없소. 갑자기 적과 맞닥뜨려 보병과 기병이 바짝 다가붙을 경우 미처 물까지 갈 겨를도 없을 텐데 무슨 수로 배를 탈 수 있단 말이오?"

손권이 결론을 내렸다.

"'생각이 멀리 미치지 않으면 반드시 가까운 데서 근심이 생긴다'고 했소. 자명子明(여몽의 자)의 견해가 아주 원대하오."

즉시 군사 수만 명을 동원하여 유수오濡須鄔를 쌓게 하는데 밤낮으로 일을 몰아붙여 기일 안에 공사를 마쳤다.

한편 허도의 조조는 그 권세와 위풍이 날로 더해 갔다. 장사 동소 董昭가 나서서 말했다.

"예로부터 신하로서 승상 같은 공을 세운 분은 없었습니다. 주공 周公이나 여망呂望(강태공)도 승상께는 미치지 못할 것입니다. 30여 년 동안 갖은 고생을 하며 바삐 돌아다니신 끝에 흉악한 무리들을 소탕 하여 백성들에게는 해를 제거해 주셨으며 한나라 황실을 다시 보존 토록 하셨습니다. 그러니 어찌 다른 신하들과 같은 반열에 서시겠습 니까? 마땅히 위공魏公의 지위를 받으시고 구석九錫을 더하셔서 그 공덕을 높이 드러내야 합니다."

구석이란 무엇인가? 특별히 공이 큰 제후와 대신에게 하사하는 아 홉 가지 물품을 말하는데 구체적으로 다음과 같다.

첫째는 거마車馬로, 천자가 타는 황금 수레인 대로大輅와 전투용 마 차 융로戎輅 한 대씩에 검정 수말 여덟 마리와 누런 말 여덟 필을 내린 다. 둘째는 의복衣服으로, 용무늬를 수놓은 곤袞(왕이 종묘에 제사할 때 입 는 예복)·면冕(제왕의 예식용 관)·적석赤舃(왕이 신는 붉은 신)을 내린다. 셋 째는 악현樂縣으로, 왕궁과 마찬가지로 집에 종과 경磬 등의 악기를 걸 수 있게 한다. 넷째는 주호朱戶로, 저택의 대문에 붉은 옻칠을 하 여 귀인의 집임을 표시했다. 다섯째는 납폐納陛로, 저택의 기단을 파 서 처마 안쪽에 계단을 설치하여 처마 바깥에 노출되는 일반 주택과 달리 드나들기 편하게 한다. 여섯째는 호분虎賁으로, 경호 군사 3백 명을 배치하여 문을 지키는 예우이다. 일곱째는 부월斧鉞, 부와 월 모 두 형벌에 사용하는 도끼로서 사람을 죽일 수 있는 임금의 권력을 상 징하는데 이것들을 내린다. 여덟째는 궁시弓矢로, 붉은 활 하나와 붉 은 화살 1백 대 검은 활 열 개와 검은 화살 1천 대를 내린다. 이것들은 정벌할 수 있는 권력을 상징한다. 아홉째는 거창秬鬯과 규찬圭瓚으로, 거창은 검은 기장으로 빚은 향기로운 술로 제왕이 제사할 때 땅에 뿌려 신에게 기원하며, 규찬은 옥돌로 만든 종묘의 제기로 선왕에게 제사할 때 사용했다.

시중 순욱이 반대했다.

"아니 되오. 승상께서는 의로운 군사를 일으켜 어지러운 나라를 바로잡으셨으니 그 충정과 절개를 지켜 겸손하게 물러나시는 게 옳소. 군자는 덕으로 사람을 사랑하는 법인데 그리해서는 옳지 않소이다."

이 말을 들은 조조는 발끈하여 낯빛이 변했다. 동소가 다시 말했다.

"어찌 한 사람 때문에 여러 사람의 소망을 막겠습니까?"

드디어 천자에게 표문을 올려 조조를 위공으로 높임과 동시에 구석을 더해 달라고 청했다. 순욱이 탄식했다.

"내 오늘날 이런 일을 보게 될 줄이야 생각도 못했구나!"

이 말을 들은 조조는 깊이 한을 품으며 앞으로는 순욱이 자신을 돕지 않을 것이라 단정했다. 건안 17년(212년) 겨울 10월 조조는 군사를 일으켜 강남으로 내려가면서 순욱에게 동행할 것을 명했다. 조조에게 이미 자신을 죽일 마음이 있음을 안 순욱은 병을 핑계로 수춘에 머물렀다. 홀연 조조가 사람을 시켜 음식 한 합盒을 보내 왔는데 합 위에는 조조가 친필로 봉한 표기가 있었다. 그러나 막상 합을 열고 보니 속에는 아무것도 없었다. 조조의 뜻을 알아차린 순욱은 마침내 독약을 마시고 자살했다. 그때 그의 나이 50세였다. 후세 사람이 시를 지어 탄식했다.

순욱의 빼어난 재주 천하가 다 아는 일인데 /
가여워라 발을 잘못 옮겨 권세가에 빠졌구나 //
후인들이여 멋대로 장량에 비유하지 말라 /
죽음에 이르러 한나라 황제 뵐 면목 없으리.

文若才華天下聞, 可憐失足在權門. 後人休把留侯比, 臨沒無顏見漢君.

그 아들 순운荀惲이 애도하는 글을 올려 조조에게 알렸다. 조조
는 몹시 뉘우치면서 후히 장사지내 주도록 하고 시호를 경후敬侯라
했다.

대군이 유수에 이르자 조조는 먼저 조홍을 파견하여 철갑기병 3만
명을 거느리고 강변으로 나가 적정을 살피게 했다. 조홍이 돌아와 보
고했다.

"멀리 바라보니 강 연안에는 깃발만 무수하고 군사는 어디에 있는
지 알 수가 없습니다."

마음이 놓이지 않은 조조는 친히 군사를 거느리고 나아가 유수 어
귀에 진을 벌였다. 그런 뒤 백여 명을 거느리고 산언덕으로 올라가
멀리 바라보니 동오의 전투선들이 각각 대오를 나누어 질서 정연하
게 늘어서 있었다. 깃발들은 다섯 색깔로 나눠지고 병기들은 번쩍번
쩍 빛이 났다. 중앙에 위치한 큰 배 위의 푸른 해 가리개 아래엔 손권
이 앉아 있고, 그 좌우에는 문무 관원들이 양편으로 시립하고 있었
다. 조조가 채찍을 들어 손권을 가리키며 말했다.

"아들을 낳으려면 손중모仲謀(손권의 자) 같은 자식을 낳아야겠구
나! 유경승의 아들들 따위야 개돼지일 따름이지!"

갑자기 무슨 소리가 울리더니 강남의 배들이 나는 듯 일제히 다가

손영 그림

오고 유수 성채 안에서 또 한 떼의 군사가 달려 나와 조조의 군사를 들이쳤다. 조조의 군마들은 뒤로 물러서서 달아나는데 장령들이 아무리 호령해도 멈추지를 않았다. 별안간 1천 명쯤으로 보이는 기병이 산 쪽으로 달려오는데 말 위에 높이 앉아 앞장선 사람은 푸른 눈동자에 자줏빛 수염이었다. 모두가 손권임을 단번에 알아차렸다. 손권이 몸소 한 부대의 기병을 이끌고 조조를 치러 온 것이었다. 소스라치게 놀란 조조가 급히 말머리를 돌릴 때였다. 동오의 대장 한당과 주태가 말을 달려 곧장 언덕 위로 올라왔다. 조조의 등 뒤에 있던 허저가 칼을 휘두르며 말을 달려 두 장수를 막았다. 이 틈에 조조는 몸을 뽑아 영채로 돌아올 수 있었다. 허저는 두 장수와 어울려 30합을 싸우고서야 돌아왔다. 영채로 돌아온 조조는 허저에게 중한 상을 내리고 여러 장수들을 책망했다.

"적을 맞자마자 먼저 물러나 나의 예기를 꺾어 놓다니! 이후에 이런 일이 또 생긴다면 모조리 목을 치겠다!"

이날 밤 이경쯤 별안간 영채 밖에서 함성이 크게 진동했다. 조조가 급히 말에 오르는데 사면에서 불길이 일어나면서 오군들이 본부 영채로 처들어왔다. 날이 밝을 녘까지 싸우다가 조조의 군사는 50여 리를 물러나 영채를 세웠다. 마음이 답답해진 조조가 빈둥거리며 병서를 뒤적이고 있노라니 정욱이 들어와서 권했다.

"승상께서는 병법을 잘 알고 계시면서 어찌 '군사는 신속성을 첫째로 여긴다'는 법은 모르신단 말씀입니까? 승상께서 군사를 일으키면서 시일을 지체하신 까닭에 손권이 대비할 수 있었던 것입니다. 그가 유수 입구를 끼고 성채를 쌓아 공격하기가 어렵습니다. 잠시 군사를 물려 허도로 돌아가 따로 좋은 방도를 세우시는 편이 좋겠습니다."

그러나 조조는 아무 대꾸도 하지 않았다.

정욱이 나간 뒤 조조는 상에 엎드려 있었다. 별안간 조수가 세차게 밀려오는 소리가 들리는데 마치 천군만마가 앞 다투어 내달리는 듯했다. 조조가 급히 나가 보니 장강 한가운데에서 물결이 붉은 해를 밀어 올리는데 그 찬란한 광채가 눈을 찔렀다. 고개를 들어 하늘을 쳐다보니 거기 다시 두 개의 해가 마주 비추고 있었다. 갑자기 강 가운데 있던 붉은 해가 곧장 날아오르더니 영채 앞 산중에 뚝 떨어졌다. 그 소리가 천둥소리 같았다.

화들짝 놀라 깨어 보니 막사 안에서 꿈을 꾼 것이었다. 때마침 막사 앞의 군사가 오시午時를 알렸다. 말을 준비하라 이른 조조는 기병 50여 기를 이끌고 곧바로 영채 밖으로 달려 나가 꿈속에서 해가 떨어진 산 곁으로 갔다. 한창 이리저리 살펴보고 있는데 별안간 한 떼의 인마가 나타났다. 앞장선 사람은 황금 투구에 황금 갑옷을 입고 있었다. 조조가 보니 바로 손권이었다. 손권은 조조가 온 것을 보고도 당황하지 않고 산 위에 고삐를 당겨 말을 멈추더니 채찍으로 조조를 가리키며 말을 걸었다.

"승상께서는 중원을 깔고 앉아 부귀가 이미 극치에 이른 터에 무엇 때문에 만족하지 못하고 또 우리 강남을 침범하는 것이오?"

조조가 대꾸했다.

"그대가 신하로서 왕실을 존중하지 않는 까닭에 내가 천자의 조서를 받들고 특별히 그대를 토벌하러 왔느니라."

손권이 껄껄 웃었다.

"그런 말을 하기가 부끄럽지 않으냐? 네가 천자를 끼고 제후를 호령하는 일을 천하 사람들이 어찌 모르겠는가? 내가 한나라 조정을 존중하지 않는 것이 아니라 바로 너를 토벌하여 나라를 바로잡고자 할 따름이니라."

크게 노한 조조가 산으로 올라가 손권을 잡으라며 장수들을 꾸짖었다. 그때 별안간 한바탕 북소리가 울리더니 산 뒤에서 두 무리의 군사가 나타났다. 오른편은 한당과 주태요 왼편은 진무와 반장이었다. 네 장수가 3천 명의 활잡이 쇠뇌 잡이를 데리고 어지러이 화살을 날리니 화살과 쇠뇌 살이 빗발치듯 쏟아졌다. 조조는 급히 장수들을 데리고 말을 돌려 달아났다. 뒤에서 네 명의 장수가 다급하게 쫓아왔다. 동오의 군사들이 중간까지 쫓아갔을 때였다. 허저가 호위 군사들을 이끌고 와서 적을 막고 조조를 구해 돌아갔다. 오군은 일제히 개선가를 부르면서 유수로 돌아갔다. 영채로 돌아온 조조는 스스로 생각했다.

'손권은 보통 인물이 아니야. 붉은 해가 떨어진 자리에서 나타났으니 후일 반드시 제왕이 될 것이야.'

조조는 마음속으로 철군할 뜻을 품었지만 동오 사람들이 비웃을까 두려워 진퇴를 결정하지 못했다. 양측에서는 다시 한 달 남짓 대치하면서 몇 차례 전투를 치렀다. 그러나 서로 승패를 주고받는 식이었다. 그런 상태에서 이듬해 정월이 되자 봄비가 그치지 않고 내려 나루터에 물이 가득 찼다. 군사들은 대부분 흙탕물 속에 있게 되어 고생이 말이 아니었다. 조조는 몹시 근심스러웠다. 그날도 영채 안에서 모사들과 대책을 상의하는데 군사를 거두라고 권하는 사람이 있는가 하면 날이 풀려서 대치하기 좋아졌으니 물러나서는 안 된다는 사람도 있었다. 조조는 미적거리며 결정을 내리지 못했다. 이때 동오의 사자가 글을 가지고 왔다는 보고가 들어왔다. 조조가 펼쳐 보니 글은 대강 다음과 같았다.

나와 승상은 피차가 다 한나라의 신하요. 그런데 승상이 나라에 보답하고 백성을 편안히 할 생각은 하지 않고 망령되이 군사를 움직여 백성들을 참혹하게 해치니 이 어찌 어진 사람이 할 행동이겠소? 이제 곧 봄물이 불어날 것이니 공은 속히 돌아가시오. 그러지 않으면 적벽에서 당했던 화가 다시 생길 것이오. 공은 마땅히 잘 생각하시기 바라오.

편지 뒷장에는 다시 두 줄이 더 적혀 있었다.

그대가 죽지 않으면 내가 편안할 수 없으리라足下不死 孤不得安.

읽고 난 조조는 껄껄 웃었다.
"손중모가 나를 깔보지는 않는군."
조조는 사자에게 후한 상을 내리고 마침내 군사를 돌리라는 명령을 내렸다. 여강廬江 태수 주광朱光에게 환성晥城을 지키게 하고 조조는 스스로 대군을 이끌고 허창으로 돌아갔다.
손권 역시 군사를 거두어 말릉으로 돌아갔다. 손권은 장수들과 상의했다.
"조조가 북쪽으로 갔는데도 유비는 아직 가맹관에서 돌아오지 않고 있소. 이런 기회에 조조를 막아 낸 군사를 이끌고 형주를 취해야 하지 않겠소?"

장소가 계책을 바쳤다.

"잠시 아직 군사를 움직이지 마십시오. 저에게 유비가 다시는 형주로 돌아올 수 없도록 할 계책이 있습니다."

이야말로 다음 대구와 같다.

맹덕의 강한 군사 방금 북으로 물리치자 /
중모의 장한 뜻은 다시 남쪽을 도모하네.
孟德雄兵方退北　仲謀壯志又圖南

장소는 어떤 계책을 내놓을까, 다음 회를 보라.

62

서천 진격

부관을 빼앗자 양회와 고패가 머리를 내놓고
낙성을 공격하며 황충과 위연이 공을 다투다
取涪關楊高授首　攻雒城黃魏爭功

장소가 계책을 드렸다.

"잠시 군사를 움직이지 마십시오. 일단 군사를 일으키면 조조가 반드시 다시 올 것입니다. 그보다는 편지 두 통을 쓰는 편이 좋겠습니다. 한 통은 유장에게 보내어 유비가 동오와 결탁해서 함께 서천을 뺏으려 한다고 알려 주어 유장이 유비를 의심하여 공격토록 하고, 다른 한 통은 장로에게 보내어 형주로 진군하라고 부추겨서 유비의 군사가 머리와 꼬리를 서로 구할 수 없도록 하는 것입니다. 그런 다음 우리가 군사를 일으켜 형주를 손에 넣으면 일은 다 된 것입니다."

손권은 그 말을 따르기로 하고 즉시 사자를 두 곳으

로 보냈다.

한편 현덕은 가맹관에 오래 체류하는 동안 민심을 아주 많이 얻었다. 그런 중에 공명이 보낸 문서를 받고 손부인이 이미 동오로 돌아간 사실을 알게 되었다. 거기다 또 조조가 군사를 일으켜 유수를 침범한다는 소식을 듣게 되었다. 이에 곧 방통과 상의했다.

"조조가 손권을 친다는데 조조가 이기면 틀림없이 형주를 빼앗으려 할 것이고 손권이 이기더라도 반드시 형주를 손에 넣으려 들 것이오. 어떻게 하면 좋겠소?"

방통이 대답했다.

"주공께서는 근심하지 마십시오. 공명이 그곳에 있으니 동오가 감히 형주를 침범하지는 못할 것입니다. 주공께서는 급히 유장에게 글을 보내 조조가 손권을 공격하는 것을 내세워 '손권이 형주에 구원을 요청했는데 우리와 손권은 이와 입술 같은 이웃이므로 구원하지 않을 수 없는 처지이다. 장로는 자기 땅이나 지키고 앉았을 도적이므로 결코 감히 지경을 침범하지는 못할 것이다. 우리는 지금 군사를 이끌고 형주로 돌아가 손권과 힘을 합쳐 조조를 깨뜨리려 한다. 그러나 군사는 적고 양식이 부족하다. 종친의 정의를 보아 정예 군사 3,4만 명과 군량 10만 섬만 도와 달라. 부디 낭패스러운 일이 생기지 않게 해주기 바란다'고 통겨 보십시오. 그렇게 해서 군마와 돈과 양식을 얻게 되면 그때는 따로 상의할 일이 있습니다."

현덕은 그 말을 좇아 사람을 성도로 보냈다. 사자가 부수관 앞에 당도하자 양회와 고패가 이 일을 알게 되었다. 양회는 고패에게 관을 지키게 하고 자신은 사자와 함께 성도로 들어가서 유장을 뵙고 현덕의 서신을 올렸다. 유장은 서신을 다 읽고 나서 양회에게 어찌하여 사자와 함께 왔느냐고 물었다. 양회가 대답했다.

"전적으로 서신 때문에 왔습니다. 유비는 서천에 들어온 뒤로부터 널리 은덕을 베풀어 민심을 얻고 있는데 그 의도가 매우 좋지 못합니다. 지금 군마와 돈과 식량을 요구하지만 절대로 주셔서는 안 됩니다. 그를 돕는 건 타오르는 불속에 장작을 던져 넣는 격입니다."

유장이 말했다.

"나는 현덕과 형제의 정이 있는데 어떻게 돕지 않을 수 있겠소?"

그러자 한 사람이 나서며 말했다.

"유비는 사납고 야심 찬 호걸입니다. 오랫동안 촉 땅에 머물게 하고 보내지 않는다면 호랑이를 방안에 들여 마음대로 놀아나게 하는 격입니다. 그런데 지금 다시 그를 도와 군마와 돈과 군량까지 준다면 호랑이에게 날개를 붙여 주는 것과 무엇이 다르겠습니까?"

사람들이 보니 그는 바로 영릉 증양烝陽(지금의 호남성 형양衡陽 서쪽) 사람 유파劉巴로 자를 자초子初라 하는 사람이었다. 유장은 유파의 말을 듣고는 머뭇거리며 결단을 내리지 못했다. 황권이 다시 유비를 돕지 말라고 애타게 간했다. 유장은 마침내 늙고 약한 군사 4천 명과 쌀 1만 섬을 보내기로 하고 사자에게 편지를 주어 현덕에게 전하게 했다. 그러고는 양회와 고패에게 관을 단단히 지키게 했다. 유장의 사자가 가맹관에 이르러 현덕에게 답서를 올리자 현덕은 크게 노했다.

"나는 너희들을 위해 적을 막느라 물심양면으로 수고를 다하고 있다. 그런데 너희는 지금 재물을 쌓아 놓고 있으면서도 보답을 아끼니 내가 어떻게 장병들에게 목숨 걸고 싸우라고 하겠느냐?"

현덕은 답장을 갈기갈기 찢어 버리고 크게 욕을 하며 자리에서 일어섰다. 질겁한 사자는 그대로 달아나서 성도로 돌아갔다. 방통이 말했다.

"주공께서는 오직 인의를 중히 여기시는데 오늘 글을 찢고 화를 내어 지난날 맺은 정의를 모두 버리셨습니다."

현덕이 물었다.

"그러니 어떻게 해야 하겠소?"

방통이 대답했다.

"저에게 세 가지 계책이 있는데 주공께서 직접 선택하십시오."

현덕이 다시 물었다.

"세 가지 계책이란 어떤 것들이오?"

방통이 설명했다.

"지금 즉시 정예 군사를 뽑아 주야로 진군하여 평소보다 배 이상 빠른 속도로 곧장 성도를 습격하는 것입니다. 이것이 상등 계책입니다. 양회와 고패는 촉중의 명장으로 각기 강력한 군사들을 거느리고 관을 지키고 있습니다. 주공께서 형주로 돌아간다는 말을 퍼뜨리면 두 장수는 반드시 전송하러 나올 것입니다. 그러면 그 자리에서 그들을 붙잡아 죽이고 관을 빼앗은 다음 먼저 부성을 차지하고 성도로 진군하는 것입니다. 이것은 중등 계책입니다. 백제白帝로 물러났다가 밤을 도와 형주로 돌아가서는 서서히 진군할 일을 도모하는 것인

왕굉희 그림

데 이것은 하등 계책입니다. 속으로 생각만 하면서 움직이지 않으시다가는 장차 큰 난관에 봉착하게 될 것입니다. 그리되면 누구도 구해 내지 못할 것입니다."

현덕이 선택했다.

"군사가 말한 상책은 너무 급하고 하책은 너무 느린 것 같소. 중책이 느리지도 않고 급하지도 않으니 행할 만하오."

그래서 현덕은 유장에게 이렇게만 써서 편지를 보냈다.

조조의 부장 악진이 군사를 이끌고 청니진靑泥鎭에 당도했소. 장수들이 그를 당하지 못하므로 내가 친히 가서 막으려고 하오. 만날 겨를이 없어 특별히 글로써 작별을 고하오.

편지가 성도에 이르렀다. 유현덕이 형주로 돌아가려 한다는 소식을 들은 장송은 현덕의 진심이라 생각하고 편지 한 통을 써서 사람을 시켜 현덕에게 보내려 했다. 그런데 공교롭게도 때마침 친형인 광한廣漢 태수 장숙張肅이 찾아왔다. 장송은 급히 편지를 소매 속에 감추고 장숙과 이야기를 나누었다. 장숙은 장송의 기색이 심상치 않은 걸 보고 의혹을 품었다. 장송이 술을 내다가 함께 마시는데 술잔을 주고받는 사이에 홀연 소매 속의 편지가 땅바닥에 떨어졌다. 그것을 장숙의 종자가 줍고 말았다. 술자리가 끝난 뒤 종자가 그 글을 장숙에게 바쳤다. 장숙은 그 편지를 열어 살펴보았다. 편지는 대략 다음과 같은 내용이었다.

송이 전날 황숙께 올린 말씀은 결코 빈말이 아닌데 어찌하여 지체하시

면서 움직이지 않으시는지요? 역리로 빼앗아 순리로 지키는 것은 옛
사람도 귀하게 여겼던 바입니다. 대사는 이미 손안에 들어왔는데 무
슨 까닭으로 이를 버리고 형주로 돌아가려 하십니까? 송은 그 소식을
듣고 모든 것을 잃어버린 듯한 심정입니다. 올리는 편지가 당도하는
날로 속히 진군하십시오. 이 송이 안에서 호응할 것이니 절대로 스스
로 그르치지 마십시오.

장숙은 깜짝 놀랐다.

"내 아우가 가문이 몰살당할 일을 꾸미고 있구나! 고발하지 않을
수가 없다!"

그날 밤으로 편지를 들고 유장을 찾아간 장숙은 아우 장송이 유비
와 공모하고 서천을 바치려 한다는 사실을 자세히 이야기했다. 유장
은 크게 노했다.

"내가 평시에 그를 박대한 적이 없는데 무슨 까닭으로 모반하려
한단 말인가?"

마침내 영을 내려 장송의 전 가족을 붙잡아 모조리 저잣거리에서
목을 자르게 했다. 후세 사람이 시를 지어 탄식했다.

한번 보곤 잊지 않는 재주 세상에 드문데 /
보낸 서신 누설될 줄이야 누가 알았으랴. //
현덕이 왕업 이루는 일 보지도 못하고서 /
성도에서 먼저 잡혀 피로 옷깃 물들이네.
一覽無遺世所稱, 誰知書信泄天機. 未觀玄德興王業, 先向成都血染衣.

장송의 목을 벤 유장은 문무 관원들을 모아 상의했다.

"유비가 내 기업을 빼앗으려 하니 어떻게 해야 하겠소?"

황권이 대답했다.

"지체해서는 안 됩니다. 즉시 사람을 각처의 관문으로 보내 이 일을 알리고 군사를 늘려 지키면서 형주 군사는 사람 하나 말 한 필도 관으로 들이지 못하게 하십시오."

유장은 그 말을 따라 그 밤으로 각처의 관으로 격문을 띄웠다.

한편 현덕은 군사를 거느리고 부성으로 돌아가면서 먼저 부수관으로 사람을 보내 양회와 고패에게 관 밖으로 나와 작별 인사를 하자고 청했다. 이 전갈을 받고 양회와 고패가 대책을 상의했다.

"현덕이 지금 돌아간다니 어떻게 할까요?"

양회가 묻자 고패가 대답했다.

"현덕은 이제 죽은 것이나 다름없소. 우리가 몸에 칼을 지니고 가서 전송하는 자리에서 그를 찔러 죽입시다. 그러면 우리 주공의 걱정거리가 제거되는 것이오."

양회도 찬성했다.

"그 계책이 정말 묘하구려!"

두 사람은 수행 군사 2백 명만 데리고 현덕을 배웅하기 위해 관을 나가고 나머지 군사들은 모두 관에다 남겨 두었다. 이때 현덕의 대군은 모두 길에 올랐다. 선두가 부수 가에 이르렀을 때 방통이 말 위에서 현덕에게 말했다.

"양회와 고패가 순순히 나온다면 그들을 방비할 수 있습니다. 하지만 그들이 오지 않을 경우에는 즉시 군사를 일으켜 관을 빼앗아야지 지체해서는 안 됩니다."

한창 이야기를 나누고 있는데 느닷없이 한바탕 회오리바람이 일어나더니 말 앞의 '수帥' 자 기가 쓰러졌다. 현덕이 방통에게 물었다.

"이게 무슨 조짐이오?"

방통이 대답했다.

"이는 경고입니다. 양회와 고패가 주공을 암살할 생각인 게 분명합니다. 단단히 방비하셔야 하겠습니다."

현덕은 두꺼운 갑옷을 입고 허리에 보검을 차서 암살에 대비했다. 이윽고 군사들이 양회와 고패가 전송하러 온다고 보고했다. 현덕이 군마를 멈추게 했다. 방통은 위연과 황충에게 분부했다.

"관에서 나온 군사는 기병이건 보병이건 한 놈도 돌아가지 못하게 하시오."

두 장수는 명령을 받고 떠났다.

몸에 예리한 칼을 감춘 양회와 고패는 2백 명의 군사를 거느리고 양을 끌고 술을 날라 곧바로 현덕의 부대 앞에 당도했다. 현덕에게 아무런 방비도 없는 것을 본 두 사람은 속으로 은근히 기뻐하며 자기들의 계책이 적중한 것이라 여겼다. 막사 안으로 들어가 보니 현덕은 방통과 함께 막사 가운데 앉아 있었다. 두 장수가 인사를 했다.

"황숙께서 먼 길을 돌아가신다는 말을 듣고 변변찮은 예물을 갖추어 전송하러 왔습니다."

그러고는 술을 따라 현덕에게 권했다. 현덕이 말했다.

"두 분 장군께서 관을 지키기가 쉽지 않을 터이니 당연히 먼저 드시구려."

두 장수가 술을 마시고 나자 현덕이 말했다.

"내가 은밀히 두 분 장군과 상의할 일이 있으니 다른 사람들은 물러가도록 하시오."

그러고는 그들이 데리고 온 군사 2백 명을 모조리 중군에서 쫓아냈다. 현덕이 대뜸 호령했다.

"여봐라, 두 도적을 잡아 무릎을 꿇리렷다!"

호령이 떨어지기 무섭게 장막 뒤에서 유봉과 관평이 뛰쳐나왔다. 양회와 고패는 급히 싸우려 했지만 어느새 유봉과 관평이 한 사람씩 붙들어 버렸다. 현덕이 호통을 쳤다.

"나는 너희 주인과 같은 종실로 형제 관계이다. 그런데 너희 두 놈이 무슨 까닭으로 공모하여 우리 형제의 정을 이간하려 하느냐?"

방통이 좌우의 부하들에게 호령하여 두 사람의 몸을 뒤지게 했다. 과연 날카로운 칼이 한 자루씩 나왔다. 방통이 즉시 두 사람의 목을 치라고 호통 쳤으나 현덕은 머뭇거리며 결단을 내리지 못했다. 그러자 방통이 다그쳤다.

"두 사람은 주공을 살해하려 했습니다. 그 죄는 죽음을 면할 수 없습니다."

그러고는 도부수들을 꾸짖어 막사 앞에서 양회와 고패의 목을 잘라 버렸다. 양회와 고패를 따라온 군사 2백 명은 황충과 위연이 일찌 감치 잡아 두어서 한 명도 달아나지 못했다. 현덕은 그들을 불러들여 각각 술을 내려 놀란 가슴을 진정시키고 나서 말했다.

"양회와 고패는 우리 형제를 이간했을 뿐 아니라 칼을 품고 와서 나를 찌르려 했기 때문에 목을 베었다. 하지만 너희들은 죄가 없으니 놀라거나 의심할 것 없다."

군사들은 제각기 절을 올리며 감사했다. 방통이 말했다.

"내가 지금 너희들을 길잡이로 쓸 터이니 우리 군사를 데리고 가서 관을 빼앗도록 하라. 그러면 모두 중한 상을 내릴 것이다."

군사들은 모두 응낙했다. 이날 밤 2백 명이 앞장서고 대군이 그 뒤를 따랐다. 앞선 군사들이 관 밑에 이르러 소리쳤다.

"두 장군께서 급한 일이 있어 돌아오셨다. 속히 관문을 열라!"

성 위에서는 자기 편 군사의 목소리를 알아듣고 즉시 관문을 열었다. 그와 동시에 대군이 일시에 몰려 들어가서 칼에 피 한 방울 묻히지 않고 부관을 차지하고 촉군은 모두 항복했다. 현덕은 군사들에게 중한 상을 내리고 즉시 군사를 나누어 앞뒤를 지키게 했다. 이튿날 군사들을 위로하기 위해 관아의 대청에다 잔치를 베풀었다. 술기운이 거나해진 현덕이 방통을 돌아보며 말했다.

"오늘의 이 모임이 즐겁다고 할 만하겠소?"

방통이 대답했다.

"남의 나라를 치고 즐거워한다면 어진 사람의 군대가 아닐 것입니다."

현덕이 짜증을 부렸다.

"옛날 주나라 무왕은 주紂를 정벌하고 그 공을 상징하는 음악을 지었다고 하는데 이 역시 어진 이의 군사가 아니었단 말인가? 그대의 말은 어찌 그리 이치에 맞지 않는가? 썩 물러가라!"

방통은 껄껄 웃으면서 자리에서 일어섰다. 좌우에서 모시던 사람들도 현덕을 부축하여 후당으로 들어갔다. 현덕은 그대로 잠이 들어 한밤중이 되어서야 술이 깼다. 모시는 자들이 방통을 쫓아낸 언행을 그대로 일러 주었다. 현덕은 크게 뉘우쳤다. 이튿날 아침 일찍 옷을 차려입은 현덕은 대청으로 올라가 방통을 청하여 사죄했다.

"어제는 취중에 허튼소리로 자존심을 건드린 것 같소. 행여 마음에 담아 두지 마시오."

방통은 태연히 웃으면서 다른 말만 했다. 현덕이 다시 말했다.

"어제 한 말은 오로지 내 실수외다."

그제야 방통이 응답했다.

"군신이 다 함께 실수를 했는데 어찌 주공 혼자뿐이겠습니까?"

현덕 역시 크게 웃으니 두 사람은 처음과 같이 즐거워했다.

한편 유장은 현덕이 양회와 고패를 죽이고 부수관을 습격했다는 소식을 들었다. 그는 대경실색하여 소리쳤다.

"오늘 과연 이런 일이 일어날 줄은 짐작도 못했구나!"

그는 즉시 문무 관원들을 모아 적군을 물리칠 대책을 물었다. 황권이 말했다.

"밤사이 군사를 파견하여 낙현雒縣에 주둔시키고 목구멍 같이 좁은 길목을 틀어막게 하십시오. 그러면 유비에게 제 아무리 정예병과 맹장이 있더라도 지날 수 없을 것입니다."

유장은 드디어 내려 유괴, 영포, 장임, 등현 등 네 장수에게 명하여 5만 명의 대군을 점검하여 밤을 도와 낙현으로 달려가서 유비를 막게 했다.

네 장수가 출동하려 할 때 유괴가 말했다.

"듣자니 금병산錦屛山에 자허상인紫虛上人이라는 이인이 한 사람 있다는데 사람의 생사와 귀천을 환히 안다고 하오. 우리가 오늘 행군하는 길이 마침 금병산을 지나게 되니 그 사람에게 가서 한번 물어보는 게 어떻겠소?"

장임이 반대했다.

"대장부가 군사를 거느리고 적을 막으러 가면서 어찌 산야에 숨어 사는 사람에게 물어본단 말이오?"

유괴가 고집을 부렸다.

"그렇지 않소. 성인께서도 지극한 정성으로 행하면 앞일을 미리 알 수 있다고 하셨소. 우리도 고명한 사람에게 물어서 길하다면 빨리 달려가고 흉하다면 피해야 할 것이오."

그리하여 네 사람은 기병 5,60기를 거느리고 산 밑에 이르러 나무꾼에게 길을 물었다. 나무꾼이 높은 산의 정상을 가리키며 그곳이 자허상인이 사는 곳이라고 일러 주었다. 네 사람이 산 위로 올라가 암자에 이르자 한 동자가 나와서 맞이했다. 동자는 그들의 성과 이름을 묻고 암자 안으로 안내했다. 자허상인이 부들방석에 앉아 있는 모습이 보였다. 네 사람은 절을 올리고 앞일을 물었다. 자허상인은 대답을 피했다.

"빈도貧道는 산야에 묻혀 사는 쓸모없는 사람인데 어찌 앞날의 길흉화복을 알겠소?"

유괴가 두 번 세 번 절하며 거듭 물었다. 자허상인은 그제야 동자에게 지필묵을 가져오라고 분부했다. 그러고는 여덟 구를 적어 유괴에게 주었다. 그 글은 다음과 같다.

왼편은 용 오른 편엔 봉황 / 훨훨 날아 서천으로 들어가네. //
새끼 봉은 땅으로 떨어지고 / 누운 용은 하늘로 솟아오르네. //
하나 얻으면 하나 잃는 건 / 하늘 운수의 당연함이라. //
기미가 보이면 떠나야 하나니 / 목숨 잃고 황천으로 가지 말라.

左龍右鳳, 飛入西川. 雛鳳墜地, 臥龍升天.

一得一失, 天數當然. 見幾而作, 勿喪九泉.

유괴가 또 물었다.

"우리 네 사람의 운수는 어떠합니까?"

자허상인이 대답했다.

"정해진 운수는 피하기 어렵거늘 무엇을 다시 묻는단 말이오?"

유괴가 다시 물었으나 자허상인은 지그시 눈을 감고 마치 잠이라도 든 듯 아무 대답이 없었다. 네 사람은 하는 수 없이 산을 내려왔다. 유괴가 말했다.

"선인仙人의 말씀이니 믿지 않을 수 없소."

장임이 타박을 주었다.

"그 사람은 미친 늙은이오. 그 말을 들어서 이로울 게 뭐 있겠소?"

네 사람은 이윽고 말을 타고 나아갔다. 낙현에 이르러 군사를 나누어 각처의 요충지를 막아 지키기로 했다. 유괴가 제의했다.

"낙성은 성도의 울타리이니 이곳을 잃는다면 성도를 보전하기 어렵소. 그러니 우리 네 사람이 의논해서 둘은 남아서 성을 지키고 두 사람은 낙현 앞쪽으로 나가서 산을 의지하고 험한 곳에 영채 둘을 세워서 적군이 성에 근접하지 못하게 합시다."

영포와 등현이 자원했다.

"우리가 가서 영채를 세우겠소."

유괴는 크게 기뻐하며 영포와 등현에게 군사 2만 명을 나누어 주고 성에서 60리 떨어진 곳에다 영채를 세우게 했다. 유괴와 장임은 낙성을 지키기로 했다.

한편 이미 부수관을 얻은 현덕은 방통과
함께 낙성으로 진군할 일을 상
의하고 있었다. 이
때 유장이 장수 네
명을 낙성으로 배
치했는데 그날로 영포와 등현이 2만 명의 군사
를 거느리고 성에서 60리 떨어진 곳에 두 개의 큰
영채를 세웠다는 보고가 들어왔다. 현덕이 장수
들을 모아서 물었다.

　　"누가 두 장수의 영채를 쳐서 첫번째 공을 세우겠소?"

　　말이 끝나기 무섭게 노장 황충이 나왔다.

　　"이 늙은이가 가 보겠습니다."

　　현덕이 말했다.

　　"노장군은 수하의 인마를 이끌고 낙성으로 나아가시오. 영포와
등현의 영채를 빼앗으면 반드시 중한 상을 내리겠소."

　　황충은 크게 기뻐하며 즉시 수하의 군사를 거느리고 떠나려 했다.
이때 군막 안에서 한 사람이 나섰다.

　　"연세도 많으신 노장군께서 어찌 가시겠습니까? 재주는 없지만
소장이 가겠습니다."

　　현덕이 보니 위연이었다. 황충이 역정을 냈다.

　　"내 이미 장령을 받들었거늘 네 어찌 감히 가로채려 드느냐?"

　　위연이 응수했다.

　　"나이 많은 분이 힘자랑을 하실 수야 없지요. 듣자니 영포와 등
현은 촉중의 명장으로 한창 혈기 왕성한 나이라 하오. 노장군께선

그들을 사로잡지 못할까 걱정이오. 그리되면 주공의 대사를 그르치지 않겠소이까? 그래서 내가 대신 가려는 것이니 좋게 생각해 주시오."

황충은 화가 머리꼭지까지 치밀었다.

"네가 나를 늙었다고 하니 감히 나와 무예를 겨루어 보겠느냐?"

위연도 물러서지 않았다.

"지금 여기 주공 앞에서 겨루어 봅시다. 그래서 이긴 사람이 가는 것이 어떻겠소?"

황충은 성큼성큼 걸어서 계단을 내려가더니 하급 군관에게 소리쳤다.

"내 칼을 가져오너라!"

현덕이 급히 그들을 말렸다.

"아니 되오! 내가 지금 군사를 일으켜 서천을 차지하는 일에 전적으로 그대들 두 사람의 힘을 믿고 있소. 지금 두 호랑이가 서로 싸우면 반드시 하나는 상하게 될 것이오. 그리되면 대사를 그르치고 말 것이오. 그대들 두 사람에게 화해를 권하니 다툼을 그치시오."

방통이 제의했다.

"두 분은 굳이 다툴 필요 없소. 지금 영포와 등현이 영채 둘을 세우고 있으니 두 분은 수하의 군마를 거느리고 각기 한 채씩 치시오. 먼저 빼앗는 사람이 첫 공을 세우는 것이오."

이렇게 하여 황충이 영포의 영채를 치고 위연이 등현의 영채를 치기로 몫을 나누었다. 두 사람이 각기 명령을 받고 물러가자 방통이 말했다.

"두 분이 갔으니 길에서 다투지나 않을까 걱정입니다. 주공께서 몸소 군사를 이끌고 후원하시는 것이 좋겠습니다."

현덕은 방통을 남겨 성을 지키게 하고 자신은 유봉, 관평과 함께 군사 5천 명을 이끌고 뒤따라 출발했다.

자기 영채로 돌아온 황충은 다음날 4경에 밥을 먹고 5경에 채비를 갖추어 동틀 무렵 진군하여 왼쪽 산골짜기로 나아간다고 명을 내렸다. 위연은 몰래 사람을 시켜 황충이 언제 군사를 일으키는지 알아보게 했다. 정탐하러 나갔던 자가 돌아와서 보고했다.

"내일 새벽 4경에 밥을 먹고 5경에 군사를 일으킨다 합니다."

위연은 은근히 기뻐하며 자기 군사들에게 2경에 밥을 짓고 3경에 군사를 일으켜 동이 틀 무렵에는 등현의 영채까지 도달해야 한다고 분부했다. 군사들은 명령 받은 대로 채비를 갖추었다. 밥을 든든히 먹고 말에는 방울을 떼고 사람은 입에 하무를 물었다. 그리고 깃발을 말아 쥐고 갑옷을 바짝 졸라매어 어둠 속에서 적의 영채를 들이칠 각오를 했다. 3경을 전후해서 영채를 떠나 진격했다. 길을 반쯤 가다가 위연은 생각을 굴렸다.

'등현의 영채만 쳐서는 내 능력이 드러나지 않을 게야. 영포의 영채를 먼저 치고 나서 싸움에 이긴 군사를 돌려 다시 등현의 영채를 치는 게 좋겠어. 그러면 두 곳의 공로가 모두 내 것이 될 게 아닌가?'

즉시 말 위에서 명령을 전해 군사들에게 모두 왼쪽 산길로 들어가게 했다. 날이 희끄무레 밝아 올 무렵 영포의 영채에서 멀지 않은 곳에 다다랐다. 이곳에서 위연은 군사들을 잠시 쉬게 하고 징과 북, 기치, 창칼과 싸움 기구들을 벌여 세우게 했다.

그러나 어느새 길에 매복한 군졸이 나는 듯이 영채로 돌아가 보고했다. 그 덕에 영포는 미리 준비를 마쳤다. 포 소리가 한번 '쾅!' 하고 울리는 것과 동시에 삼군이 일제히 말에 올라 돌격해 나왔다. 위연은 칼을 들고 말을 달려 영포와 맞붙어 싸웠다. 두 장수가 서로 어우러져 싸우기 30합에 이르렀을 때였다. 서천 군사들이 두 길로 나뉘어서 형주 군사를 협공했다. 밤새 잠도 자지 못하고 달려온 형주 군사들은 사람과 말이 모두 지쳐 적을 막아 내지 못하고 물러서 달아났다. 위연도 등 뒤에서 진이 흐트러지는 소리를 듣고는 영포를 버리고 말머리를 돌려 달아났다. 서천 군사들이 뒤를 쫓아오자 형주 군사는 대패하고 말았다. 위연이 말을 달려 5리도 채 못 갔을 때였다. 산 뒤에서 북소리가 천지를 진동하며 등현이 한 떼의 군사를 이끌고 산골짜기로부터 길을 막고 나오며 소리쳤다.

"위연은 빨리 말에서 내려 항복하라!"

위연은 말에 채찍질을 하며 나는 듯이 달아났다. 그런데 말이 갑자기 앞발굽이 접질리면서 두 무릎을 꿇는 바람에 위연은 그만 땅바닥에 나가떨어지고 말았다. 등현이 말을 달려오며 창을 꼬나들고 냅다 위연을 찔렀다. 그러나 창끝이 위연의 몸에 채 닿기 전에 시위 소리가 울리고 그와 동시에 등현이 말에서 거꾸로 떨어졌다. 뒤따라오던 영포가 막 등현을 구하려는 찰나였다. 대장 한 명이 산비탈에서 말을 달려 나오며 사나운 목소리로 고함을 쳤다.

"노장 황충이 여기 있도다!"

그는 칼을 휘두르며 곧바로 영포에게 덮쳐들었다. 영포는 당해 낼 수가 없어 말머리를 뒤로 돌려 달아났다. 황충이 이긴 기세를 타고 그 뒤를 쫓으니 서천 군사는 큰 혼란에 빠지고 말았다.

한 갈래의 군사를 거느린 황충은 위연을 구하고 등현까지 죽인 다음 영포의 뒤를 쫓아 그대로 영채 앞까지 이르렀다. 영포가 말을 돌려 다시 황충과 싸웠다. 그러나 10여 합이 못 되어 뒤에 있던 군사들이 한꺼번에 몰려들었다. 영포는 하는 수 없이 왼편의 영채를 버린 채 패잔군을 이끌고 오른편 영채로 달려갔다. 그런데 영채 안의 기치들이 완전히 달라져 있었다. 영포는 깜짝 놀랐다. 고삐를 당겨 말을 멈추고 살펴보니 앞장선 대장은 황금 갑옷에 비단 전포를 입었다. 바로 유현덕이었다. 유현덕의 왼편에는 유봉, 오른편에는 관평이 모시고 서 있었다. 현덕이 큰소리로 호통을 쳤다.

"영채는 내가 이미 빼앗았다. 너는 어디로 가려 하느냐?"

원래 현덕은 군사를 이끌고 황충과 위연을 후원하러 오다가 등현이 자리를 비운 틈을 이용하여 바로 그의 영채를 뺏어 버린 것이었다. 영채 둘을 모두 잃은 영포는 어느 곳으로도 갈 데가 없어 후미진 산속 샛길로 들어가 낙성으로 돌아가려고 했다. 그러나 10리도 가지 못했는데 좁은 길에서 갑자기 복병이 쏟아졌다. 복병들은 일제히 갈고리를 쳐들어 영포를 사로잡았다. 위연이 자기 죄를 변명할 길이 없음을 알고 후군을 수습하여 촉군에게 길을 인도하게 하여 이곳에 매복하고 있었던 것이다. 위연은 사로잡은 영포를 밧줄로 꽁꽁 묶어 현덕의 영채로 압송해 갔다.

한편 현덕은 면사기免死旗(죽음을 면하는 깃발)를 세워 놓고 무기를 버리고 갑옷을 벗는 서천 군사는 결코 죽이지 못하게 했다. 그들을 해치는 자는 자기 목숨으로 갚아야 한다고 명했다. 그러고는 항복한 장병들에게 알렸다.

"너희 서천 사람들도 모두 부모와 처자가 있을 것이다. 항복을 원하는 자는 우리 군사로 충당할 것이요 항복을 원치 않는 자는 놓아서 돌려보내겠다."

이에 서천군의 환성이 땅을 흔들었다. 영채를 안전하게 세운 황충은 곧장 현덕을 찾아뵙고 위연이 군령을 어겼으니 목을 잘라야 한다고 말했다. 현덕이 급히 위연을 소환하니 위연이 영포를 압송해 왔다. 현덕이 말했다.

"위연이 비록 죄가 있지만 이 공로로 그 죄를 씻을 만하오."

위연에게 목숨을 구해 준 황충의 은혜에 감사하게 하고 이후로는 서로 다투는 일이 없도록 하라고 일렀다. 위연은 머리를 조아리며 죄를 시인했다. 현덕은 황충에게 중한 상을 내렸다. 그리고 영포를 군막 안으로 끌고 오게 하여 밧줄을 풀어 주고 술을 내려 놀란 가슴을 진정시켰다. 현덕이 물었다.

"그대는 항복하겠는가?"

영포가 대답했다.

"이미 죽을 목숨을 살려 주셨는데 어찌 항복하지 않겠습니까? 유괴와 장임은 저와 생사를 같이하기로 한 친구입니다. 저를 돌려보내 주신다면 즉시 두 사람을 불러와 항복하고 낙성을 바치게 하겠습니다."

현덕은 크게 기뻐하면서 바로 의복과 안장 있는 말을 내리고 낙성으로 돌려보냈다. 위연이 걱정했다.

"이 사람을 놓아 보내면 안 됩니다. 한번 몸을 빼고 나면 다시는 오지 않을 것입니다."

현덕이 말했다.

"내가 인의로 남을 대하면 남도 나를 저버리지 않을 것일세."

그러나 낙성으로 돌아간 영포는 유괴와 장임을 만나자 사로잡혔다가 놓여난 일 따위는 입도 벙긋 않고 다만 이렇게 둘러댔다.

"나는 10여 명을 죽이고 말을 빼앗아 타고 돌아왔소."

유괴는 급히 사람을 성도로 보내 구원을 청했다. 등현이 전사했다는 말을 들은 유장은 크게 놀랐다. 황망히 사람들을 모아 대책을 의논했다. 맏아들 유순劉循이 나서서 말했다.

"소자가 군사를 거느리고 나아가 낙성을 지키겠습니다."

유장이 물었다.

"내 아들이 가겠다고 하니 보좌관으로는 누가 좋겠소?"

한 사람이 나섰다.

"제가 가겠습니다."

유장이 보니 사돈 오의吳懿였다.

"사돈께서 가 주신다면 제일 좋겠습니다. 부장으로는 누가 좋겠습니까?"

오의는 오란吳蘭과 뇌동雷銅 두 사람을 추천하여 부장으로 삼고 군사 2만 명을 점검하여 낙성으로 갔다. 유괴와 장임이 그들을 맞아 그

동안의 일을 자세히 이야기했다. 오의가 물었다.

"적병이 성 아래까지 이르면 막기가 어려울 것이오. 그대들에게 어떤 고견이라도 있소?"

영포가 계책을 내놓았다.

"이 일대는 부강과 가까운데 강의 물살이 아주 급합니다. 앞의 영채는 산기슭에 있어 지세가 매우 낮습니다. 군사 5천을 주시면 삽과 괭이를 갖고 가서 부강의 물을 터뜨리겠습니다. 그러면 유비의 군사를 모조리 물에 빠뜨려 죽일 수 있습니다."

오의는 그 계책을 따르기로 했다. 즉시 영포는 강물을 터뜨리고 오란과 뇌동은 군사를 이끌고 후원하라고 지시했다. 영포는 명령을 받들고 강물을 터뜨릴 연장들을 준비하러 갔다.

한편 현덕은 황충과 위연에게 각기 영채 하나씩을 맡아서 지키게 하고 자신은 부성으로 돌아와 군사 방통과 앞일을 상의했다. 첩자가 보고를 올렸다.

"동오의 손권이 동천東川의 장로에게 사람을 보내 우호 관계를 맺고 장차 가맹관을 치려고 한답니다."

현덕은 흠칫 놀랐다.

"가맹관을 잃으면 뒷길이 끊겨 우리는 진퇴양난이 될 것이오. 어떻게 해야겠소?"

방통이 맹달을 돌아보며 물었다.

"공은 촉 사람이라 지리를 잘 아실 터이니 가서 가맹관을 지키는 게 어떻겠소?"

맹달이 대답했다.

"제가 한 사람을 천거해서 그와 함께 가서 관을 지키겠습니다. 그러면 만에 하나라도 실수가 없을 것입니다.”

현덕이 누구냐고 물으니 맹달이 대답했다.

“그 사람은 일찍이 형주 유표 수하에서 중랑장을 지냈습니다. 남군南郡 지강枝江 사람으로 이름은 곽준霍峻이고 자를 중막仲邈이라 합니다.”

현덕은 크게 기뻐하며 즉시 맹달과 곽준을 파견하여 가맹관을 지키게 했다.

방통이 자신이 거처하는 역관으로 돌아오니 문지기가 아뢰었다.

“웬 손님이 찾아오셨습니다.”

방통이 나가서 맞이했다. 그 사람은 키가 8척에다 기골이 장대했다. 짧은 머리카락이 목으로 드리웠고 옷차림도 그다지 단정하지 못했다.

“선생은 누구시오?”

그 사람은 대답도 하지 않고 대청으로 올라가더니 침상 위에 벌렁 드러누웠다. 방통이 너무나 이상해서 두 번 세 번 물었다. 그 사람이 대꾸했다.

“잠시 쉬고 나서 그대에게 천하 대사를 일러 주겠소.”

방통은 그 말을 듣자 더욱 의심스러웠다. 측근들에 술과 음식을 갖다 드리게 했다. 그 사람은 즉시 일어나 음식을 먹고 마시는데 사양하는 빛이라곤 조금도 없었다. 먹고 마시는 양이 꽤 많았는데 다 먹고 나서는 다시 잠이 들었다. 아무리 생각해도 의혹을 떨치지 못한 방통은 법정을 데려오게 했다. 혹시 첩자가 아닌가 보게 하려는 것이었다. 법정이 황급히 달려왔다. 방통이 밖으로 나가 영접하면서 말했다.

"어떤 사람이 왔는데 이러저러하오."

법정이 말했다.

"혹시 팽영언彭永言이 아닐까?"

그러고는 계단 위로 올라가 살펴보았다. 그 사람이 벌떡 일어나더니 말했다.

"효직은 헤어진 이래 무탈한가?"

이야말로 다음 대구와 같다.

오직 서천 사람이 옛 친구를 만났기에 /
마침내 부수의 거친 물결 가라앉히네.
只爲川人逢舊識　遂令涪水息洪流

이 사람은 누구인가, 다음 회를 보라.

63

낙봉파

제갈량은 방통의 죽음에 통곡하고
장익덕은 엄안을 의리로 놓아주다
諸葛亮痛哭龐統 張翼德義釋嚴顔

법정과 그 사람은 서로 손뼉을 치면서 웃어 댔다. 방통이 물으니 법
정이 소개했다.

"이분은 광한 사람 팽양彭羕으로 자는 영언永言인데 축중의 호걸
이지요. 바른말을 하다가 유장의 비위를 건
드리는 바람에 곤겸형髡鉗刑*을 받고 노역수
가 되었지요. 그래서 머리카락이 저렇게 짧
답니다."

방통은 그를 손님을 맞는 예로 정중하게
대접하면서 무슨 일로 왔느냐고 물었다. 팽
양이 말했다.

"내 특별히 그대들 수만 명의 목숨을 구
해 주러 왔소. 유장군을 만나야 입을 뗄 수

*곤겸형 | 곤髡은 머리를 깎는 형벌, 겸鉗은 쇠고리를 목에 씌우는 형벌.

있겠소."

법정은 황급히 현덕에게 보고했다. 현덕이 직접 와서 만나 보고 정중히 그 까닭을 물으니 팽양이 되물었다.

"장군께서는 저 앞의 영채에 군사를 얼마나 두셨소이까?"

현덕이 사실대로 대답하고 말했다.

"황충과 위연이 거기에 있지요."

팽양이 서슴없이 지껄였다.

"장수가 되어 어찌 그리도 지리를 모르십니까? 앞의 영채는 부강에 바짝 붙어 있으니 만약 강물을 터뜨리고 앞뒤를 군사로 꽉 막아 버리면 단 한 명도 빠져나가지 못할 것입니다."

현덕은 크게 깨달았다. 팽양이 말을 이었다.

"강성罡星(북두칠성의 자루 부분)이 서방에 있고 태백太白(금성)이 이 땅에 이르렀으니 틀림없이 불길한 일이 있을 것입니다. 반드시 신중하게 움직이십시오."

현덕은 즉시 팽양을 막빈幕賓으로 삼고 위연과 황충에게 아침저녁으로 주의 깊게 순찰하며 적병이 강물 터뜨리는 것을 방비하라고 일렀다. 황충과 위연은 상의하여 하루씩 번갈아 지키며 적병이 오면 서로 통보하기로 했다.

영포는 이날 밤 비바람이 크게 몰아치는 것을 보고 5천 명의 군사를 이끌고 곧장 강변을 따라 나아가면서 강물을 터뜨릴 준비를 했다. 이때 뒤쪽에서 고함 소리가 어지러이 일어났다. 영포는 적병이 준비하고 있음을 알아채고 급히 군사를 되돌려 세웠으나 뒤에서 위연이 군사를 이끌고 쫓아오자 서천 군사들은 자기편끼리 서로 짓밟았다. 한창 말을 달려 달아나던 영포는 뒤쫓아 온 위연과 맞붙었으나 어우러져 싸운 지 몇 합이 못 되어 위연에게 사로잡혔다. 뒤미처 오란과 뇌동이 후원하러 왔지만 그 역시 황충의 군사에게 격퇴당하고 말았다. 위연이 영포를 압송하여 부관으로 가니 현덕이 영포를 꾸짖었다.

"내가 인의로 대하여 너를 돌아가도록 놓아 보냈는데 어찌 감히 나를 배신한단 말이냐? 이번만큼은 용서하기 어렵다!"

현덕은 영포를 밖으로 끌어내 목을 치게 하고 위연에게는 중한 상을 내렸다. 현덕은 잔치를 베풀어 팽양을 환대했다. 이때 별안간 보고가 들어왔다. 형주의 제갈군사가 마량을 시켜 글을 보내왔다고 했다. 현덕이 불러들여 물으니 마량이 예를 올리고 나서 말했다.

"형주는 평화롭고 안전하니 주공께서는 걱정하지 마십시오."

그러고는 서신을 올렸다. 현덕이 읽어 보니 내용은 대략 다음과 같았다.

양이 밤에 태을수太乙數(고대 점술의 하나)를 헤아려 보니 금년은 계사년인데 강성이 서방에 있습니다. 뿐만 아니라 천문을 살펴보니 태백이 낙성 분야에 이르렀으니 중요 장수의 신상에 흉한 일은 많고 길한 일은 적을 징조입니다. 반드시 모든 일에 신중을 기하십시오.

글을 보고 난 현덕은 우선 마량을 돌려보내고 나서 입을 열었다.

"내가 곧 형주로 돌아가서 이 일을 논의해 보겠소."

방통은 속으로 생각했다.

'공명은 내가 서천을 차지하여 공을 세울 걸 두려워하는 거다. 그래서 일부러 이런 글을 보내 훼방하는 것이다.'

이에 그는 현덕에게 말했다.

"저 역시 태을수를 계산하여 강성이 서방에 있는 걸 벌써부터 알고 있었습니다. 하지만 이는 주공께서 서천을 얻으실 징조이지 다른 흉한 일을 예고하는 것이 아닙니다. 저 역시 천문을 알아 태백이 낙성 분야에 이른 것을 보았으나 앞서 촉장 영포를 죽였으니 이미 흉조를 넘긴 것입니다. 주공께서는 의심하지 마시고 급히 진군하도록 하십시오."

현덕은 방통이 두 번 세 번 재촉하자 군사를 이끌고 전진했다. 황

주지펑 그림

충과 위연이 함께 영채로 맞아들였다. 방통이 법정에게 물었다.

"여기서 낙성으로 가는 길이 몇 갈래가 있소?"

법정이 땅에 선을 그어 지도를 그렸다. 현덕이 장송에게서 받은 지도를 꺼내 대조해 보니 조금도 틀린 데가 없었다. 법정이 말했다.

"산 북쪽에 있는 대로는 곧바로 낙성의 동문으로 통하고 산 남쪽에 있는 샛길은 낙성의 서문으로 통합니다. 둘 모두 진군할 수 있는 길입니다."

방통이 현덕에게 건의했다.

"저는 위연을 선봉으로 삼아 남쪽의 샛길로 진군하겠습니다. 주공께서는 황충을 선봉으로 삼아 북쪽 대로로 나아가십시오. 두 길의 군사가 함께 낙성에서 만나기로 하시지요."

현덕은 생각이 달랐다.

"나는 소싯적부터 활을 쏘고 말 달리는 걸 익혔으며 샛길도 많이 다녀 보았소. 군사께서 큰길로 가서 동문을 치도록 하시오. 내가 서문을 치겠소."

방통이 우겼다.

"대로에는 틀림없이 앞을 막는 군사가 있을 것이니 그것을 주공께서 맡아 주십시오. 제가 샛길로 가겠습니다."

현덕이 말렸다.

"군사께서 그리해서는 아니 되오. 간밤에 신인神人 한 분이 쇠몽둥이로 내 오른팔을 후려갈기는 꿈을 꾸었는데 잠을 깬 뒤에도 여전히 팔이 아프구려. 이번 걸음에 혹시 좋지 않은 일이 생기면 어쩌겠소?"

방통이 대꾸했다.

"장사가 싸움터에 나가면 죽거나 다치는 건 자연스러운 이치입니다. 어찌하여 꿈을 가지고 그토록 의심하십니까?"

현덕이 말했다.

"내가 의혹을 품는 것은 공명의 서신 때문이오. 군사께서는 돌아가서 부관을 지키는 것이 어떻겠소?"

방통은 큰소리로 웃었다.

"주공께서는 공명에게 홀리셨습니다. 공명은 제가 혼자서 큰 공을 세우는 것을 바라지 않기 때문에 일부러 그런 말을 지어내어 주공이 의심을 품도록 한 것입니다. 마음에 의혹을 품으면 꿈을 꾸게 되는 것인데 무슨 흉한 일이 있겠습니까? 이 통은 간장과 뇌수를 땅바닥에 바르며 충성을 다해야만 비로소 소원을 이루었다고 할 수 있습니다. 주공께서는 더 이상 여러 말씀 마시고 내일 아침 떠나도록 하십시오."

이날 명령을 하달했다. 군사들은 새벽 5경에 밥을 지어 먹고 동틀 무렵 말에 올랐다. 황충과 위연은 군사를 거느리고 먼저 떠났다. 현덕이 방통과 다시 만날 약속을 하고 있을 때였다. 별안간 방통이 타고 있던 말이 뭘 봤는지 앞다리를 헛디디는 바람에 방통을 떨어뜨리고 말았다. 현덕은 말에서 뛰어내려 손수 그 말을 붙들어 세웠다. 그러고는 물었다.

"군사께서 어찌 이런 시원찮은 말을 타셨소?"

방통이 대답했다.

"이 말을 오래 타고 다녔지만 이런 적은 없었습니다."

현덕이 권했다.

"싸움터에 나갈 말이 눈에 이상이 생기면 사람 목숨마저 그르치고 말 것이오. 내가 탄 백마가 성질이 지극히 온순하니 군사께서 타시면 만에 하나도 실수가 없을 것이오. 그 못난 말은 내가 타리다."

현덕은 즉시 방통과 말을 바꾸어 탔다. 방통이 감사를 표했다.

"주공의 두터운 은혜에 깊이 감사합니다. 만 번을 죽어도 갚을 길이 없겠습니다."

이윽고 각기 말에 올라 길을 골라 나아갔다. 떠나는 방통을 보면서 현덕은 왠지 마음이 언짢았다. 그래서 울적한 심정으로 길을 나섰다.

한편 낙성의 오의와 유괴는 영포가 죽었다는 소식을 듣고 무리들과 함께 대책을 상의했다. 장임이 제의했다.

"성 동남쪽 후미진 산중에 샛길이 하나 있는데 아주 요긴한 곳입니다. 내가 한 부대의 군사를 이끌고 가서 그곳을 지킬 테니 여러분은 낙성을 단단히 지켜 잃지 않도록 하십시오."

이때 형주 군사가 두 길로 나뉘어 성을 치러 온다는 보고가 들어왔다. 장임이 급히 3천 명의 군사를 이끌고 먼저 샛길로 질러가서 매복했다. 위연의 군사가 지나가는 것을 본 장임은 부하들을 단속해서 그대로 지나가게 놓아두고 놀라거나 움직이지 못하게 했다. 뒤이어 방통의 군사가 왔다. 장임의 군사가 적군 중의 대장을 가리키면서 말했다.

"백마를 탄 자가 틀림없는 유비입니다."

장임은 크게 기뻐하며 이리저리 하라고 명령을 전했다.

이때 좁은 샛길을 따라 구불구불 나아가던 방통이 머리를 들어 주변을 둘러보았다. 양쪽 산은 바짝 다가붙었는데 나무가 빽빽이 우거진데다가 때마침 여름도 다 지나고 초가을이라 가지와 잎들이 무성했다. 방통은 덜컥 의심이 들어 고삐를 당겨 말을 멈추고 물었다.

"이곳의 지명은 무엇인가?"

수하에 새로 항복한 군사가 손가락질을 하며 대답했다.

"이곳의 지명은 낙봉파落鳳坡*입니다."

방통은 깜짝 놀랐다.

"내 도호가 봉추鳳雛인데 이곳이 낙봉파라니! 나에게 이롭지 않겠구나."

즉시 후군에게 퇴각 명령을 내렸다. 이때 산비탈 앞에서 '쾅!' 하는 포 소리가 들리더니 화살이 메뚜기 떼처럼 날아드는데 오로지 백마 탄 사람만 쏘아 댔다. 가엾게도 방통은 어지러이 날아드는 화살 아래 목숨을 잃고 말았다. 그때 나이 겨우 36세였다. 후세 사람이 탄식하며 지은 시가 있다.

고향땅 현산엔 우거진 녹음 이어졌는데 /
방사원의 옛집은 산모롱이 곁에 있었네. //
이웃집 아이들은 멍청이라고 불렀지만 /
마을에선 일찍이 빼어난 재주 소문났네.

삼분천하 계획하여 급히 군공 세우려고 /
만 리 먼 길 말을 달려 혼자서 헤맸네. //
뉘 알았으랴 낙봉파에 천구성 떨어져서 /
장군을 금의환향 못하게 할 줄이야.

•낙봉파I봉이 추락하는 언덕이라는 뜻. 지금의 사천성 덕양시德陽市 나강진羅江鎭 부근에 낙봉파가 있는데 방통이 화살을 맞은 곳이라고 한다.

古峴相連紫翠堆, 士元有宅傍山隈. 兒童慣識呼鳩曲, 閭巷曾聞展驥才.
預計三分平刻削, 長驅萬里獨徘徊. 誰知天狗流星墜, 不使將軍衣錦回.

이보다 앞서 동남 지방에선 이런 동요가 떠돌았다.

봉 한 마리 용 한 마리 나란히 / 서로 도우며 촉중으로 날아드네. //
가던 길 겨우 중간에 이르러 / 봉은 언덕 동쪽에서 떨어져 죽었네. //
바람은 비를 몰아오고 / 비는 바람 따르나니 /
한이 일어날 때 촉의 길 열리는데 /
촉의 길 열렸을 땐 오직 용만 남으리라.
　一鳳幷一龍, 相將到蜀中. 纔到半里路, 鳳死落坡東.
鳳送雨, 雨隨風, 隆漢興時蜀道通, 蜀道通時只有龍.

이날 장임이 방통을 쏘아 죽이자 형주 군사들은 앞뒤가 막혀 나아
가지도 물러서지도 못한 채 태반이 죽었다. 선두의 군사가 나는 듯
이 위연에게 보고했다. 위연이 황급히 군사를 돌려세우려 했지만 산
길이 너무 좁아서 도저히 싸울 수가 없었다. 뿐만 아니라 장임이 돌
아갈 길을 차단하고 높은 언덕에서 강한 활과 굳센 쇠뇌를 마구 쏘
아 댔다. 위연이 한창 당황하고 있을 때였다. 새로 항복한 촉군이 일
러 주었다.

"차라리 낙성 아래로 돌격해서 큰길로 나가는 편이 좋겠습니다."

위연은 그 말을 따르기로 하고 앞장서서 길을 뚫으면서 낙성을 향
해 돌격했다. 그러자 앞쪽에서 흙먼지가 자욱하게 일어나더니 한 떼
의 군사가 달려왔다. 바로 낙성을 지키고 있던 장수 오란과 뇌동이

었다. 뒤쪽에서는 장임이 군사를 이끌고 쫓아왔다. 그들은 앞뒤에서 협공하여 위연을 완전히 포위했다. 위연은 죽기로써 싸웠지만 포위망을 벗어날 수가 없었다. 그런데 한순간 오란과 뇌동의 후군이 저절로 어지러워졌다. 오란과 뇌동은 급히 말머리를 돌려 그들을 구하러 갔다. 위연이 그 기회를 이용하여 뒤를 쫓아가는데 저편에서 앞장선 장수 하나가 칼을 휘두르고 말을 다그쳐 몰면서 큰소리로 외쳤다.

"문장文長(위연의 자)! 내 특별히 자네를 구하러 왔네!"

살펴보니 바로 노장 황충이었다. 두 사람은 촉군을 협공하여 오란

주지굉 그림

과 뇌동 두 장수를 패퇴시키고 단숨에 낙성 아래까지 쳐들어갔다. 이 때 유괴가 성에서 군사를 이끌고 달려 나왔다. 그러나 현덕이 뒤에서 막아 주며 황충과 위연을 후원했다. 황충과 위연은 몸을 돌이켜 돌아왔다. 현덕의 군마가 달려가 영채에 이르렀을 무렵이었다. 장임의 군마가 또 샛길로 나와서 막고 유괴, 오란, 뇌동이 앞장서서 쫓아 왔다. 두 영채를 지켜 내지 못한 현덕은 싸우면서 달아나 부관으로 쫓겨 돌아갔다. 싸움에 이긴 촉군은 구불구불 길을 따라 뒤를 추격 했다. 사람과 말이 다 함께 지친 현덕은 싸울 마음이 없어 한사코 달 아나는 데만 열중했다. 부관에 거의 다 왔을 즈음 장임의 군사가 뒤 를 바싹 쫓아왔다. 다행히도 왼편에서는 유봉, 오른편에서는 관평이 힘이 펄펄 살아 있는 군사 3만 명을 거느리고 길을 가로막으며 장임 을 격퇴시켰다. 두 장수는 그 여세를 몰고 20리를 추격하여 수많은 말을 빼앗아 돌아왔다.

현덕 일행은 다시 부관으로 들어갔다. 방통의 소식을 물었다. 낙 봉파에서 목숨을 건지고 도망쳐 온 군사가 보고했다.

"군사께서는 말과 함께 어지러이 날아오는 화살에 맞아 낙봉파 앞 에서 전사하셨습니다."

이 말을 들은 현덕은 서쪽을 향해 통곡해 마지않으며 초혼제招魂祭 를 지냈다. 장수들도 모두 소리 내어 울었다. 황충이 말했다.

"이번에 방통 군사를 꺾었으니 장임은 반드시 부관을 치러 올 것 입니다. 어떻게 하면 좋겠습니까? 아무래도 형주로 사람을 보내 제 갈군사를 모셔 와서 서천을 거두어들일 계책을 의논하시는 게 좋지 않겠습니까?"

이렇게 이야기를 하고 있는데 장임이 군사를 이끌고 바로 성 아래까지 와서 싸움을 건다는 보고가 들어왔다. 황충과 위연이 모두 나가 싸우겠다고 했다. 현덕이 말렸다.

"방금 예기가 꺾인 터이니 굳게 지키면서 후원군이 올 때까지 기다리는 것이 좋겠소."

황충과 위연은 명령을 받들고 조심스레 성을 지키기만 했다. 현덕은 편지 한 통을 써서 관평에게 주고 분부했다.

"너는 나를 위해 형주로 가서 군사를 모셔 오너라."

관평은 글을 받아 들고 밤을 무릅쓰고 형주로 달려갔다. 현덕은 친히 부관을 지키면서 절대로 나가 싸우지 않았다.

한편 형주에 있던 공명은 때마침 칠석을 맞이했다. 크게 관원들을 모아 야연夜宴을 베풀면서 서천 치는 일을 이야기하고 있었다. 그때 서쪽 하늘에 말斗 만한 별 하나가 나타나더니 잠시 후 떨어지며 빛이 사방으로 흩어졌다. 공명은 소스라치게 놀라 술잔을 땅에 던지고는 얼굴을 싸쥐고 소리치며 울었다.

"슬프도다! 가슴 아프도다!"

관원들이 황급히 그 까닭을 묻자 공명이 대답했다.

"내가 지난번에 헤아려 보니 금년에는 강성이 서방에 있어 방군사軍師에게 불리했고, 또 천구성이 우리 군을 침범한 데다 태백이 낙성 분야에 임했기에 이미 주공께 글을 올려 조심해서 방비하시라고 알려 드렸소. 그런데 오늘 저녁 서방에서 별이 떨어지다니 누가 생각이나 했겠소? 틀림없이 방사원의 목숨이 끝난 게요!"

말을 마친 그는 다시 대성통곡을 했다.

"이제 우리 주공께서는 한 팔을 잃으셨구나!"

여러 관원들은 모두 놀라면서도 그 말을 믿지는 않았다. 공명이 말했다.

"며칠 내로 틀림없이 소식이 있을 것이오."

이 때문에 이날 밤 잔치는 끝까지 즐기지 못하고 말았다.

며칠 뒤 공명이 운장 등과 이야기를 나누고 있는데 사람이 들어와서 관평이 왔다고 보고했다. 관원들은 모두 깜짝 놀랐다. 이윽고 관평이 들어와서 현덕의 서신을 올렸다. 공명이 살펴보니 이런 말이 적혀 있었다.

금년 칠월 초이레 방군사가 낙봉파 앞에서 장임의 화살에 맞아 돌아가셨소.

공명이 대성통곡을 하고 관원들도 눈물을 흘리지 않는 사람이 없었다. 공명이 말했다.

"주공께서 부관에서 진퇴양난에 빠져 계신다니 내가 가지 않을 수 없게 되었구려."

운장이 물었다.

"군사께서 떠나시면 누가 형주를 지킵니까? 형주는 중요한 곳이라 책임이 가볍지 않습니다."

공명이 대답했다.

"주공께서 편지에 누구라고 분명히 쓰지는 않으셨지만 내 이미 주공의 뜻을 알았소."

그러고는 현덕의 글을 여러 사람에게 보였다.

"주공께서는 형주를 나에게 부탁하니 스스로 가늠해서 책임을 맡기라고 하셨소. 비록 이렇게 쓰시긴 하였으나 관평을 보내 글을 전하신 걸 보면 운장공에게 이 중임을 맡기시려는 뜻이오. 운장께서는 도원에서 의를 맺은 정의를 생각하여 힘을 다해 이 땅을 지키시오. 책임이 가볍지 않으니 공은 노력하셔야 하오."

운장은 사양하지 않고 시원스레 응낙했다. 공명은 잔치를 베풀고 현덕에게 받았던 인수를 건네주었다. 운장이 두 손을 내밀어 받으려 하자 공명은 인수를 손에 받든 채 당부했다.

"이곳 책임은 모두 장군 한 몸에 달렸소."

운장이 다짐했다.

"대장부가 중임을 맡았으니 죽어야 그만 둘 것이오."

운장이 '죽음'을 입에 올리자 공명은 속으로 기분이 좋지 않았다. 그러나 인수를 주지 않으려 해도 이미 중임을 맡긴다는 말을 내뱉은 상태였다.

그래서 공명이 물었다.

"만약 조조가 군사를 이끌고 온다면 어떻게 하시겠소?"

운장이 대답했다.

"힘을 다해 막겠소."

공명이 다시 물었다.

"만약 조조와 손권이 한꺼번에 군사를 일으켜 온다면 어떻게 하시겠소?"

운장의 대답은 예상을 벗어나지 못했다.

"군사를 나누어서 막겠소."

공명이 깨우쳐 주었다.

"그렇게 한다면 형주는 위태로워질 것이오. 내가 여덟 글자를 일러 드릴 테니 단단히 기억해 두면 형주를 보전할 수 있을 것이외다."

운장이 물었다.

"그 여덟 글자란 무엇이오?"

공명이 또박또박 일러 주었다.

"북거조조 동화손권北拒曹操 東和孫權(북으로 조조를 막고 동으로 손권과 화친하다)!"

운장이 다짐했다.

"군사의 말씀을 폐부에 새기겠소이다."

공명은 마침내 인수를 넘겨주고 문관으로는 마량·이적·상랑向 朗·미축, 무장으로는 미방·요화·관평·주창에게 운장을 보좌해서 함 께 형주를 지키도록 했다. 그러고는 공명이 친히 군사를 거느리고 서 천으로 들어가기로 했다.

먼저 정예 군사 1만 명을 장비에게 주어 대로로 해서 파주巴州와 낙성의 서쪽으로 달려가게 하면서 먼저 당도하는 사람이 첫 공을 세 우는 것으로 정했다. 또 한 갈래의 군사를 떼어 조운을 선봉으로 삼 고 강을 거슬러 올라가 낙성에서 합류하기로 했다. 공명은 그 뒤를 이어 간옹과 장완蔣琬 등을 데리고 길을 떠나기로 했다. 장완은 자가 공염公琰이고 영릉 상향湘鄕 사람인데 형양 지방의 명사로서, 이때 문 서 일을 맡은 서기로 있었다.

공명은 군사 1만 5천 명을 거느리고 장비와 같은 날 길을 떠났다. 장비가 떠날 때 공명은 신신 당부했다.

"서천에는 호걸들이 매우 많으니 적을 가볍게 보아서는 아니 되 오. 가는 길에 삼군을 단단히 단속하여 백성들의 재물을 노략질하여 민심을 잃는 일이 없도록 하시오. 이르는 곳마다 사람들을 아끼고 구제해야 하며 함부로 군사들을 매질하지 마시오. 장군과 하루바삐 낙성에서 만나기를 바라니 잘못이 있어서는 아니 되오."

장비는 기꺼이 응낙하고 말에 올라 길을 떠났다. 길을 따라 구불구불 나아가며 이르는 곳마다 일단 항복한 자에겐 추호도 해를 끼치는 일이 없었다. 곧장 한천漢川 길*로 나아가 파군巴郡에 이르렀다. 첩자가 돌아와서 보고했다.

"파군 태수 엄안嚴顔은 촉중의 명장으로 비록 나이는 많으나 아직 정력이 쇠하지 않아 능히 강궁을 당기고 큰칼을 쓰는데, 만 명의 사내도 당하지 못할 용맹을 지녔다 합니다. 지금 성을 굳게 지키며 항복의 깃발을 내걸지 않고 있습니다."

장비는 성에서 10리 떨어진 곳에 영채를 세우고 엄안에게 사람을 보내며 말했다.

"늙은 필부 녀석에게 말하라. 빨리 나와서 항복하면 성안 백성들의 목숨을 살려주겠지만 귀순하지 않으면 성을 짓밟아 평지로 만들어 버리고 늙은 것이고 어린것이고 한 놈도 살려 두지 않을 것이라고!"

한편 파군에 있던 엄안은 유장이 법정을 보내서 현덕을 서천으로 청해 들인다는 말을 듣고는 가슴을 치며 탄식했다.

"이것이 소위 깊은 산에 홀로 앉아 자신을 지켜 달라고 호랑이를 끌어들이는 것이나 다름 없는 일이 아닌가?"

후에 다시 현덕이 부관을 점거했다는 소식을 듣고는 크게 노하여 몇 차례나 군사를 거느리고 싸우러 가려 했다. 그러나 자신이 지키고

---

*한천 길 | 한수漢水 유역을 따라 촉蜀으로 들어가는 도로.

있는 길로 적군이 쳐들어오지나 않을까 염려되어 움직이지 못하고 있었던 것이다. 그러던 차에 이날 장비의 군사가 쳐들어왔다는 소식을 들은 엄안은 즉시 수하의 인마 5,6천 명을 점검하여 적을 맞아 싸울 채비를 했다. 누군가 계책을 바쳤다.

"장비는 당양 장판파에서 호통 소리 한번으로 조조의 백만 대군을 물리친 자입니다. 조조조차 그 이름만 듣고도 피할 정도이니 적을 우습게 보서서는 안 됩니다. 이제 도랑을 깊이 파고 보루를 높이 쌓아 굳게 지키면서 출전하지 말아야 합니다. 저쪽 군사는 양식이 없으니 한 달이 못 가서 자연히 물러날 것입니다. 게다가 장비는 성미가 사나운 불길 같아서 병졸들을 매질할 줄밖에 모릅니다. 만일 우리가 싸우지 않으면 반드시 화를 낼 것이고, 화를 내게 되면 틀림없이 더 횡포해져서 병졸들에게 분풀이를 할 것입니다. 일단 군사들의 마음이 변하면 그 틈을 이용하여 공격하십시오. 그러면 장비를 사로잡을 수 있을 것입니다."

엄안은 그 말을 따르기로 하고 군사들을 모두 성 위로 올려 보내 굳게 지키게 했다. 그런데 별안간 한 병졸이 성에 다가오더니 큰소리로 외쳤다.

"문을 여시오!"

엄안이 들어오게 해서 물어보았다. 그 병졸은 장장군이 보낸 사람이라고 밝히면서 장비가 일러 준 말을 그대로 전했다. 엄안은 크게 노하여 욕을 했다.

"하찮은 놈이 어찌 감히 이토록 무례하단 말인가? 이 엄장군이 어찌 도적에게 항복한단 말이냐? 너는 가서 장비에게 이 말을 그대로 전하라!"

엄안은 무사를 불러 그 병졸의 귀와 코를 벤 다음 영채로 돌려보냈다.

병졸이 돌아와 장비를 보고 울면서 엄안이 사람을 이 꼴로 만들고 욕을 하더란 말을 했다. 크게 노한 장비는 이를 부드득 갈아 부치고 고리눈을 부릅떴다. 즉시 갑옷과 투구를 갖추고 말에 오르더니 수백 명의 기병을 이끌고 파군성 아래로 가서 싸움을 걸었다. 성 위의 군사들은 갖은 욕을 다 퍼부었다. 장비는 성질이 급해져서 몇 번이나 조교까지 쳐들어가 해자를 건너려 했지만 그때마다 화살이 어지러이 쏟아지는 바람에 그대로 물러나곤 했다. 날이 저물도록 누구 하나 싸우러 나오는 사람이 없자 장비는 분통이 터지는 것을 간신히 참으면서 영채로 돌아왔다. 이튿날 이른 아침 장비는 또 군사를 이끌고 파군성으로 가서 싸움을 걸었다. 성벽의 적루에 있던 엄안이 화살 한 대를 날려 장비의 투구를 맞혔다. 장비가 손가락질을 하며 악담을 퍼부었다.

"너 이 늙은 필부 녀석 잡기만 하면 내 너의 고기를 씹으리라!"

이날도 날이 저물어서 장비는 또 빈손으로 돌아갔다. 사흘째 되는 날이었다. 장비는 군사를 이끌고 성벽을 돌면서 욕설을 퍼부었다. 파군성은 산성山城이기 때문에 주위가 모두 산이었다. 장비는 말을 타고 산 위로 올라가서 성안을 내려다보았다. 성안의 군사들은 모두들 갑옷 입고 투구 쓰고 대오를 나누어 매복하고 있는데 도무지 나올 기미가 보이지 않았다. 백성들이 이리저리 오가며 벽돌을 나르고 돌을 운반하며 성벽의 방비를 돕는 것도 보였다. 장비는 기병은 말에서 내리고 보병들은 모두 땅바닥에 주저앉으라고 명을 내렸다. 이렇게 해서 적을 밖으로 꾀어내려고 했다. 그러나 성안에서는 아무런 동

정도 없었다. 또 하루 종일 욕만 퍼붓다가 전날과 마찬가지로 허탕을
치고 돌아왔다. 장비는 영채 안에서 가만히 생각해 보았다.

'종일토록 욕을 퍼부어도 저것들이 한사코 나오지를 않으니 어찌
하면 좋을꼬?'

그러다가 불현듯 한 가지 계책을 생각해 내고는 모든 군사들에게
밖으로 나가 싸움 거는 것을 중단하고 다들 단단히 싸울 채비를 한

황전창 그림

채 영채 안에서 대기하라고 명했다. 그러고는 단지 4, 50명의 군사들만 내보내 성 밑으로 가서 욕을 퍼붓게 했다. 엄안의 군사를 꾀어내기만 하면 즉시 처부술 작정이었다. 장비는 주먹을 어루만지고 손바닥을 썩썩 비비며 오직 적병이 나오기만을 기다렸다. 그러나 군졸들이 연달아 사흘 동안이나 욕을 퍼부어도 적은 나올 기미가 없었다. 장비는 미간을 찌푸리고 궁리하다가 또 한 가지 계책을 생각해 냈다. 그는 군사를 사방으로 흩어 땔나무를 장만하면서 길을 찾되 성으로 가서 싸움을 걸지 못하게 했다. 성안에 있던 엄안은 며칠 동안 장비가 움직이지 않자 속으로 의혹이 생겼다. 그는 군졸 10여 명을 땔감을 구하러 다니는 장비의 군사로 위장시켜 성에서 내보내 산속으로 들어가 적정을 알아보게 했다.

이날 여러 곳으로 나갔던 군사들이 영채로 돌아오자 장비는 영채 안에 앉아 발을 구르며 욕설을 퍼부었다.

"엄안! 이 늙은 필부 녀석이 나의 분통을 터뜨려 죽일 작정이구나!"

막사 앞에 있던 서너 명이 말했다.

"장군께서는 그토록 애를 태울 필요가 없습니다. 요 며칠 사이 샛길 하나를 찾아냈으니 몰래 파군을 지나갈 수 있을 것입니다."

장비는 일부러 언성을 돋우었다.

"그런 곳이 있었다면 어째서 일찍 와서 말하지 않았느냐?"

그들이 변명했다.

"요 며칠 사이에 겨우 찾아냈습니다."

장비가 서둘렀다.

"지체해서는 안 된다. 오늘 밤 2경에 밥을 지어 먹고 달이 밝은 3경을 이용하여 영채를 모두 뽑도록 하라. 사람은 하무를 물고 말방울을 떼어 소리 없이 움직이도록 하라. 내가 직접 앞장서서 길을 열 테니 너희들은 차례대로 출동하라!"

이렇게 명령을 전하여 온 영채 안에 두루 알렸다.

염탐하러 나왔던 군사들이 이 소식을 듣고 성으로 돌아가서 엄안에게 보고했다. 엄안은 크게 기뻐했다.

"내 이 필부 녀석이 배겨 내지 못할 줄을 진작부터 알고 있었지! 네놈이 샛길로 몰래 지나간다면 필시 식량이나 말먹이 풀, 치중은 뒤에 둘 것이다. 내가 뒷길을 끊어 버린다면 네놈이 어떻게 지나갈 수 있단 말이냐? 참으로 꾀 없는 필부 녀석이 내 계책에 걸려들고 말았군!"

즉시 명령을 내려 군사들에게 싸우러 나갈 준비를 하게 했다.

"우리도 오늘 밤 2경에 밥을 지어 먹고 3경에 성을 나가 나무가 우거진 곳에 매복한다. 장비가 목구멍 같이 좁은 샛길을 지나가기를 기다렸다가 그 다음 수레들이 나올 때 북소리가 울리면 일제히 쳐 나가도록 하라."

명령을 전하고 나자 어느덧 밤이 되었다. 엄안의 전군이 모두들 배불리 먹고 완전무장을 한 다음 가만히 성을 나가 사방으로 흩어져 매복한 채 북소리가 울리기만을 기다렸다. 엄안은 스스로 비장神將 10여 명을 이끌고 말에서 내려 숲속에 몸을 숨기고 있었다. 3경이 지났을 무렵이었다. 멀리 바라보니 장비가 친히 앞장서서 장팔사모를 가로 들고 말을 탄 채 가만히 군사를 이끌고 지나가는 모습이 보였다. 장비가 3,4리도 못 갔을 때쯤이었다. 그 뒤로 수레와 인마들이 속속 따라 나왔다. 그 광경을 분명히 보고 엄안이 일제히 북을 울리게 하자 사면에 매복했던 군사들이 모조리 일어났다. 바야흐로 수레로 달려들어 겁탈하려 할 때였다. 등 뒤에서 한바탕 징소리가 요란하게 울리더니 한 떼의 군사가 덮쳐 나오며 버럭 호통을 쳤다.

"늙은 도적은 달아나지 말라! 내 너를 기다리고 있었는데 마침 잘 되었구나!"

엄안이 머리를 홱 돌려 보았을 때였다. 앞장선 대장은 표범 머리에 고리눈, 제비턱에 호랑이 수염을 하고 장팔사모를 든 채 검정말을 타고 있었다. 바로 장비였다. 사방에서 징소리가 요란하게 울리면서 군사들이 무더기로 몰려왔다. 갑자기 장비를 만난 엄안은 손을 제대로 놀릴 수가 없었다. 말이 어울려 싸운 지 10합이 못 되어 장비가 짐짓 빈틈을 보였다. 엄안이 기회를 놓칠세라 칼을 내리찍었다. 번개같이 몸을 피한 장비는 엄안에게 와락 달려들며 갑옷 졸라맨 끈을 덥석 틀어쥐더니 확 잡아당겨서 땅바닥에 내동댕이쳤다. 그와 동시에 군사들이 앞으로 달려 나와 밧줄로 꽁꽁 묶어 버렸다.

먼저 지나간 사람은 가짜 장비였다. 엄안이 북을 두드려 군호로 삼을 걸 짐작한 장비는 반대로 징을 쳐서 군호로 삼기로 하였으니 징소리가 울리자 군사들이 일제히 달려 나왔던 것이다. 서천 군사들은 태반이 갑옷을 버리고 창을 거꾸로 잡은 채 항복했다.

장비가 군사를 몰아 파군성 아래로 쇄도했을 땐 뒤에 있던 군사가 이미 성안에 들어가 있었다. 장비는 군사들에게 백성을 죽이지 말라고 이르고 방을 붙여 주민들의 마음을 안정시켰다. 이때 도부수들이 엄안을 끌고 왔다. 장비가 대청 위에 앉아 있는데 엄안은 무릎을 꿇으려 하지 않았다. 장비가 성난 눈을 부릅뜨고 이를 갈며 크게 꾸짖었다.

"대장이 이곳에 왔는데 냉큼 항복하지 않고 어찌하여 감히 항거했느냐?"

엄안은 전혀 두려워하는 기색 없이 도리어 장비를 꾸짖었다.

"너희들이 의리 없이 우리 주군을 침범하지 않았느냐? 이곳에는 목을 내놓을 장군은 있을지언정 항복할 장군은 없느니라."

장비가 크게 화를 내며 좌우의 부하들에게 목을 치라고 호령했다. 엄안도 지지 않고 호통을 쳤다.

"이 하찮은 도적놈! 목을 자를 테면 자를 것이지 어찌 성을 내느냐?"

엄안의 목소리가 우렁차고 안색이 조금도 변하지 않는 것을 본 장비는 바로 화를 풀고 기쁜 얼굴이 되었다. 계단 아래로 내려간 그는 부하들을 호령해 물리치고 친히 엄안을 묶은 밧줄을 풀어 주었다. 그러고는 옷을 가져다 입히고 엄안을 부축하여 대청 가운데다 높이 앉히더니 머리를 숙이고 절을 했다.

"방금 지나친 말로 장군을 모독했소이다. 나무라지 말아 주시면 고맙겠소. 나는 평소부터 노장군이 호걸임을 알고 있소이다."

엄안은 장비의 은의에 감동되어 항복하고 말았다. 후세 사람이 엄안을 칭찬해서 지은 시가 있다.

백발이 되도록 서촉에 살면서 / 깨끗한 이름 온 나라를 울렸네. //
충성심은 마치 밝은 달빛 같고 / 호탕한 기개는 장강을 휘감네.

차라리 목이 잘려 죽을지언정 / 어찌 무릎 꿇고 항복을 하리. //
파주성의 나이 많은 노장군은 / 천하에 더 이상 짝이 없으리.

白髮居西蜀, 淸名震大邦. 忠心如皎月, 浩氣卷長江.

寧可斷頭死, 安能屈膝降. 巴州年老將, 天下更無雙.

또 장비를 칭찬한 시도 있다.

산채로 엄안을 잡으니 용맹이 절륜하고 /
의기 하나로 군사와 백성을 감복시켰네. //
지금도 사당과 신상이 파촉에 남아 있어 /
술과 안주로 제사지내니 날마다 봄일세.

生獲嚴顏勇絶倫, 惟憑義氣服軍民. 至今廟貌留巴蜀, 社酒鷄豚日日春.

장비가 서천으로 들어갈 계책을 물으니 엄안이 대답했다.

"패군지장이 장군의 두터운 은혜를 입었으나 보답할 길이 없소이다. 원컨대 견마지로를 다하여 화살 한 대 쓸 필요 없이 곧장 성도를 손에 넣도록 하겠소."

이야말로 다음 대구와 같다.

한 장수의 마음이 기울었기 때문에 /
여러 성을 쉽사리 항복하게 만드네.

祇因一將傾心後 致使連城唾手降

엄안의 계책이란 무엇일까, 다음 회를 보라.

1562

64

충신 장임

공명은 계책을 정해 장임을 사로잡고
양부는 군사를 빌려 마초를 격파하다
孔明定計捉張任 楊阜借兵破馬超

장비가 엄안에게 계책을 물으니 엄안이 대답했다.

"여기서부터 낙성까지 가는 길의 관문과 요충지를 지키는 일은 모두 이 늙은이의 소관이고 관군들도 모두 내가 장악하고 있소이다. 지금 장군의 은혜에 감격하면서도 보답할 길이 없으니 이 늙은이가 앞장서서 가는 곳마다 모두 불러 항복하게 하겠소."

장비는 고마워하기를 마지않았다. 이에 엄안이 선두 부대가 되고 장비는 군사를 거느리고 뒤를 따랐다. 이르는 곳마다 모두 엄안이 관리하는 곳이라 그곳을 지키는 자들을 불러내어 항복시켰다. 간혹 주저하며 결단을 내리지 못하는 자가 있으면 엄안이 타일렀다.

"나마저 투항했는데 하물며 자네야 말할 것이 있겠는가?"

이때부터 소문만 듣고도 귀순하여 한 차례도 싸운 적이 없었다.

한편 공명은 군사가 길을 떠난 날짜를 현덕에게 보고하고 모두 낙성에서 모이자고 말해 두었다. 현덕은 관원들과 상의했다.

"지금 공명과 익덕이 두 길로 나뉘어 서천으로 들어오는데 낙성에서 모여 함께 성도로 들어가자고 하였소. 수륙 양군이 이미 7월 20일에 떠났다고 하니 곧 이곳에 당도할 모양이오. 이제 우리도 즉시 진군할 수 있겠소."

황충이 계책을 내놓았다.

"장임이 날마다 와서 싸움을 걸지만 우리가 성에서 나가지 않으니 저쪽 군사들은 마음이 해이해져서 싸울 준비를 하지 않는 모양입니다. 오늘밤에 군사를 나누어 영채를 습격하면 대낮에 싸우는 것보다 나을 것 같습니다."

현덕은 그 말을 좇아 황충에게는 군사를 이끌고 적의 영채 왼편을 치게 하고 위연에게는 군사를 이끌고 적의 영채 오른편을 치게 했다. 그리고 자신은 직접 가운데 길을 치기로 했다. 이날 밤 2경에 세 길의 군마가 일제히 출발했다. 장임은 과연 준비를 하지 않고 있었다. 형주 군사들이 대채로 몰려 들어가 불을 지르니 시뻘건 불길이 하늘로 솟구쳤다. 촉군들은 바삐 달아나고 현덕은 그 밤으로 낙성까지 뒤쫓아 갔다.

그때 낙성 안에서 군사들이 나와 자기네 군사들을 맞아들이고, 현덕은 중간 길까지 돌아와 영채를 세웠다. 이튿날 현덕은 군사를 이끌고 곧장 낙성으로 가서 성을 에워싸고 공격했다. 장임은 군사 행

왕굉희 그림

동을 잠시 중단하고 기회를 엿보고 있었다. 성을 공격한 지 나흘째 되는 날이었다. 현덕은 몸소 한 부대의 군사를 이끌고 서문을 치면서 황충과 위연에게 동문을 공격토록 했다. 남문과 북문은 남겨 두어 적병이 달아나게 했다. 원래 남문 일대는 모두 산길이고 북문에는 부수가 흐르고 있는 까닭에 포위하지 않았던 것이다.

장임이 보니 현덕이 서문에서 말을 타고 이리저리 오가면서 공격을 지휘하는데, 진시부터 시작된 싸움이 미시까지 계속되자 사람과 말이 다 함께 점점 힘이 빠졌다. 이것을 본 장임은 오란과 뇌동 두 장수에게 군사를 이끌고 북문을 나가 동문으로 돌아서 황충과 위연을 대적하게 하고, 자신은 군사를 이끌고 남문을 나가 서문으로 돌아서 특별히 현덕을 맞아 싸우기로 했다. 성안에서는 민병들을 모조리 동원하여 성 위에 올라가 북을 치고 고함을 질러 기세를 돋우게 했다.

한편 붉은 해가 서쪽으로 기우는 것을 본 현덕은 후군에게 먼저 물러서라고 명했다. 군사들이 막 몸을 돌리려 할 때였다. 성 위에서 함성이 일어나더니 남문으로 군마가 돌격해 나왔다. 장임이 곧장 군사들 가운데로 달려와 현덕을 잡으려고 했다. 현덕의 군사들은 일대 혼란에 빠졌다. 황충과 위연 또한 오란과 뇌동의 습격을 받아 그들을 대적하느라 양편으로 갈라진 현덕의 군사들은 서로를 돌볼 수가 없게 되었다. 현덕은 장임을 당해 내지 못하고 말머리를 돌려 후미진 산속의 샛길로 달아났다. 장임이 그 뒤를 쫓아서 금방이라도 따라잡을 정도가 되었다. 현덕은 필마단기였고 장임은 기병 몇 기를 이끌고 뒤쫓아 왔다. 현덕은 앞만 바라보고 필사적으로 채찍을 가하며 달아났다. 이때 별안간 산길에서 한 떼의 군사가 돌격해 왔다. 현덕은 말 위에서 한탄을 했다.

"앞에는 복병이 나타나고 뒤에는 추격병이 따라오니 하늘이 나를 망하게 하는 것이로다!"

그런데 마주 오는 군사를 보니 선두에 선 대장은 바로 장비였다. 원래 장비는 엄안과 함께 바로 현덕이 들어선 그 샛길로 오고 있었는데 멀리서 티끌이 자욱하게 일어나는 것을 보고 자기편이 서천 군사와 싸우고 있다는 사실을 알았다. 선두에서 달려오던 장비는 정면으로 장임과 마주치게 되자 곧바로 맞붙어 싸웠다. 두 장수가 싸운 지 10여 합에 이르렀을 때였다. 등 뒤에서 엄안이 군사를 이끌고 기세 좋게 달려왔다. 장임은 부랴부랴 몸을 돌렸다. 장비가 곧바로 뒤를 쫓아 성 아래까지 이르렀다. 그러나 장임은 성안으로 퇴각하는 즉시 조교를 끌어올렸다.

장비가 돌아가 현덕을 보고 말했다.

"군사께서는 강을 거슬러 올라갔는데 아직 이르지 못한 것을 보니 나에게 첫 공을 뺏기고 만 것 같소."

현덕은 의아했다.

"산길이 험한데 어떻게 아무런 저항도 받지 않고 먼 길을 순조롭게 달려 이곳에 먼저 도착할 수 있었단 말이냐?"

장비가 대답했다.

"오는 길에 마흔다섯 군데의 관문과 요새를 지났지만 모두가 노장 엄안의 덕분에 조금도 힘들이지 않고 왔소이다."

장비는 의리로 엄안을 풀어 준 일을 처음부터 끝까지 전부 이야기했다. 그러고는 엄안을 불러 현덕을 뵙게 했다. 현덕이 감사의 말을 했다.

"만약 노장군이 아니었다면 내 아우가 무슨 수로 예까지 올 수 있었겠소?"

현덕은 즉시 몸에 걸치고 있던 황금 쇄자갑鎖子甲*을 벗어서 엄안에게 하사했다. 엄안이 절을 올리며 감사했다. 바야흐로 주연을 베풀어 술을 마시려고 할 때였다. 별안간 정찰병이 돌아와 보고했다.

"황충과 위연 장군이 서천의 장수 오란, 뇌동과 싸우는데 성안에서 오의와 유괴가 또 군사를 이끌고 나와 싸움을 도우며 양편에서 협공했습니다. 그 바람에 우리 군사들이 당해 내지 못하고 위연과 황충 두 장군은 패해서 동쪽으로 달아났다고 합니다."

이 말을 들은 장비는 즉시 현덕에게 군사를 두 길로 나누어 구원하러 가자고 청했다. 이리하여 장비는 왼쪽, 현덕은 오른쪽으로 달려 나갔다. 오의와 유괴는 뒤편에서 함성이 일어나자 황급히 군사를 물려 성으로 들어가 버렸다. 그러나 오란과 뇌동은 군사를 이끌고 황충과 위연을 추격하는 데만 정신을 팔다가 현덕과 장비에게 돌아갈 길을 차단당하고 말았다. 황충과 위연도 다시 말머리를 돌려 공격했다. 오란과 뇌동은 도저히 이길 수 없을 걸 알고 하는 수 없이 수하 군사들을 이끌고 항복했다. 현덕은 그들의 항복을 받아들이고 군사를 거두어 성 가까이에 영채를 세웠다.

한편 장임은 두 장수를 잃고 근심에 싸여 있는데 오의와 유괴가 말했다.

"상황이 몹시 다급한데 죽기로 싸우지 않고서야 어떻게 적병을 물리치겠소? 사람을 성도로 보내 주공께 급보를 올리는 한편 계책을 써서 적과 맞서야 하오."

---

*쇄자갑 | 갑옷의 종류. 줄여서 쇄갑鎖甲이라고 한다. 쇠고리를 다섯 개씩 맞물리게 하여 화살이 한 고리에 맞으면 다른 고리들이 움직이면서 함께 막아 주어 화살이 뚫고 들어갈 수 없게 만들었다.

장임이 제의했다.

"내가 내일 한 부대의 군사를 이끌고 싸움을 걸다가 짐짓 패한 척하고 적병을 유인하여 성 북쪽으로 돌아가겠소. 그때 성에서 다시 한 부대의 군사를 이끌고 돌격해 나와 적의 중간을 끊으시오. 그러면 이길 수 있을 것이오."

오의가 말했다.

"그러면 유장군이 공자(유순을 말함)를 도와 성을 지키도록 하시오. 내가 군사를 이끌고 돌격해 나가 싸움을 돕겠소."

이렇게 약속이 정해졌다. 이튿날 장임은 수천 명의 군사를 거느린 채 깃발을 휘두르고 고함을 치면서 성을 나와 싸움을 걸었다. 장비가 말을 타고 나가 말 한마디 없이 장임과 맞붙었다. 그러나 10여 합이 못 되어 장임은 패한 척하고 성을 돌아 달아났다. 장비는 있는 힘을 다해 뒤를 쫓았다. 바로 이때 오의의 군사가 내달아 길을 끊고 장임 또한 군사를 이끌고 다시 돌아서며 장비를 가운데로 몰아넣고 에워쌌다. 장비는 나아가지도 물러서지도 못한 채 어찌할 방도를 찾지 못했다. 그때 한 부대의 군사가 강변으로부터 쇄도해 왔다. 앞장선 대장이 창을 꼬나들고 말을 달려 오의와 맞붙었다. 그는 단 한 합 만에 오의를 생포하고 적군을 격퇴한 다음 장비를 구출했다. 살펴보니 조운이었다. 장비가 물었다.

"군사는 어디 계신가?"

조운이 대답했다.

"군사께서도 이미 도착하셨소. 아마 지금쯤은 주공과 만나셨을 거요."

두 사람은 오의를 사로잡아 영채로 돌아갔다. 장임은 동문으로 퇴각하여 성으로 들어갔다.

장비와 조운이 영채로 돌아오자 공명과 간옹, 장완은 이미 막사 안에 들어와 있었다. 장비가 말에서 내려 군사를 찾아뵈었다. 공명이 놀란 얼굴로 물었다.

"어떻게 하여 먼저 올 수 있었소?"

현덕이 장비 대신에 엄안을 의리로써 풀어 준 일들을 상세히 들려주었다. 공명이 치하의 말을 했다.

"장장군이 지모를 쓸 수 있게 되었으니 모두가 주공의 홍복洪福입니다."

이때 조운이 오의를 압송해 들어와 현덕을 뵈었다. 현덕이 물었다.

"그대는 항복하겠는가?"

오의가 대답했다.

"이미 사로잡혔는데 어찌 항복하지 않겠습니까?"

현덕은 크게 기뻐하며 친히 그 결박을 풀어 주었다. 공명이 오의에게 물었다.

"성안에는 몇 사람이 지키고 있소?"

오의가 대답했다.

"유계옥의 아들 유순이 있고 유괴와 장임이 그를 보좌하고 있습니다. 유괴는 별로 걱정할 사람이 못 되지만 촉군蜀郡 사람 장임만큼은 담력과 지모가 대단하여 경솔히 대적할 수 없을 것입니다."

공명이 말했다.

"우선 장임부터 붙잡은 다음 낙성을 손에 넣어야겠구려."

그리고는 다시 물었다.

"성 동쪽에 있는 다리 이름이 무엇이오?"

오의가 대답했다.

"금안교金雁橋라 합니다."

공명은 말을 타고 다리 가로 가서 강을 돌며 두루 살펴본 다음 영채로 돌아왔다. 그러고는 황충과 위연을 불러 명을 내렸다.

"금안교 남쪽으로 5,6리쯤 떨어진 곳은 양쪽 기슭이 모두 갈대가 우거져 있어 군사를 매복할 만하오. 위문장은 긴 창을 잘 쓰는 창병槍兵 1천 명을 이끌고 왼편에 매복하고 있다가 오로지 말 위의 장수

유영부 그림

만 찌르고, 황한승은 큰칼을 잘 쓰는 도수刀手 1천 명을 이끌고 오른편에 매복하고 있다가 오로지 그들이 탄 말의 다리만 찍도록 하시오. 저쪽 군사를 쳐부수면 장임은 반드시 산 동쪽의 샛길로 달아날 것이오. 장익덕은 1천 명의 군사를 이끌고 그곳에 매복해 있다가 장임을 사로잡도록 하시오."

공명은 또 조운을 불러 금안교 북쪽에 매복토록 했다.

"내가 장임을 유인해서 다리를 건너고 나면 그 즉시 다리를 끊으시오. 그리고 다리 북쪽에서 군사를 거느리고 먼발치에서 공격할 듯한 형세를 보이시오. 그래서 장임이 북쪽으로 달아나지 못하고 남쪽으로 가게만 하면 우리 계책은 적중하는 것이오."

군사 배치를 마치고 각 부대를 모두 파견한 뒤 제갈군사는 직접 적을 유인하러 갔다.

한편 유장은 탁응卓膺과 장익張翼을 낙성으로 보내 싸움을 돕게 했다. 장임은 장익과 유괴에게 성을 지키게 하고 자신은 탁응과 함께 전후 두 부대를 이루었다. 장임은 전대가 되고 탁응을 후대로 삼아 적을 물리치러 성에서 나갔다. 그때 공명이 대오도 제대로 갖추지 못한 군사 한 무리를 이끌고 금안교를 건너오더니 장임과 마주하고 진을 쳤다. 푸른 비단 띠로 만든 관건을 쓰고 깃털 부채인 우선羽扇을 든 공명이 사륜거四輪車를 타고 나서는데 양편에서 1백여 명의 기병이 둘러섰다. 공명은 멀리 보이는 장임을 가리키며 말했다.

"조조는 1백만의 무리를 거느리고도 내 이름만 들으면 도망을 쳤다. 지금 너는 어떤 사람이기에 감히 항복하지 않느냐?"

공명의 군사가 대오조차 제대로 갖추지 못한 것을 본 장임은 마상에서 차갑게 웃으며 말했다.

"사람들이 제갈량은 군사 부리는 것이 귀신같다고 하더니 알고 보니 유명무실하구나!"

그러고는 창을 번쩍 들며 신호를 보내자 대소 장졸들이 일제히 앞으로 쇄도했다. 사륜거를 버리고 말에 오른 공명은 뒤로 물러나더니 달아나 다리를 건넜다. 장임은 공명의 뒤를 추격했다. 그러나 금안교를 건너자 왼편에서는 현덕이, 오른편에서는 엄안이 군사를 이끌고 돌격해 왔다. 계책에 걸린 것을 직감한 장임이 급히 군사를 되돌렸을 때였다. 다리는 이미 끊어져 있었다. 북쪽으로 가려고 하는데 문득 조운의 군사가 맞은편 기슭에 늘어서 있는 광경이 보였다. 그래서 감히 북쪽으로 가지는 못하고 곧장 남쪽으로 강을 끼고 달아났다.

5,6리도 가지 못해 어느덧 갈대가 우거진 곳까지 이르렀다. 별안간 갈대숲에서 위연의 군사들이 일어나 저마다 긴 창으로 사정없이 찔러 댔다. 또 황충의 군사들은 갈대밭에 엎드린 채 긴 칼로 말발굽만 노리고 찍어 댔다. 그 바람에 기병들이 모조리 쓰러져 결박을 당했다. 이런 형편에 보병들이 어찌 감히 다가올 엄두를 낼 것인가? 장임은 기병 수십 기를 이끌고 산길을 향해 달아나다가 장비와 정면으로 맞닥뜨렸다. 장임이 막 물러서며 달아나려 할 때였다. 장비가 버럭 호통을 치자 군사들이 일제히 달려들어 장임을 사로잡아 버렸다. 탁응은 장임이 적의 계책에 떨어진 것을 보자 일찌감치 조운에게로 가서 투항하고 말았다. 이렇게 하여 모두들 함께 본부 영채로 갔다.

현덕은 탁응에게 상을 내렸다. 장비가 장임을 압송해 왔다. 이때 공명 역시 군막 안에 앉아 있었다. 현덕이 장임에게 물었다.

"촉중의 장수들은 풍문만 듣고도 모두 항복했는데 그대는 어찌하여 일찌감치 항복하지 않았는가?"

　장임이 눈을 부릅뜨고 화를 내며 소리쳤다.

　"충신이 어찌 두 주인을 섬긴단 말이냐?"

　현덕이 타일렀다.

　"그대는 천시를 모를 뿐이다. 투항하면 죽음은 면할 것이다."

　장임이 대꾸했다.

　"오늘 항복한다고 하여 훗날까지 영원히 항복하지는 않을 것이다! 속히 나를 죽여라!"

　현덕은 그래도 차마 죽이지 못했다. 장임이 사나운 목소리로 욕설을 퍼부었다. 공명이 도부수들에게 목을 잘라 그의 명성이나 온전하게 해주라고 명했다. 후세 사람이 시를 지어 찬탄했다.

　열사가 어찌 두 주인 섬기려 하랴 /
　장임의 충용은 죽어서 오히려 빛나네. //
　고매하고 밝음은 하늘에 뜬 달과 같아 /
　밤마다 빛을 뿌리며 낙성을 비추네.
　烈士豈甘從二主, 張君忠勇死猶生. 高明正似天邊月, 夜夜流光照雒城.

　현덕은 감탄해 마지않으며 장임의 시신과 머리를 거두어 금안교 곁에 묻어 주어 그 충성을 기렸다.

　이튿날 엄안과 오의 등 항복한 측의 장수들을 선두 부대로 내세워 곧바로 낙성으로 가서 소리치게 했다.

　"속히 성문을 열고 투항하여 백성들이 고통 받지 않게 하라!"

　유괴가 성 위에서 욕설을 퍼부었다. 엄안이 막 화살을 뽑아서 쏘려고 할 때였다. 갑자기 성 위에서 한 장수가 검을 뽑아 유괴를 찍어 넘어뜨리더니 성문을 열고 나와서 투항했다. 현덕의 군마가 낙성으로 들어가자 유순은 서문을 열고 빠져나가 성도를 향해서 달아났다. 현덕은 방문을 붙여 백성들을 안심시켰다. 유괴를 죽인 사람은 무양武陽 출신 장익張翼이었다. 현덕은 낙성을 얻고 장수들에게 중한 상을 내렸다. 공명이 말했다.

"낙성이 격파되었으니 성도는 바로 눈앞에 있습니다. 다만 지방의 주와 군이 안정되지 않은 게 걱정입니다. 장익과 오의에게 조운을 인도하여 외수外水*의 강양江陽과 건위犍爲 등지의 주와 군을 진무하게 하고, 엄안과 탁응에게는 장비를 인도하여 파서와 덕양德陽 등지의 주와 군을 위로하게 하십시오. 그러는 한편 관원을 임명하여 치안을 유지하게 한 다음 즉시 군사를 거느리고 성도로 방향을 돌려 거기서 모두 집합하게 하십시오."

장비와 조운이 명령을 받들고 각자 군사들을 이끌고 떠났다. 공명이 물었다.

"앞으로 나아가면 어떤 관문이 있느냐?"

촉에서 항복한 장수가 대답했다.

"면죽綿竹에만 많은 군사들이 지키고 있을 따름입니다. 면죽만 얻고 나면 성도를 함락하기는 식은 죽 먹기입니다."

공명이 즉시 진군할 일을 상의했다. 법정이 말했다.

"낙성이 이미 깨졌으니 촉은 매우 위태롭게 되었습니다. 주공께서 인의로 사람들을 복종시키려 하신다면 잠시 진군을 멈추어 주십

---

*외수ㅣ오늘날의 민강岷江. 당시에는 부강涪江을 내수內水, 민강을 외수라 했다.

시오. 제가 유장에게 편지 한 통을 올려 이해득실을 자세히 설명하겠습니다. 그러면 유장은 스스로 항복할 것입니다."

공명이 찬성했다.

"효직의 말대로 하는 게 좋겠습니다."

현덕은 즉시 법정에게 편지를 쓰게 하여 곧장 성도로 사람을 보냈다.

한편 달아난 유순은 자기 부친에게 돌아가 낙성이 이미 함락되었다는 사실을 이야기했다. 유장은 황급히 관원들을 모아 대책을 상의했다. 종사 정도鄭度가 나서서 계책을 올렸다.

"지금 유비가 비록 성을 공격하여 땅을 빼앗았다고는 하지만 군사가 그리 많지 않고 백성들도 아직 따르지 않고 있습니다. 게다가 들판의 곡식으로 군량을 조달할 뿐 군중에는 치중도 없습니다. 파서와 재동梓潼의 백성을 모두 부수 서쪽으로 옮기십시오. 그리고 그곳의 창고에 쌓아 둔 식량과 들판에 있는 곡식을 깡그리 불살라 버리고 우리는 도랑을 깊이 파고 보루를 높이 쌓은 채 가만히 기다리는 게 좋겠습니다. 저들이 와서 싸움을 걸어도 절대 응하지 마십시오. 저들에게는 오래 버틸 식량이 없으므로 백 일이 안 되어 제풀에 달아날 것입니다. 그 틈을 이용하여 들이치면 유비를 사로잡을 수 있을 것입니다."

그러나 유장은 반대했다.

"그렇지 않소. 적을 막아 백성들을 편안하게 한다는 말은 들었지만 백성을 옮겨 적을 방비한다는 말은 듣지 못했소. 그 말은 고을을 온전히 보존할 수 있는 계책이 아니오."

한창 의논을 하고 있는데 법정이 보낸 서신이 도착했다는 보고가 있었다. 유장이 불러들이니 사자가 서신을 올렸다. 유장이 뜯어서 펼쳐 보니 그 내용은 대략 다음과 같았다.

전날 주공의 사명을 띠고 유형주와 우호를 맺으러 떠났는데 주공의 좌우에 올바른 사람이 없어 사태가 이 지경에 이르고 말았습니다. 지금 유형주께서는 옛정을 그리워하며 일족의 정의를 잊지 않고 계십니다. 주공께서 능히 사태를 깊이 깨달아 귀순하신다면 유형주께서 박대하지는 않으시리라 생각됩니다. 바라건대 세 번 생각하셔서 지시를 내리소서.

크게 노한 유장은 편지를 갈기갈기 찢어 버리고 욕설을 퍼부었다.
"법정이 주인을 팔아 영화를 구하려 하다니 배은망덕한 도적놈이다!"

유장은 편지를 가지고 온 사자를 성밖으로 쫓아내고 즉시 처남 비관費觀에게 군사를 거느리고 가서 면죽을 지키게 했다. 비관이 함께 군사를 거느리고 갈 사람 하나를 추천했는데, 그 사람은 남양南陽 출신으로 이름은 이엄李嚴이며 자를 정방正方이라 했다. 비관과 이엄은 군사 3만 명을 점검하여 면죽을 지키러 갔다. 익주益州 태수 동화董和는 자가 유재幼宰로 남군 지강枝江 사람이다. 그는 유장에게 글을 올려 한중의 장로에게 군사를 빌리자고 청했다. 유장이 말했다.
"장로는 우리와 대대로 원수지간인데 나를 구해 주려 하겠소?"
동화가 말했다.
"비록 우리와 원수진 일이 있다고는 하지만 유비의 군사가 낙성에 있으니 우리의 형세가 자못 위급합니다. 입술이 없어지면 이가 시린 법, 이해관계를 따져 설득한다면 반드시 들어줄 것입니다."

유장은 글을 짓고 한중으로 사자를 보냈다.

한편 마초는 조조에게 패하고 강인羌人들의 지역으로 들어간 지 2년이 넘었다. 그동안 그는 강인 군사들과 우호 관계를 맺고 농서의 주와 군들을 쳐서 빼앗았다. 이르는 곳마다 모두 항복했지만 오직 기성冀城만은 함락시키지 못하고 있었다. 자사 위강韋康이 여러 차례 하후연에게 사람을 보내 구원을 청했지만 하후연은 조조의 허락을 받지 못해 감히 군사를 움직이지 못하고 있었다. 구원병이 오지 않자 위강은 여러 사람과 상의하면서 이렇게 말했다.

"차라리 마초에게 항복하는 게 낫겠소."

그러자 참군參軍 양부楊阜가 소리쳐 울면서 간했다.

"마초 등은 임금을 배반한 무리인데 어찌 그에게 항복을 하신단 말입니까?"

그러나 위강은 고집을 꺾지 않았다.

"사태가 이 지경에 이르렀는데 항복하지 않고 무엇을 기다린단 말인가?"

양부가 애타게 간했으나 위강은 끝내 듣지 않았다. 위강은 성문을 활짝 열고 나가서 마초에게 투항했다. 그러나 마초는 크게 노하여 말했다.

"너는 지금 사태가 다급하여 항복했을 뿐 진심이 아니다!"

그러고는 위강 등 40여 명을 모조리 죽여 한 사람도 남겨 두지 않았다. 어떤 사람이 말했다.

"양부는 위강에게 항복하지 말라고 권했으니 그의 목을 잘라야 합니다."

그러나 마초는 생각이 달랐다.

"그 사람은 의리를 지켰으니 죽일 수 없다."

그리고는 양부를 다시 참군으로 삼았다. 양부가 양관梁寬과 조구趙衢 두 사람을 천거하니 마초는 그들을 모두 등용하여 군관으로 삼았다. 양부는 처가 임조臨洮에서 죽었으니 두 달만 휴가를 주면 고향으로 가서 처를 장사하고 돌아오겠다고 부탁했다. 마초는 그 말을 들어주었다.

길을 떠난 양부는 역성歷城을 지나는 길에 무이장군撫彝將軍 강서姜敍를 찾았다. 강서는 양부의 고종사촌이다. 강서의 어머니가 양부의 고모로 이때 나이 이미 82세였다. 양부는 강서의 집 안채로 들어가 고모에게 절을 올리고는 소리 내어 울며 말했다.

"부는 성을 지키면서 그 성을 보전하지 못했고 주인이 죽었는데 따라 죽지도 못했으니 부끄러워서 고모님을 뵐 면목이 없습니다. 마초가 임금을 배반하고 함부로 자사를 죽였으니 온 고을의 백성 중에 그를 미워하지 않는 사람이 없습니다. 그런데 지금 형님은 역성을 점거하고 앉았으면서도 역적을 토벌할 마음이 없으니 이것이 어찌 신하 된 자의 도리이겠습니까?"

말을 마친 양부는 눈에서 피눈물을 흘렸다. 강서의 모친은 양부의 말을 듣고 강서를 불러들여 책망했다.

"위사군韋使君(위강)께서 해를 입으신 것은 너의 죄이기도 하니라."

그리고 양부에게 물었다.

"너는 이미 남에게 항복하여 그 녹을 먹고 있으면서 무슨 까닭으로 또 그를 토벌할 마음을 일으키게 되었느냐?"

양부가 대답했다.

"제가 역적놈을 따르는 것은 구차한 목숨을 살려 주인의 원한을 갚으려는 것입니다."

강서가 한마디 했다.

"마초는 뛰어나게 용맹하므로 급히 도모하기는 어렵네."

양부가 말을 받았다.

"용맹은 있으나 꾀가 없으니 도모하기가 쉽지요. 내가 이미 양관과 조구와 은밀히 약속해 놓았소. 형님이 군사를 일으키면 두 사람은 반드시 안에서 호응할 것이오."

이 말을 들은 강서의 모친은 아들을 타일렀다.

"너는 빨리 도모하지 않고 다시 어느 때를 기다린단 말이냐? 누군들 죽지 않는 사람이 있다더냐? 충의를 위해 죽는다면 죽을 자리를 찾은 셈이다. 내 걱정일랑 말아라. 네가 의산義山(양부의 자)의 말을 듣지 않는다면 내가 먼저 죽어 네 근심을 덜어 주겠다."

강서는 수하의 통병교위統兵校尉 윤봉尹奉, 조앙趙昂과 대책을 상의했다. 조앙의 아들 조월趙月은 그 당시 마초 수하에서 비장으로 있었다. 이날 마초를 치기로 응낙한 조앙은 집으로 돌아와서 아내 왕씨王氏에게 말했다.

"오늘 강서, 양부, 윤봉과 한자리에 모여 위강의 원수를 갚기로 했소. 그러나 생각해 보니 내 아들 조월이 지금 마초를 따르고 있구려. 군사를 일으켰다가는 마초가 반드시 우리 아이부터 죽일 것이니 어찌하면 좋겠소?"

그 아내가 앙칼진 목소리로 대답했다.

"임금과 어버이의 큰 치욕을 씻기 위해서는 목숨을 잃더라도 아까울 게 없거늘 하물며 자식 하나 따위겠어요? 당신이 만약 자식을 돌보느라 이 일을 실행하지 않는다면 내가 먼저 죽어 버리겠어요!"

조앙은 마침내 결단을 내렸다. 이튿날 다함께 군사를 일으켰는데 강서와 양부는 역성에 주둔하고 윤봉과 조앙은 기산祁山에 주둔했다. 조앙의 아내 왕씨는 패물과 돈, 피륙 등을 모조리 가지고 몸소 기산의 진중으로 가서 군사들에게 상을 주며 격려했다.

마초는 강서와 양부가 윤봉, 조앙과 모임을 가지고 군사를 일으켰다는 말을 듣고 크게 노하여 당장 조월의 목을 잘라 버렸다. 이어서 방덕과 마대에게 군사란 군사는 모조리 일으켜 역성으로 쳐들어가게 했다. 강서와 양부가 군사를 거느리고 나왔다. 양편이 진을 치고 마주 대하자 양부와 강서가 하얀 전포를 입고 나왔다. 두 사람이 욕설을 퍼부었다.

"임금을 배반한 의리 없는 도적놈!"

크게 노한 마초가 군사를 이끌고 돌격해 나오자 양편 군사는 어지러이 어우러져 싸움이 붙었다. 강서와 양부는 마초를 당해 내지 못하고 크게 패해 달아났다. 마초는 군사를 휘몰아 그 뒤를 쫓았다. 그때 등 뒤에서 함성이 크게 일어나며 윤봉과 조앙이 치고 나왔다. 마초가 급히 돌아섰다. 하지만 그때는 강서와 양부의 협공을 받아 머리와 꼬리가 서로 돌아볼 수가 없는 지경이 되었다.

한창 싸우고 있는데 옆으로부터 대부대의 군마가 쇄도했다. 하후연이 마침내 조조의 군령을 받아 군사를 거느리고 마초를 깨뜨리러 오는 길이었다. 마초는 세 길로 공격하는 군마를 당해 내지 못하고 크게 패해서 달아났다. 하룻밤을 꼬박 달려 날이 훤히 밝을 무렵에야 기성에 당도했다. 성문을 열라고 외치는데 뜻밖에도 성 위에서 어지러이 화살이 쏟아져 내렸다. 양관과 조구가 성 위에 나서서 한

바탕 마초에게 욕을 퍼붓고 나더니 마초의 아내 양씨楊氏의 목을 단 칼에 잘라 그 수급과 시신을 성 아래로 던졌다. 이어서 마초의 어린 아들 셋과 가까운 친척 10여 식구들도 모두 한 칼에 하나씩 죽여 성 아래로 던졌다.

이 광경을 본 마초는 기가 막히고 가슴이 터져나갈 것 같아 하마 터면 말에서 떨어질 뻔했다. 이때 등 뒤에서 하후연이 군사를 이끌 고 추격했다. 그 형세가 너무나 강대한 것을 본 마초는 감히 싸울 엄 두가 나지 않았다. 이에 방덕, 마대와 더불어 한 가닥 혈로를 뚫고 달 아났다. 앞으로 나아가다가 또 강서, 양부와 마주쳐 한바탕 싸워서 겨우 뚫고 나왔는데 또다시 윤봉, 조앙과 맞닥뜨려 다시 한바탕 싸웠 다. 군사들은 하나하나 떨어져 나가 남은 5,60기만 데리고 밤길을 달 려갔다. 4경쯤 되어 역성 아래 당도하자 문을 지키는 자들이 강서의 군사가 돌아온 줄로만 여기고 성문을 활짝 열어 맞아들였다. 마초는 역성의 남문 곁에서부터 죽이기 시작하여 성안에 있는 백성들을 깡 그리 다 죽여 버렸다. 이윽고 강서의 집에 이르러 강서의 노모를 끌 어냈다. 강서의 노모는 조금도 두려워하는 빛이 없이 손가락으로 마 초를 가리키며 크게 꾸짖었다. 크게 노한 마초는 손수 검을 들고 노 인네를 죽였다. 윤봉과 조앙의 온 가족 역시 늙은이에서 어린아이까 지 모조리 마초의 손에 죽임을 당했다. 조앙의 아내 왕씨만큼은 이 때 군중에 있었으므로 화를 면할 수 있었다.

이튿날 하후연의 대군이 도착하자 마초는 성을 버리고 빠져나와 서쪽을 향하여 달아났다. 그러나 20리를 가지 못해 앞쪽에서 한 부 대의 군사가 길을 막고 벌려 섰는데 선두에 선 사람은 양부였다. 한 을 품은 마초는 이를 갈며 말을 다그쳐 꼬나든 창으로 양부를 찔렀다. 양부의 집안 아우 일곱 명이 일제히 내달아 양부를 도와 싸웠다. 마대와 방덕은 후군을 막아 싸웠다. 양부의 집안 아우 일곱 명이 모두 다 마초의 손에 죽고 양부 역시 다섯 군데나 창에 찔렸지만 여전히 죽기로써 싸웠다. 이때 뒤에서 하후연의 대군이 쫓아오자 마초는 드디어 달아났다. 방덕과 마대를 비롯한 5,6기만이 뒤를 따를 뿐이었다. 하후연은 직접 농서의 각 주를 돌며 백성들을 위로하여 안정시킨 다음 강서를 비롯한 관원들에게 각각 여러 곳을 나누어 지키게 했다. 그리고 양부를 수레에 태워 허도로 보내 조조를 알현하게 했다. 조조는 양부를 관내후關內侯로 봉했다. 양부가 사양하며 말했다.

"이 부에게는 국난을 막아낸 공로도 없을 뿐만 아니라 난리에 죽은 주인을 따라 죽을 절개도 없었습니다. 법으로 미루어 본다면 마땅히 죽임을 당해야 하거늘 무슨 낯으로 관직을 받겠습니까?"

조조는 양부를 가상히 여겨 기어이 작위를 주었다.

한편 마초는 방덕 마대와 상의한 끝에 그 길로 한중의 장로를 찾아갔다. 장로는 대단히 기뻐했다. 마초만 얻으면 서쪽으로는 익주를 삼킬 수 있고 동쪽으로는 조조를 막을 수 있으리라고 생각한 그는 여러 사람들을 모아 놓고 마초를 사위 삼을 일을 의논했다. 이때 대장 양백楊柏이 간했다.

"마초의 처와 자식들이 참혹한 화를 당한 것은 모두 마초가 불러온 해입니다. 주공께서 어찌 그런 자에게 따님을 주려고 하십니까?"

장로는 그 말을 옳게 여겨 마침내 사위로 삼으려던 논의를 그만두었다. 그런데 누군가 양백의 말을 마초에게 알려 주었다. 크게 노한 마초는 양백을 없앨 마음을 먹었다. 양백 역시 이 사실을 알고 형 양송楊松과 상의하면서 마초를 처치할 마음을 품었다. 바로 이 무렵에 유장이 장로에게 사자를 보내 구원을 청했는데 장로는 들어주지 않았다. 그런데 또다시 유장이 황권을 보내왔다는 보고가 들어왔다. 황권은 먼저 양송을 찾아보고 말했다.

"동천과 서천 양천兩川은 실로 이와 입술의 관계이므로 서천이 깨지면 동천 역시 보전하기 어려울 것입니다. 이번에 구해 주신다면 20개 주를 떼어 드려 보답하겠소이다."

양송은 크게 기뻐하며 즉시 황권을 데리고 장로를 알현하러 갔다. 양송은 이와 입술의 이해관계를 설명하고 다시 20개 주를 떼어 사례하겠다는 뜻을 전했다. 이익을 탐낸 장로는 그 말을 따르기로 했다. 그러자 파서 출신 염포閻圃가 간했다.

"유장은 주공과 대대로 원수지간인데 이제 다급하여 구원을 청하는 것입니다. 땅을 떼어 주겠다는 것은 거짓 약속이니 그 말을 따라서는 아니 됩니다."

그때 계단 아래서 한 사람이 나섰다.

"제가 비록 재주는 없지만 한 부대의 군사를 빌려 주신다면 유비를 생포하고 반드시 땅을 떼어 받아 돌아오겠습니다."

이야말로 다음 대구와 같다.

바야흐로 참 주인이 서촉으로 들어오자 /
정예 군사들이 다시 한중에서 나오누나.
方看眞主來西蜀　又見精兵出漢中

그 사람은 누구일까, 다음 회를 보라.

65

성도 입성

염포가 장로에게 유장을 도와주지 말라고 권하고 있는데 마초가 용
감하게 선뜻 나서며 말했다.

"이 초는 주공의 은혜에 감격하면서도 보답할 길이 없었습니다.
원컨대 한 부대의 군사를 거느리고 가서
가맹관을 공격해 빼앗고 유비를 사로
잡겠습니다. 그리고 반드시 유장
에게 20개 주를 할양받아 주공
께 바치겠습니다."

장로는 크게 기뻐하며 황권
을 먼저 샛길로 해서 돌려보내
고 이어서 군사 2만 명을 점검
하여 마초에게 주었다. 이때
방덕은 병이 나서 움직일 수
가 없었으므로 그대로 한

중에 남게 되었다. 장로는 명령을 내려 양백을 감군監軍으로 삼았고 마초는 아우 마대와 함께 날짜를 택하여 길에 올랐다.

한편 현덕의 군사는 낙성에 머물고 있었는데 법정의 편지를 가지고 성도로 갔던 사람이 돌아와서 보고했다.

"정도가 유장에게 들판의 곡식은 물론이요 각 지역에 있는 창고들을 모조리 불살라 버리라고 권했습니다. 그러고는 파서의 백성들을 인솔하여 부수 서쪽으로 피신시킨 다음 도랑을 깊이 파고 보루를 높이 쌓아 지키기만 하라고 했습니다."

이 말을 들은 현덕과 공명은 둘 다 깜짝 놀랐다.

"만약 그 말대로 한다면 우리의 형세가 위태롭게 되겠구나!"

법정이 웃으며 말했다.

"주공께서는 염려하지 마십시오. 그 계책이 비록 독하기는 하지만 유장은 틀림없이 쓰지 못할 것입니다."

과연 하루가 못 되어 사람이 와서 유장이 백성들을 다른 곳으로 옮길 수 없다며 정도의 말을 따르지 않았다고 전했다. 현덕은 그 말을 듣고서야 마음이 놓였다.

공명이 말했다.

"속히 진군해서 면죽을 쳐야겠습니다. 이곳만 얻으면 성도를 손에 넣기가 쉬워집니다."

즉시 황충과 위연에게 군사를 거느리고 진격하게 했다. 현덕의 군사가 왔다는 소식을 들은 비관은 이엄을 내보내 맞아 싸우라고 했다. 이엄이 3천 명의 군사를 거느리고 나오자 쌍방은 각기 진을 쳤다. 황충이 말을 달려 나가 이엄과 싸웠지만 4, 50합이 되어도 승부가 나지 않았다. 진중에 있던 공명이 징을 쳐서 군사를 거두었다. 진으로 돌아온 황충이 물었다.

"바야흐로 이엄을 사로잡으려는 판인데 군사軍師께서는 무슨 까닭으로 군사를 거두셨소?"

공명이 대답했다.

"이엄의 무예를 보아하니 힘으로 이길 수는 없을 것 같소. 내일 다시 싸울 때는 짐짓 패한 척하고 산골짜기로 끌어들이시오. 내가 기습군을 이용하여 이기도록 하겠소."

황충은 계책을 받았다. 이튿날 이엄이 다시 군사를 거느리고 나오고 황충도 출전했다. 그러나 황충은 10합이 되지 못해 짐짓 패한 척하고 군사를 이끌고 달아났다. 이엄이 그 뒤를 추격했다. 구불구불 산골짜기로 한참을 쫓아오던 이엄은 그제야 불현듯 깨달았다. 급히 군사를 돌리려는데 앞쪽에 위연이 군사를 이끌고 늘어섰다. 산꼭대기에서는 공명이 이엄을 불렀다.

"양쪽에 이미 강한 쇠뇌를 매복시켜 두었소. 공이 항복하지 않는다면 우리 방사원의 원수를 갚으려 하오."

이엄은 황망히 말에서 내려 갑옷을 벗고 항복했다. 이 덕분에 군사들은 한 명도 다치지 않았다. 공명이 이엄을 데리고 가 현덕에게 알현시키자 현덕은 그를 후하게 대접했다. 이엄이 말했다.

"비관은 비록 유익주와 친척이지만 저와는 대단히 친밀한 사이입니다. 가서 그를 설득해 보겠습니다."

현덕은 즉시 이엄에게 성으로 돌아가 비관에게 항복을 권해 보라고 했다. 면죽성으로 들어간 이엄은 비관에게 현덕이 이렇게 어질고 덕이 있다며 칭찬했다. 그리고 지금 항복하지 않는다면 반드시 큰 화가 있을 것이라고 겁을 주었다. 비관은 이엄의 말을 좇아 성문을 열고 투항했다. 마침내 면죽으로 들어간 현덕은 군사를 나누어 성도를 손에 넣을 일을 상의했다.

별안간 유성마가 달려와서 급히 보고를 올렸다.

"맹달과 곽준이 가맹관을 지키고 있는데 지금 동천의 장로가 마초, 양백, 마대를 보내 군사를 거느리고 관을 들이쳐서 대단히 위급합니다. 구원이 늦어지면 관은 끝장나고 말 것입니다."

현덕은 깜짝 놀랐다. 공명이 말했다.

"반드시 장익덕이나 조자룡이라야 그 사람을 대적할 수 있을 것입니다."

현덕은 마음이 급했다.

"자룡은 군사를 이끌고 밖에 있는데 아직 돌아오지 않았소. 익덕이 마침 여기 있으니 그를 급히 보내야겠소."

공명이 당부했다.

"주공께서는 잠시 아무 말씀 말고 계십시오. 제가 익덕을 자극하여 분발시켜 보겠습니다."

한편 장비는 마초가 가맹관을 공격한다는 말을 듣자 큰소리로 외치며 안으로 들어왔다.

"형님께 작별 인사를 드리러 왔소. 즉시 마초와 싸우러 가겠소!"

공명은 짐짓 그 말을 못 들은 체하고 현덕에게 말했다.

"지금 마초가 가맹관을 침범하는데 아무도 대적할 사람이 없습니다. 형주로 가서 관운장을 불러와야만 비로소 대적할 수 있을 것 같습니다."

장비가 소리쳤다.

"군사께서는 무슨 까닭으로 나를 깔보시오? 일찍이 조조의 백만 대군을 혼자서 막아낸 내가 어찌 마초 필부 따위를 근심하겠소?"

공명은 한 술 더 떴다.

"익덕이 강물에 의지하여 조조의 대군을 쫓아 버리고 다리를 끊었지만 그것은 단지 조조가 허실을 몰랐기 때문에 그랬을 따름이지요. 만약 허실을 알았더라면 장군이 어찌 무사할 수 있었겠소? 지금 마초의 용맹은 천하가 다 아는 바요. 동관대전潼關大戰에서 조조가 수염을 깎고 전포를 내버리며 하마터면 목숨을 잃을 정도로 설쳐댔으니 웬만한 사람들과는 비교가 안 되지요. 운장이라도 반드시 이긴다고 장담할 수는 없소."

장비는 속이 부글부글 끓었다.

"내 지금 당장 가겠소! 마초를 이기지 못한다면 군령을 달게 받겠소!"

공명은 그제야 허락했다.

"군령장을 쓰겠다니 그러면 선봉이 되도록 하시오."

그러고는 현덕을 돌아보고 말했다.

"주공께서 친히 한번 가보시지요. 저는 남아서 면죽을 지키다가 자룡이 돌아오기를 기다려 다시 의논하겠습니다."

위연이 나섰다.

"저도 가고 싶습니다."

공명은 위연에게 정찰병 5백 기를 거느리고 먼저 떠나게 하고 장비를 제2대로 삼고 현덕은 후대가 되어 가맹관을 향해 진군하도록 했다.

위연의 정찰 부대가 먼저 관 아래에 이르러 마침 양백과 마주치게 되었다. 위연은 곧 양백과 맞붙었는데 싸운 지 10합이 못 되어 양백이 패해서 달아났다. 위연은 장비가 차지할 첫 공을 빼앗으려고 승세를 타고 뒤를 쫓았다. 이때 앞길을 막으며 한 떼의 군사가 벌려 서는데 선두의 장수는 마대였다. 마대를 마초로만 여긴 위연은 칼을 휘두르며 말을 달려 그를 맞이했다. 서로 싸운 지 10합이 못 되어 마대가 패해서 달아났다. 위연이 그 뒤를 추격했다. 마대가 몸을 돌리며 화살 한 대를 날렸다. 그 화살은 위연의 왼쪽 팔에 적중했다. 위연은 급히 말머리를 돌려 달아났다. 마대가 그 뒤를 쫓아 관 앞까지 당도했을 때였다. 웬 장수가 천둥 같은 고함을 지르며 관 위로부터 나는 듯 말을 달려 눈앞에 이르렀다. 바로 장비였다. 원래 장비는 관 앞에 이르자마자 싸우는 소리를 듣고 내려다보다가 때마침 위연이 화살에 맞는 것을 보고 급히 말을 달려 관에서 내려와 위연을 구한 것이었다. 장비는 마대에게 호통을 쳤다.

"너는 어떤 자냐? 먼저 통성명이나 하고 나서 싸우자!"

마대가 대꾸했다.

"내가 바로 서량의 마대라는 사람이다."

장비가 코웃음을 쳤다.

"너는 마초가 아니었구나. 그럼 속히 돌아가라! 내 적수가 아니다! 오직 마초 그 녀석더러 나오라고 하라. 연인燕人 장비가 예 있다고 말이야!"

마대는 크게 노했다.

"네 어찌 감히 나를 깔보느냐?"

마대는 창을 꼬나들고 말을 놓아 곧바로 장비에게 달려들었다. 그러나 서로 싸운 지 10합이 못 되어 마대가 패해서 달아났다. 장비가 막 그 뒤를 쫓으려 할 때였다. 관 위에서 웬 사람이 말을 타고 내려오며 소리쳤다.

"아우는 잠시 뒤쫓지 말라!"

장비가 돌아다보니 현덕이 도착해 있었다. 장비는 결국 마대의 뒤를 쫓지 않고 현덕과 함께 관으로 올라왔다. 현덕이 말했다.

"네 성미로 보아 조급하게 굴지나 않을까 걱정되어 내가 이곳까지 뒤따라왔다. 이미 그렇게 마대와 싸워 이겼으니 하룻밤 푹 쉬고 내일 마초하고 싸우려무나."

이튿날 날이 밝자 관 밑에 북소리가 크게 진동하며 마초의 군사가 이르렀다. 현덕이 관 위에서 내려다보니 진문 앞 깃발들 속으로 마초가 창을 든 채 말을 몰고 나타났다. 사자 모양 투구에 짐승 무늬를 수놓은 띠를 두르고 은빛 갑옷에 새하얀 전포를 입었는데 차림새가 비범할 뿐만 아니라 인물 또한 출중했다. 현덕이 감탄했다.

"사람들이 비단 마초錦馬超라고 하더니 과연 명불허전名不虛傳이로구나!"

장비가 즉시 관을 내려가려고 하는데 현덕이 급히 제지했다.

"잠시 출전하지 마라. 우선 그 예기부터 피하고 보자구나."

관 아래서는 마초가 오로지 장비더러 말을 달려 나오라며 싸움을 걸고 관 위에서는 장비가 마초를 집어삼키지 못해 속이 터질 지경이었다. 장비는 서너 차례나 뛰쳐나가려 했지만 그때마다 현덕에게 제지를 당했다. 그러는 사이 어느덧 오후가 되었다. 마초 진영의 사람과 말들이 모두 지친 것을 본 현덕은 즉시 기병 5백 명을 뽑아서 장비를 따라 관에서 돌격해 나가게 했다. 마초는 장비의 군사가 내려오자 창을 들어 뒤를 향해 한번 내저었다. 그러자 군사들은 활 한 바탕

거리쯤 뒤로 물러났다. 장비의 군사도 일제히 그 자리에 멈추어 섰다. 관 위의 군사들도 속속 내려왔다. 장비는 창을 꼬나들고 말을 몰아 나가며 큰소리로 외쳤다.

"연인 장익덕을 알겠느냐?"

마초가 대꾸했다.

"우리 집은 대대로 공후公侯였다. 어찌 촌구석의 필부 따위를 알겠느냐?"

장비는 머리끝까지 화가 치밀었다. 두 필의 말이 일제히 달려 나오고 두 자루 창은 동시에 같이 올라갔다. 두 장수는 1백 합이 넘게 맞붙어 싸웠지만 좀처럼 승부가 나지 않았다. 현덕이 보고 감탄했다.

"참으로 호랑이 같은 장수로다!"

장비에게 실수가 있지나 않을까 걱정한 현덕은 급히 징을 쳐서 군사를 거두었다. 두 장수는 각기 자신들의 진영으로 돌아갔다. 진중으로 돌아와서 잠시 말을 쉬게 한 장비가 이번에는 투구도 쓰지 않은 채 수건으로 머리를 질끈 동여맸다. 다시 말에 올라 진 앞으로 달려 나가더니 마초에게 싸움을 걸었다. 마초도 마주 나와서 두 사람 사이에 다시 싸움이 붙었다. 장비에게 실수라도 있지나 않을까 염려한 현덕은 자신도 갑옷과 투구를 차려 입고 관에서 내려와 곧바로 진 앞으로 갔다. 장비와 마초는 다시 1백여 합을 싸웠지만 두 사람은 갈수록 더욱 기운이 나는 것만 같았다. 현덕이 징을 쳐서 군사를 거두자 두 장수는 갈라져 각기 자신의 진으로 돌아갔다. 이때 날은 이미 저물었다. 현덕이 장비에게 타일렀다.

"마초는 뛰어나게 용맹하니 가볍게 대해서는 안 된다. 잠시 관 위로 물러났다가 내일 다시 싸우도록 해라."

그러나 잔뜩 싸우고 싶어 흥분한 장비가 어찌 그만 둘 것인가? 장비는 큰소리로 외쳤다.

"죽어도 돌아가지 못하겠소!"

현덕이 달랬다.

"오늘은 날이 저물었으니 싸울 수도 없지 않으냐?"

장비는 굽히지 않았다.

"횃불을 많이 밝혀 밤 싸움을 준비해 주시오!"

바로 이때 말을 갈아 탄 마초 역시 다시 진 앞으로 나오며 큰소리로 외쳤다.

"장비야! 너 감히 야전을 해보겠느냐?"

장비는 울컥 성질이 났다. 현덕에게 말을 바꾸어 달라고 하여 그 말을 탄 장비는 서둘러 진 앞으로 나갔다. 그러고는 고함을 질렀다.

"내 너를 사로잡지 못하면 맹세코 관으로 올라가지 않겠다!"

마초도 맞고함을 쳤다.

"나도 너를 이기지 못하면 맹세코 영채로 돌아가지 않겠다!"

양편 군사들이 자기편 장수의 힘을 북돋우기 위해 일제히 함성을 질렀다. 무수한 횃불에 불을 붙이니 눈부신 불빛이 마치 대낮의 해처럼 밝게 비추었다. 두 장수는 다시 진 앞으로 나가 치열한 격전을 벌였다. 20여 합이 되자 마초가 말머리를 돌려 달아났다. 장비가 크게 소리쳤다.

"어디로 달아나느냐?"

원래 마초는 아무래도 장비를 이기지 못할 것을 알고 한 가지 꾀를 생각해 내고는 거짓 패한 척하고 달아나며 장비를 유인하여 뒤를 쫓아오게 한 것이었다. 장비가 그것도 모르고 쫓아가자 마초는 슬그머

조지전 그림

니 동추銅錘(사슬이 달린 구리 공)를 잡아당겨 손에 들고는 갑자기 몸을 비틀며 장비를 겨누고 동추를 던졌다. 장비도 마초가 달아나는 것을 보고 속으로 은근히 방비를 하고 있었던 터라 동추가 날아오자마자 번개같이 몸을 피했다. 동추는 장비의 귓전을 스치고 지나갔다. 장비가 곧 말머리를 되돌려 달려가자 마초가 다시 뒤를 쫓아왔다. 장비는 말을 멈추어 세우고 활에 살을 먹이더니 갑자기 몸을 돌리며 마초를 겨누고 쏘았다. 마초가 번개같이 화살을 피했다. 두 장수는 각기 자기 진으로 돌아갔다. 현덕이 몸소 진 앞으로 나서며 외쳤다.

"나는 인의로 사람을 대할 뿐 간사한 계책은 쓰지 않소. 마맹기孟起(마초의 자)는 군사를 거두어 편히 쉬도록 하시오. 내가 그 틈을 타고 쫓지는 않으리다."

이 말을 들은 마초가 몸소 뒤를 차단하고 군사들은 차례대로 물러갔다. 현덕 역시 군사를 거두어 관으로 올라갔다.

이튿날이 되자 장비가 또 마초와 싸우러 관을 내려가려고 했다. 이때 군사께서 이르렀다는 보고가 들어오고 뒤이어 현덕이 공명을 맞아들였다. 공명이 말했다.

"양이 듣자오니 맹기는 세상이 알아주는 호랑이 같은 장수라고 합니다. 만약 익덕과 죽기로써 싸운다면 반드시 한 사람은 상할 것입니다. 그래서 자룡과 한승에게 면죽을 지키게 하고 밤길을 무릅쓰고 이곳까지 온 것입니다. 이제 자그마한 계책을 하나 써서 마초가 주공께 귀순토록 해보겠습니다."

현덕이 물었다.

"나도 마초가 빼어나게 용맹한 것을 보고 심히 그를 아끼게 되었소. 그래 어떻게 하면 그를 얻을 수 있겠소?"

공명이 대답했다.

"양이 듣자오니 동천의 장로가 스스로 '한녕왕漢寧王'이 되고 싶어 한다는데 그 수하에 모사로 있는 양송은 뇌물을 몹시 좋아하는 자라 합니다. 주공께서는 샛길로 해서 한중으로 사람을 보내 먼저 금은보화로 양송과 좋은 관계를 맺고 그를 시켜 장로에게 글을 바치게 하십시오. 글은 '내가 유장과 서천을 다투는 것은 그대를 도와 원수를 갚아 주려는 것이니 이간하는 말을 믿어서는 안 되오. 일이 이루어진 뒤에는 그대를 한녕왕으로 추천하겠소.'라는 내용으로 하여 마초의 군사를 철수시키게 하십시오. 그가 군사를 철수시키게 되면 계책을 써서 마초를 항복시킬 수 있습니다."

현덕은 크게 기뻐하며 즉시 편지를 써서 손건에게 주고 황금과 구슬을 지니고 샛길을 통해 곧장 한중으로 가도록 했다. 한중에 이르러 먼저 양송을 만난 손건은 이 일을 이야기하고 황금과 구슬을 선사했다. 양송은 크게 기뻐하면서 손건을 인도하여 장로를 알현시킨 다음 이쪽의 계책대로 이야기를 했다. 장로가 물었다.

"현덕은 좌장군일 따름이오. 그런데 어떻게 나를 추천해서 한녕왕이 되게 한단 말이오?"

양송이 대답했다.

"그분은 대한의 황숙이므로 충분히 주공을 추천할 수 있는 인물입니다."

장로는 크게 기뻐하며 즉시 마초에게 사람을 보내 군사를 물리라고 명했다. 손건은 그대로 양송의 집에 머물며 회답을 기다렸다.

하루가 못 되어 사자가 돌아와서 보고했다.

"마초가 아직 공을 이루지 못했으므로 군사를 물릴 수 없다고 합

大平海 그림

니다."

장로가 다시 사람을 보내 불렀으나 마초는 이번에도 돌아오려고 하지 않았다. 연거푸 세 차례나 불렀지만 그는 끝내 오지 않았다. 양송이 장로를 충동질했다.

"이 사람은 평소 행동에 신의가 없었습니다. 군사를 철수시키려고 하지 않는다면 그 뜻은 틀림없이 모반하려는 것입니다."

그러고는 사람을 시켜 소문을 퍼뜨렸다.

"마초는 서천을 탈취하고 스스로 촉의 주인이 되어 아비의 원수를 갚으려 한다. 그는 한중의 신하가 되려는 게 아니다."

이 말을 들은 장로는 양송에게 계책을 물었다. 양송이 대답했다.

"우선 마초에게 사람을 보내 이렇게 이르십시오. '네가 그렇게 공을 이루고 싶다면 한 달 기한을 줄 테니 반드시 내가 말하는 세 가지 일을 이루어야 한다. 그 일을 이룬다면 상을 내리겠지만 성공하지 못하면 죽일 것이다. 첫째 서천을 뺏을 것, 둘째 유장의 머리를 가져올 것, 셋째 형주 군사를 물리칠 것. 세 가지를 이루지 못하면 네 머리를 바쳐야 할 것이다.' 그런 한편으로 장위에게 군사를 점검하여 관을 지키며 마초가 일으킬 변란에 대비하게 하십시오."

장로는 그 말을 좇아 마초의 영채로 사람을 보내 세 가지 일을 전하게 했다. 마초는 깜짝 놀랐다.

"어찌하여 상황이 이렇게 변했단 말인가?"

그는 곧바로 마대와 상의했다.

"차라리 군사를 철수시키는 편이 낫겠네."

양송은 다시 유언비어를 퍼뜨렸다.

"마초가 군사를 돌리는 것은 틀림없이 딴마음을 품은 것이다."

이렇게 되자 장위는 군사를 일곱 길로 나누어 험한 길목을 굳게 지키면서 마초의 군사를 들어오지 못하게 했다. 앞으로 나아가지도 뒤로 물러서지도 못하게 된 마초는 어떻게 해볼 계책이 없었다. 공명이 현덕을 보고 말했다.

"이제 마초는 진퇴양난의 저지에 빠졌습니다. 이 양이 살아 있는 세 치 혀끝을 믿고 직접 마초의 영채로 찾아가 그가 항복하러 오도록 설득해 보겠습니다."

현덕이 말렸다.

"선생은 내 팔다리와 같은 심복인데 갔다가 잘못 되기라도 하면 어찌한단 말이오?"

공명은 뜻을 굽히지 않고 가겠다고 하고 현덕은 두 번 세 번 만류하며 보내지 않았다.

이렇게 한참 실랑이를 하고 있는데 서천 사람 하나가 조운의 추천서를 가지고 항복하러 왔다는 보고가 들어왔다. 현덕이 불러들였다. 그 사람은 바로 건녕 유원兪元 출신으로 이름은 이회李恢이고 자는 덕앙德昂이었다. 현덕이 물었다.

"전날 공이 유장에게 나와 가까이 하지 말라고 간곡히 간했다고 들었소. 그런데 지금은 무슨 까닭으로 내게로 오셨소?"

이회가 대답했다.

"'좋은 새는 나무를 살펴서 깃들이고 현명한 신하는 주인을 가려서 섬긴다'고 하더이다. 제가 앞서 유익주에게 간한 일은 신하로서 마음을 다한 것인데 그가 써 주지 않았으므로 반드시 패할 줄을 알았습니다. 이제 장군의 어진 덕이 촉 땅에 널리 퍼졌으니 틀림없이 일을 이룰 것을 알겠습니다. 이 때문에 장군께 귀순한 것입니다."

현덕이 말했다.

"선생께서 오셨으니 반드시 유비에게 도움이 될 것이오."

아니나 다를까 이회가 뜻밖의 제의를 했다.

"들으니 지금 마초는 진퇴양난의 처지에 빠져 있다고 합니다. 제가 예전에 농서에 있을 때 그와 사귄 적이 있으니 마초를 찾아가 귀순하도록 설득해 보면 어떻겠습니까?"

곁에 있던 공명이 물었다.

"마침 나 대신 보낼 만한 인재를 찾고 있던 참이었소. 공이 어떻게 설득할지 들어 보고 싶구려."

이회가 공명의 귀에 입을 대고 이러이러하게 말하겠다고 설명했다. 공명은 크게 기뻐하며 즉시 그를 떠나보냈다.

마초의 영채에 이른 이회는 먼저 사람을 시켜 마초에게 자기 이름을 전하게 했다. 마초가 말했다.

"내가 아는 이회는 말을 잘하는 변설가다. 지금 틀림없이 나를 설득하러 온 것이렷다."

마초는 도부수 20명을 불러 군막 안에 매복시킨 다음 분부했다.

"찍으라는 명령이 떨어지는 즉시 난도질을 해 버리도록 하라!"

조금 있으려니 이회가 머리를 쳐들고 당당하게 들어왔다. 막사 가운데 단정히 앉은 마초는 미동도 않은 채 이회를 꾸짖었다.

"네가 무엇 하러 왔느냐?"

이회가 태연히 대답했다.

"특별히 세객說客 노릇을 하러 왔소."

마초가 으름장을 놓았다.

"내 칼집 속의 보검을 새로 갈아 놓았느니라. 어디 한번 말해 보아라. 이치에 닿지 않는 말을 지껄이면 즉시 이 검을 시험해 볼 것이다."

이회는 웃으며 말했다.

"장군에게 화가 닥칠 날이 멀지 않았소. 새로 갈아 놓았다는 보검을 내 머리에 시험해 보기는커녕 자신에게 시험하게 되지나 않을지 걱정이구려!"

마초가 물었다.

"나에게 무슨 화가 닥칠 거란 말이냐?"

이회가 드디어 유창한 언변을 발휘했다.

"들자니 월越나라의 미인 서자西子(서시西施)는 아무리 헐뜯기 좋아하는 사람도 그 아름다움까지 가리지는 못했고 제齊나라의 추녀 무염無鹽*은 아무리 칭찬하기 좋아하는 사람도 그 못난 용모까지 감추지는 못했다고 하였소. '해는 하늘 가운데에 이르면 서쪽으로 기울고 달은 차면 이지러진다'는 것은 세상의 변치 않는 이치요. 장군께서는 조조와 부친을 죽인 원수가 있는데다 이제 농서의 사람들과도 이를 갈아 부칠 원한을 맺게 되었소. 앞으로는 유장을 구하고 형주 군사를 물리칠 수 없고 뒤로는 양송을 제어하고 장로를 대할 면목이 없게 되었소. 당장 이 넓은 세상에서 발붙일 곳이 없고 외로운 몸을 맡길 주인이 없는 형편이오. 만약 다시 위교渭橋에서 당한 패전이나 기성冀城을 잃은 것과 같은 일이 벌어진다면 대체 무슨 면목으로 천하 사람들을 보실 작정이오?"

마초는 머리를 조아리며 사죄했다.

---

*무염 l 전국시대 제齊나라의 무염읍無鹽邑에 살던 종리춘鍾離春을 말한다. 얼굴은 못 생겼으나 대의에 밝아 제나라 선왕宣王이 왕후로 맞아들였다.

"공의 말씀이 지극히 옳소이다만 이 초에게는 갈 길이 없구려."

이회가 물었다.

"공은 내 말을 듣고도 어찌하여 군막 안에 도부수를 매복시켰단 말이오?"

마초는 크게 부끄러워하며 도부수들을 꾸짖어 모조리 물리쳤다. 이회가 마초에게 갈 길을 제시했다.

"유황숙은 현명한 이와 덕 있는 사람을 존중하오. 나는 그가 반드시 성공할 것을 알았기 때문에 유장을 버리고 그에게 귀순한 것이오. 돌아가신 공의 부친께서도 일찍이 황숙과 함께 역적을 토벌하기로 약속하신 일이 있었는데 공은 어찌하여 어둠을 등지고 밝은 데로 나아가 위로는 부친의 원수를 갚고 아래로는 공을 세우려고 하지 않는단 말씀이오?"

크게 기뻐한 마초는 즉시 양백을 불러들여 단칼에 목을 잘랐다. 그러고는 그 수급을 들고 이회와 함께 관으로 올라가서 현덕에게 항복했다. 현덕이 친히 마초를 맞아들여 상빈의 예로 대했다. 마초는 머리를 조아리며 감사했다.

"이제 밝은 주인을 만나니 마치 구름과 안개를 헤치고 푸른 하늘을 보는 것 같습니다!"

이때 손건은 이미 돌아와 있었다. 현덕은 곽준과 맹달에게 관을 지키게 하고 군사를 거두어 성도를 치기로 했다. 조운과 황충이 현덕 일행을 면죽으로 맞아들였다. 이때 촉장 유준劉晙과 마한馬漢이 군사를 거느리고 당도했다는 보고가 들어왔다. 조운이 말했다.

"제가 가서 두 사람을 사로잡겠습니다!"

말을 마친 그는 즉시 말에 올라 군사를 이끌고 나갔다. 이때 현덕은 성 위에서 마초를 환대하며 술을 마시려던 중이었다. 그들이 아직 좌석도 배분하여 앉기 전인데 자룡이 벌써 적장 두 명의 머리를 베어다가 연회석 앞에 바쳤다. 마초 역시 놀라며 조운을 더욱 공경하게 되었다. 마초가 말했다.

"주공의 군마가 싸울 필요도 없습니다. 제가 직접 유장을 불러 항복하도록 하겠습니다. 그가 항복하려 하지 않으면 제가 아우 마대와 함께 성도를 빼앗아다 두 손으로 받들어 올리겠습니다."

현덕은 크게 기뻐했다. 이날 술자리는 즐겁기 짝이 없었다.

한편 촉의 패잔병이 익주로 돌아가서 유장에게 보고하자 소스라치게 놀란 유장은 문을 걸어 닫은 채 나오지 않았다. 그러는 중 성 북쪽에 마초의 구원병이 당도했다는 보고가 들어왔다. 그제야 용기가 살아난 유장이 성 위로 올라가 바라보니 마초와 마대가 성 아래 서 있었다. 그들이 큰소리로 외쳤다.

"유계옥季玉(유장의 자)은 나와서 대답해 주기 바라오!"

성 위에 있던 유장이 무슨 말이냐고 물었다. 마초가 마상에서 채찍을 들어 유장을 가리키며 말했다.

"나는 본래 장로의 군사를 거느리고 익주를 구하러 왔소. 그런데 장로가 양송의 헐뜯는 말을 믿고 도리어 나를 해치려 할 줄이야 누가 알았겠소? 그래서 나는 이미 유황숙께 귀순했으니 공은 땅을 바치고 항복을 드려 백성들이 괴로움을 당하지 않게 하시오. 만약 미욱한 생각을 고집한다면 내가 먼저 성을 공격할 것이오!"

너무나 놀란 유장은 얼굴이 흙빛이 되며 기가 막혀서 성 위에서 그대로 쓰러져 버렸다. 관원들이 구완해 정신을 차린 유장은 이렇게 말했다.

"내가 밝지 못한 탓이니 후
회한들 무슨 소용이 있겠소?
차라리 성문을 열고 항복해서
성안의 백성들이나 구하는 게
좋겠소."

동화가 반대했다.

"성안에는 아직 3만여 명
의 군사가 있고 돈이나 비단, 식량과 말먹이
풀이 1년 동안은 지탱할 만합니다. 그런데 어째서
곧바로 항복하신단 말씀입니까?"

유장이 대답했다.

"우리 부자가 20여 년 동안이나 촉에 있었지만 백성들에게 베푼
은덕이라곤 없소. 게다가 치고받는 전쟁을 3년이나 하는 통에 군사
들의 피와 살을 들판에다 버리게 했으니 이 모두가 나의 죄요. 그러
니 내 마음이 어찌 편안하겠소? 차라리 항복하여 백성들이나 편안하
게 해주는 게 좋겠소."

이 말을 들은 사람치고 눈물을 흘리지 않는 자가 없었다. 이때 갑
자기 한 사람이 앞으로 나서며 말했다.

"주공의 말씀이 바로 하늘의 뜻과 합치됩니다."

모두들 보니 바로 파서 서충국西充國 사람이었다. 이름은 초주譙周
요 자는 윤남允南인데 이 사람은 본래 천문에 밝았다. 유장이 어째서
그러냐고 물으니 초주가 대답했다.

"제가 밤에 천문을 보니 뭇 별들이 촉군에 모였는데 가장 큰 별은

광채가 마치 밝은 달과 같았습니다. 이는 바로 제왕의 기상입니다. 뿐만 아니라 일 년 전부터 어린아이들이 '새 밥을 먹으려면 먼저 임금이 오시기를 기다려야지'라는 동요를 불렀습니다. 이런 것들이 바로 미리 알리는 조짐입니다. 하늘의 뜻을 거슬러서는 안 됩니다."

황권과 유파가 이 말을 듣고 크게 노하여 초주의 목을 치려고 했다. 유장이 그러지 못하게 말리는데 갑자기 보고가 들어왔다.

"촉군 태수 허정許靖이 성을 넘어가 투항하고 말았습니다!"

유장은 큰소리로 울부짖으며 부중으로 돌아갔다.

이튿날이었다. 사람이 와서 유황숙이 보낸 막빈 간옹이 성 아래 와서 문을 열라고 한다는 보고했다. 유장은 성문을 열고 그를 맞아들이게 했다. 간옹은 수레에 앉아 태연자약하게 좌우를 흘겨보는데 그 태도가 너무나 거만했다. 갑자기 한 사람이 검을 뽑아 들고 큰소리로 호통을 쳤다.

"소인배가 뜻을 얻었다고 아예 곁에 사람이 없는 줄 아는구나! 네 감히 우리 촉중에는 인물이 없다고 깔보는 것이냐?"

간옹이 황급히 수레에서 내려 그 사람을 맞이했다. 그 사람은 광한 면죽 사람으로 이름은 진복秦宓이요 자를 자칙子勅이라 했다. 간옹이 웃으며 말했다.

"현명하신 형을 알아보지 못했으니 나무라지 마시기 바라오."

간옹은 그와 함께 들어가 유장을 알현하고 현덕의 관대하면서도 큰 도량을 설명하며 결코 해칠 마음이 없음을 전했다. 유장은 마침내 항복하기로 결정하고 간옹을 후히 대접했다. 이튿날 유장은 친히 인수와 문서를 지니고 간옹과 함께 수레를 타고 성을 나가 항복했다. 현덕은 영채에서 나와 영접하면서 유장의 손을 잡고 눈물을 흘렸다.

"내가 인의를 행하지 않으려는 것이 아니라 형편이 부득이하니 어쩌겠소?"

현덕은 유장과 함께 영채로 들어갔다. 인수와 문서를 넘겨받은 다음 말머리를 나란히 하여 성안으로 들어갔다.

현덕이 성도로 들어가자 백성들은 향을 피우고 등촉을 밝히며 성문에서 영접했다. 현덕은 관청에 도착하여 당에 올라 자리를 잡고 앉았다. 군내의 관원들이 모두 대청 아래에서 절을 올렸으나 황권과 유파만은 문을 닫아건 채 집에서 나오지 않았다. 분노한 장수들이 그들의 집으로 찾아가서 죽이려고 했다. 현덕은 황급히 명령을 내렸다.

"만약 이 두 사람을 해치는 자가 있으면 삼족을 멸하겠다!"

그러고는 친히 두 사람의 집으로 찾아가서 벼슬하도록 권했다. 두 사람은 현덕이 예를 갖추어 은혜를 베푸는 데 감동되어 마침내 나왔다. 공명이 현덕에게 청했다.

"서천이 평정되었으니 두 임금이 있을 수는 없습니다. 유장을 형주로 보내시지요."

현덕이 대답했다.

"내가 지금 막 촉을 얻었으니 아직은 계옥을 멀리 보낼 수가 없구려."

공명이 결단을 촉구했다.

"유장이 기업을 잃은 것은 전적으로 지나치게 나약했기 때문입니다. 주공께서 아녀자 같은 어진 마음 때문에 당면한 일에 결단을 내리지 못하신다면 이 땅도 오래 지키기 어려울 것입니다."

현덕은 그 말에 따르기로 했다. 큰 잔치를 베풀어 유장을 대접한 다음 재물을 수습하고 진위장군振威將軍의 인수를 그대로 차고 아내와 자식, 기타 식구와 하인들을 모두 데리고 남군南郡의 공안公安으로 가서 살도록 하고 그날로 당장 길을 떠나게 했다.

스스로 익주 목益州牧을 겸한 현덕은 항복한 문무 관원들에게 제각기 무거운 상을 내리고 벼슬을 정해 주었다. 엄안은 전장군前將軍, 법정은 촉군 태수, 동화는 장군 중랑장掌軍中郎將, 허정은 좌장군 장사左將軍長史, 방의龐義는 영중사마營中司馬, 유파는 좌장군, 황권은 우장군으로 삼았다. 나머지 오의, 비관, 팽양, 탁응, 이엄, 오란, 뇌동, 이회, 장익, 진복, 초주, 여의呂義, 곽준, 등지鄧芝, 양홍楊洪, 주군周群, 비의費褘, 비시費詩, 맹달 등 항복한 문무 관원 60여 명도 모두 발탁하여 썼다.

원래 데리고 있던 부하 중 제갈량은 그대로 군사가 되고, 관운장은 탕구장군盪寇將軍에 한수정후의 작위를 그대로 가지고, 장비는 정로장군征虜將軍에 신정후新亭侯라는 작위를 받았다. 조운은 진원장군鎭遠將軍이 되고 황충은 정서장군征西將軍, 위연은 양무장군揚武將軍, 마초는 평서장군平西將軍이 되었다. 그밖에 손건, 간옹, 미축, 미방, 유봉, 오반吳班, 관평, 주창, 요화, 마량, 마속, 장완, 이적 등과 과거 형양의 일반 문무 관원들에게도 모두 상을 내리고 벼슬을 높여 주었다. 그리고 사자에게 황금 5백 근과 백은 1천 근 돈 5천만 전과 촉에서 생산된 비단 1천 필을 주어 운장에게 내리게 하고 나머지 관원과 장수들에게도 등급에 따라 각기 상을 내렸다. 그리고 소 잡고 말 잡아 군사들을 배불리 먹이고 창고를 열어 백성들을 구제하니 군사와 백성들이 다함께 즐거워했다.

익주가 평정되자 현덕은 성도에서 이름난 논밭과 가옥들을 여러 관원들에게 나누어 주려 했다. 조운이 나서서 말렸다.

"익주의 백성들은 거듭 전쟁을 만나 전답은 황폐하고 가옥들은 텅비었습니다. 그것들은 마땅히 백성에게 돌려주어 그들이 편안히 살면서 다시 생업에 힘쓰도록 해주셔야 비로소 민심이 복종할 것입니다. 그것을 빼앗아 사사로이 상을 주어서는 안 될 것입니다."

현덕은 크게 기뻐하며 그 말을 따랐다. 현덕이 제갈군사에게 나라를 다스릴 치국 조례治國條例를 정하게 했는데, 형법이 자못 엄격했다. 법정이 말했다.

"옛적 고조께서 약법삼장約法三章*을 쓰자 백성들이 모두 그 은덕에 감격했습니다. 군사께서는 형벌을 너그럽게 하고 법을 줄여 백성들의 희망에 부응하여 주시지요."

공명이 반박했다.

"그대는 하나만 알고 둘은 모르는구려. 진秦나라의 법이 지나치게 가혹하여 만백성이 모두 원망했기 때문에 고조께서는 너그럽고 인자함으로 민심을 얻으셨던 것이오. 그러나 유장은 어리석고 나약하여 덕정德政을 베풀지 못했고 위엄을 세워야 할 형벌이 엄하지 못해 군신의 도리가 문란해졌소. 총애한다고 직위를 높여 주다 보면 지위가 지극해진 뒤에는 잔학해지고, 순종시킨다고 은혜만 베풀다 보면 은혜가 고갈된 뒤에는 오만해지는 법이오. 폐단이 생겨난 근본 원인은 실로 여기에 있는 것이오. 나는 이제 법으로 위엄을 보이고자 하니 법이 시행되면 은혜를 알 것이고, 벼슬을 제한하고자 하니 벼슬을 높여 주면 영예를 알 것이오. 은혜와 영예의 효과가 나란히 성취되

---

*약법삼장 | 한고조 유방劉邦은 황제가 된 후 진秦나라의 가혹하고 복잡한 법을 폐지하고 살인한 자는 죽이고, 사람을 상하게 하거나 도둑질한 자는 그 죄에 따라 처벌한다는 세 조목으로 줄였다.

면 위아래는 절도가 있게 되리다. 나라를 다스리는 도리는 바로 여기서 밝혀질 것이오."

법정은 절을 하며 탄복했다. 이로부터 군사와 백성들이 안심하고 살며 질서가 잡혔다. 그리고 41개 주에 군사를 나누어 지키면서 민심을 어루만지니 모두 평정되었다.

법정은 촉군 태수가 되어 평소에 밥 한 그릇 대접 받은 정도의 작은 은혜와 눈 한번 흘긴 정도의 사소한 원한까지 일일이 갚지 않는 것이 없었다. 누군가 이 일을 공명에게 일러바쳤다.

"효직이 지나치게 횡포하니 좀 나무라시는 게 좋겠습니다."

공명이 대답했다.

"지난날 주공께서 어려운 처지에서 형주를 지키실 때 북으로는 조조가 두렵고 동으로는 손권이 꺼림칙했지요. 그때 효직이 날개가 되어 보좌한 덕분에 주공께서는 마침내 훨훨 날아올라 더 이상 남의 제재를 받지 않으실 수 있게 되었소. 지금 효직이 제 뜻을 조금 펴 보는 것을 어찌 금할 수 있겠소?"

그러고는 결국 불문에 부쳤다. 법정도 이 말을 듣고 스스로 행동을 삼가게 되었다.

하루는 현덕이 공명과 한담을 나누고 있는데 운장

이 황금과 비단을 하사한 데 사례하기 위해 관평을 보내왔다고 보고했다. 현덕이 불러들이니 관평이 절을 올리고 나서 운장의 서신을 올리며 말했다.

"아버님께서 마초의 무예가 남달리 뛰어나다는 걸 아시고 서천으로 들어와 그와 기량을 겨루어 보고 싶어 하십니다. 그래서 저에게 이 일을 백부님께 아뢰라고 하셨습니다."

현덕은 깜짝 놀랐다.

"운장이 촉으로 들어와 맹기와 무예를 겨룬다면 둘 다 온전하지는 못할 것이오."

공명이 현덕을 안심시켰다.

"염려하실 필요 없습니다. 이 양이 글을 적어 회답하겠습니다."

운장의 성미가 급한 것을 걱정한 현덕은 즉시 공명에게 편지를 쓰게 하여 관평에게 주고 밤낮을 가리지 말고 형주로 돌아가게 했다. 관평이 형주로 돌아가니 운장이 물었다.

"내가 마맹기와 무예를 겨루려고 한다는 것을 말씀드렸느냐?"

관평이 대답했다.

"군사의 서신이 여기 있습니다."

운장이 글을 보니 그 내용은 대략 다음과 같았다.

양이 듣자오니 장군께서는 맹기와 무예를 겨루고 싶어 한다고 하오. 양이 헤아리건대 맹기의 군세고 맹렬함이 비록 남보다 뛰어나다고는 하나 역시 경포黥布'나 팽월彭越' 같은 무리에 불과할 따름이오. 그러니 익덕하고 어깨를 겨루며 선두를 다투기에 알맞을 뿐 무리 중에 우뚝 솟은 미염공의 절륜함에는 미치지 못하오이다. 지금 공은 형주를 지키는 소임을 맡았으니 그 책임이 무겁지 않을 수 없소이다. 만약 서천으로 들어왔다가 형주를 잃기라도 한다면 그보다 더 큰 죄가 없을 터이니 밝게 살피시기 바라오.

편지를 읽은 운장은 긴 수염을 움켜잡고 웃으면서 말했다.

"공명이 내 마음을 알아주는구나."

그러고는 서신을 손님들에게 두루 돌려 보이고 서천으로 들어갈 생각을 접었다.

한편 동오의 손권은 현덕이 서천을 병탄하고 유장을 공안으로 쫓아냈다는 소식을 듣고 장소와 고옹을 불러 상의했다.

"당초 유비가 형주를 빌릴 때 서천을 차지하면 형주를 돌려주겠다고 했소. 이제 그가 이미 파촉巴蜀의 41개 주를 얻었으니 한상漢上의 여러 군을 찾아와야 하겠소. 만약 그가 돌려주지 않는다면 즉시 군사를 출동시키겠소."

장소가 말했다.

"오吳 땅이 이제 막 평온해졌으니 군사를 움직여서는 안 됩니다. 저에게 한 계책이 있습니다. 유비로 하여금 두 손으로 형주를 받들

---

*경포 | 본명은 영포英布였으나 죄를 지어 얼굴에 문신을 새기는 형벌을 받았으므로 경포라 불렀다. 원래 항우의 용장이었으나 후에 유방에게 귀순하여 서한西漢의 개국공신이 되었고 회남왕淮南王에 봉해졌다.
*팽월 | 진秦나라 말엽 의병을 일으킨 장군. 후에 유방에게 귀순하여 서한의 개국공신이 되고 양왕梁王에 봉해졌다.

어 주공께 돌려 드리도록 하겠습니다."

　　이야말로 다음 대구와 같다.

　　서촉에선 바야흐로 새 세상이 열리는데 /
　　동오에선 다시 옛 산천을 찾으려 하네.
　　西蜀方開新日月　東吳又索舊山川

　　그 계책이란 어떤 것인가, 다음 회를 보라.

66

칼 한 자루 지니고 연회에 나가다

관운장은 칼 한 자루로 연회에 나가고
복황후는 나라 위하여 목숨을 버리다
關雲長單刀赴會 伏皇后爲國捐生

손권이 형주를 되찾으려고 하자 장소가 계책을 바쳤다.

"유비가 오로지 믿고 의지하는 자는 제갈량인데 그의 형 제갈근
이 동오에서 벼슬을 하고 있습니다. 제갈근의 일가족을 모두 잡아들
인 다음 제갈근을 서천으로 보내 아우를 설
득하여 유비에게 형주를 떼어 주도록 말
하게 하면 어떻겠습니까? '형주가 반환되
지 않으면 우리 식구들에게 해가 미칠
것'이라고 사정하면 제갈량은 핏줄의
정을 생각해서 응낙할 것입니다."

손권은 동의할 수 없었다.

"제갈근은 성실한 군자인데 어찌 차마
그 가족들을 잡아들인단 말이오?"

장소가 말했다.

"이것은 계책이라는 걸 분명히

말해 주면 자연히 마음을 놓을 것입니다."

손권은 그 말을 좇아서 제갈근의 식구들을 모두 부중으로 불러다가 짐짓 감금하는 한편 글을 작성하여 제갈근을 서천으로 보냈다. 며칠 뒤 성도에 도착한 제갈근은 우선 사람을 들여보내 자기가 온 사실을 현덕에게 알리게 했다. 현덕이 공명에게 물었다.

"백씨께서 이번에 오신 건 무슨 일이겠소?"

공명이 대답했다.

"형주를 달라고 왔을 것입니다."

현덕이 다시 물었다.

"그럼 어떻게 대답하면 좋겠소?"

공명이 일러 주었다.

"반드시 이러이러하게 하셔야 합니다."

계책이 정해지자 공명은 성에서 나가 제갈근을 맞이했다. 그러나 자신의 집으로 안내하지 않고 곧장 역관으로 데리고 들어갔다. 공명이 형에게 절을 올리고 나자 제갈근이 느닷없이 목 놓아 통곡을 했다. 공명이 물었다.

"형님께서 무슨 일이 있으면 말씀을 하실 일이지 어찌 이리 슬퍼하십니까?"

"내 집안 식구들이 다 죽게 생겼네!"

제갈량이 앞질러 말했다.

"혹시 형주를 반환하지 않은 일 때문이 아닙니까? 이 아우 때문에 형님 식구들이 잡혀 갔다면 아우의 마음인들 편하겠습니까? 형님께선 심려하지 마십시오. 저에게 형주를 돌려 드릴 계책이 있습니다."

제갈근은 몹시 기뻐하며 즉시 공명과 함께 들어가 현덕을 알현하고 손권의 서신을 올렸다. 서신을 보고 난 현덕은 노기를 띠고 말했다.

　"손권은 누이동생을 나에게 시집보내고는 내가 형주에 없는 틈을 타고 몰래 도로 데려가 버렸으니 도리로 볼 때 도저히 용납할 수 없소! 내가 마침 서천의 군사를 크게 일으켜 강남으로 내려가 원한을 풀려고 하는 판인데 도리어 형주를 찾으러 왔단 말인가?"

랑승문 그림

공명이 소리 내어 울며 땅에 엎드려 절을 올렸다.

"오후가 형님 식구들을 가두었습니다. 형주를 돌려주지 않으면 우리 형님의 식구들은 모조리 죽을 것입니다. 형님이 돌아가시면 이 양이 어떻게 혼자 살 수 있겠습니까? 바라건대 주공께서는 제 낯을 보아 형주를 동오에 돌려주시어 우리 형제의 정을 보전할 수 있게 하여 주소서!"

현덕은 도무지 들어주려 하지 않고 공명은 한사코 울면서 청했다. 현덕은 그제야 못 이기는 척 천천히 대답했다.

"그렇다면 군사의 낯을 보아 형주의 절반을 돌려주겠소. 장사, 영릉, 계양 등 3개 군을 돌려주시오."

공명이 부탁했다.

"기왕 허락하셨으니 즉시 운장에게 편지를 보내 세 군을 떼어 주라고 하십시오."

현덕이 제갈근에게 말했다.

"자유子瑜(제갈근의 자)께서는 그곳에 가서 반드시 좋은 말로 내 아우에게 부탁하셔야 할 것이오. 내 아우는 성질이 워낙 불같아서 나도 두려워하는 판이오. 부디 조심하셔야 하오."

제갈근은 편지를 달라고 해서 현덕에게 작별 인사를 하고 공명과 헤어져 곧바로 길을 떠나 형주로 갔다. 운장이 제갈근을 중간 대청으로 맞아들여 손님과 주인이 인사를 나누었다. 제갈근이 현덕의 글을 내놓으면서 말했다.

"황숙께서 우선 3개 군을 동오에 반환하겠다고 허락하셨소. 바라건대 장군께서는 즉시 땅을 떼어 주시어 제가 돌아가 우리 주공을 뵐 면목이 서게 해주시구려."

운장은 대번에 낯빛이 변했다.

"나는 우리 형님과 도원에서 형제의 의를 맺으면서 함께 한나라 황실을 붙들어 일으키기로 맹세했소이다. 형주로 말하면 본래 대한大漢의 강토이거늘 어찌 한 치의 땅인들 함부로 남에게 준단 말이오? '장수가 바깥에 있으면 임금의 명도 받들지 않을 때가 있다'고 했소. 비록 우리 형님이 편지를 보내셨지만 나는 돌려주지 못하겠소이다."

제갈근이 사정했다.

"지금 오후께서 내 가족을 잡아 가두셨소. 형주를 얻지 못한다면 틀림없이 죽임을 당하고 말 것이오. 장군께서는 가엽게 여겨 주시기 바라오!"

운장이 대꾸했다.

"이는 오후의 교활한 계략인데 어찌 나를 속이겠소?"

제갈근은 오후를 건드리는 말이 귀에 거슬렸다.

"장군은 어찌 그토록 체면이 없으시오?"

운장이 검을 손에 잡으며 소리쳤다.

"더 이상 입을 떼지 말라! 이 검이야말로 체면이라곤 모른다!"

옆에 있던 관평이 사정했다.

"제갈군사의 얼굴 보기가 난처하오니 아버님께선 부디 노기를 거두십시오."

운장이 내뱉었다.

"군사의 낯을 보지 않았다면 그대는 동오로 돌아가지 못했을 것이다!"

제갈근은 만면에 부끄러운 빛을 띠며 급히 인사를 하고 배에 올라 다시 공명을 만나러 서천으로 갔다. 그러나 공명은 이미 외지로 순시를 떠나고 없었다. 제갈근은 하는 수 없이 현덕만 만나서 운장이 자신을 죽이려고 하던 일을 울면서 하소연했다. 현덕이 말했다.

"내 아우는 성질이 급해서 말을 나누기가 극히 어렵소. 자유는 잠시 돌아가 계시오. 내가 동천東川과 한중의 여러 군을 손에 넣고 나면 운장을 그곳으로 보내 지키게 하겠소. 그때는 형주를 건네줄 수 있을 것이오."

제갈근은 어쩔 수 없이 동오로 돌아가서 손권을 알현하고 지금까지의 일들을 상세히 이야기했다. 손권은 크게 노했다.

"자유가 이번 길에 이리 갔다 저리 갔다 바쁘게 뛰어다닌 일들은 혹시 모두 제갈량의 계책 아니오?"

제갈근이 극구 부인했다.

"아니올시다. 제 아우가 울면서 현덕에게 사정한 덕에 가까스로 우선 3개 군을 반환하겠다는 허락을 받았는데 운장이 그처럼 고집을 부리며 내주지 않으려 하는 바람에 어쩔 도리가 없었던 것입니다."

손권이 말했다.

"기왕에 유비가 3개 군을 우선 반환하겠다고 했다니 즉시 관원들을 장사와 영릉, 계양 3개 군에 부임시킨 뒤 그들이 어떻게 하는지 보기로 합시다."

제갈근이 찬성했다.

"주공의 말씀이 지극히 훌륭합니다."

손권은 제갈근에게 가족을 데리고 집으로 돌아가게 하는 한편 관원들을 차출하여 3개 군으로 보냈다. 그러나 하루가 지나지 않아 3개 군으로 보냈던 관리들이 모조리 쫓겨 와서 손권에게 하소연했다.

"관운장이 저희들을 받아 주지 않고 밤인데도 아랑곳 않고 동오로 돌아가라고 쫓아냈습니다. 지체하면 죽이겠다고까지 했습니다."

머리꼭지까지 화가 난 손권은 사람을 보내 노숙을 불러들여 나무랐다.

"자경이 지난날 유비를 위해 보증을 서는 바람에 내가 형주를 빌려 주었소. 그런데 지금 유비는 서천을 얻고도 형주를 돌려주지 않으려 하고 있소. 이런 상황에 자경은 어찌 앉아서 보고만 있단 말이오?"

노숙이 대답했다.

"이 숙이 이미 한 가지 계책을 생각하여 막 주공께 말씀드리려던 참이었습니다."

손권이 물었다.

"어떤 계책이오?"

"군사를 육구陸口(육수陸水가 장강으로 흘러드는 곳)에 주둔시키고 사람을 보내 관운장을 모임에 초청하십시오. 운장이 순순히 오면 좋은 말로 달래되 그가 우리말을 듣지 않으면 도부수를 매복시켜 그를 죽여 버리는 것입니다. 만약 그가 아예 오지 않으려 하면 즉시 군사를 진격시켜 승부를 가르고 형주를 빼앗으면 될 것입니다."

손권이 찬성했다.

"바로 내 뜻과 합치되오. 즉시 그대로 실행하시오."

감택이 나서서 만류했다.

"안 됩니다. 관운장은 천하에 호랑이 같은 장수라 보통 사람이 미칠 바가 아닙니다. 일이 잘못되면 도리어 해를 입지나 않을까 걱정입니다."

손권은 화를 냈다.

"그런 식으로 일을 하다간 어느 날에 형주를 얻는단 말이오?"

즉시 노숙에게 명하여 속히 계책을 시행하도록 했다. 손권과 하직한 노숙은 육구로 가서 여몽과 감녕을 불러 함께 상의하고 육구의 영채 밖에 있는 임강정臨江亭에서 연회를 베풀기로 했다. 그리

하우직 그림

고 초청장을 작성하고 막하의 무리 중 말 잘하는 사람을 사자로 뽑아 배를 타고 강을 건너게 했다. 강어귀를 지키던 관평이 온 뜻을 물어보고 즉시 사자를 인도하여 형주로 들어갔다. 노숙이 보낸 사자는 운장을 만나자 머리를 조아리며 노숙이 연회에 청하는 뜻을 갖추어 말한 다음 초청장을 올렸다. 글을 읽고 난 운장이 사자에게 말했다.

"자경이 나를 청했으니 내일 연회석으로 가겠다. 그대는 먼저 돌아가도록 하라."

사자는 인사를 하고 떠나갔다.

관평이 물었다.

"노숙이 초청하는 건 분명 좋은 뜻이 아닐 것입니다. 그런데 아버님께서는 어째서 가신다고 허락하셨습니까?"

운장이 웃으며 대답했다.

"내 어찌 그것을 모르겠느냐? 이는 제갈근이 손권에게 내가 세 군을 돌려주지 않더라고 보고한 까닭에 손권이 노숙을 시켜 육구에 군사를 주둔시키고 나를 연회에 초청하여 형주를 돌려받자는 계책이다. 가지 않으면 나를 겁쟁이라고 하겠지. 나는 내일 작은 배 한 척을 내어 심복 10여 명만 거느리고 칼 한 자루만 지닌 채 연회에 참석하겠다. 그래서 노숙이 나에게 어떻게 접근하는지 봐야겠다!"

관평이 만류했다.

"아버님께서는 만금 같으신 몸으로 어찌 친히 호랑이와 늑대의 소굴로 들어가려 하십니까? 이는 백부님께서 부탁하신 바를 중히 여기시는 게 아닐 것입니다."

운장은 대수롭지 않다는 듯 말했다.

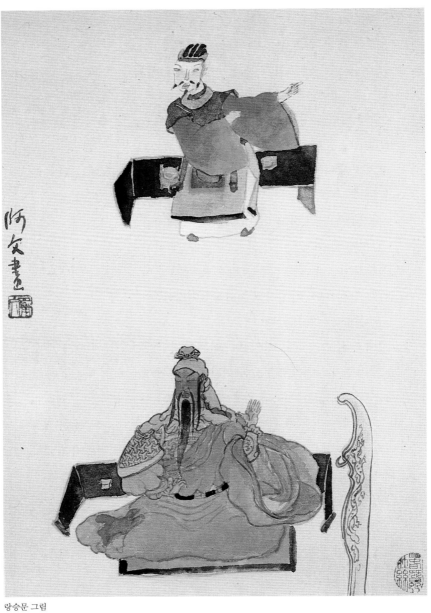

랑승문 그림

1622

"나는 천 자루 창과 만 자루 칼날 속에서 돌과 화살이 어지러이 펴부을 때에도 필마단기로 종횡하기를 무인지경으로 드나들 듯이 했다. 내 어찌 강동의 쥐새끼 같은 무리 따위를 근심하겠느냐?"

마량 역시 말렸다.

"노숙은 비록 장자長者의 기풍이 있지만 지금은 일이 다급한 만큼 딴 마음을 먹지 않을 수 없을 것입니다. 장군께서 경솔하게 가서는 안 됩니다."

운장이 대답했다.

"옛날 전국시대 조趙나라 사람 인상여藺相如는 닭 모가지 비틀 힘도 없었건만 민지澠池의 연회에서 진秦나라 군신君臣들을 초개같이 보았소. 하물며 나는 일찍이 만인을 대적하는 법(병법과 장략將略을 말함)을 배운 사람이 아니오? 이미 허락한 이상 신용을 잃을 수는 없소."

마량은 안심이 되지 않았다.

"설령 장군께서 가시더라도 준비는 하셔야 합니다."

운장이 말했다.

"그저 내 아이더러 쾌속선 열 척을 골라 물에 익숙한 군사 5백 명을 숨기고 강 위에서 기다리게 하겠소. 내 깃발이 움직이는 것을 보는 즉시 강을 건너오게 할 것이오."

관평은 명령을 받고 준비를 하러 갔다.

한편 동오로 돌아간 사자는 노숙을 뵙고 운장이 흔쾌하게 응낙하며 내일 꼭 오기로 했다고 보고했다. 노숙은 여몽과 상의했다.

"그가 오면 어떻게 해야겠소?"

여몽이 대책을 말했다.

"관우가 군사를 데리고 오면 나와 감녕이 한 부대의 군사를 거느리고 기슭에 매복하여 신호포가 울리면 즉시 내달아서 싸울 준비를 하겠습니다. 군사 없이 온다면 뒤뜰에 도부수 50명을 매복시켜 놓았다가 연회 자리에서 죽이도록 하십시다."

이리하여 계책이 정해졌다. 이튿날 노숙은 사람을 강기슭 어귀로 내보내 멀리 지켜보게 하였다. 진시가 좀 지나자 수면 위로 배 한 척이 들어왔다. 사공과 뱃사람을 합쳐 몇 명뿐이고 붉은 깃발 하나가 바람에 나부끼는데 깃발에는 '관關' 자가 큼직하게 적혀 있었다. 배가 차츰 기슭에 가까워지자 푸른 두건을 쓰고 녹색 전포를 입고 배위에 앉아 있는 운장의 모습이 나타났다. 곁에는 주창이 두 손으로 청룡도를 받쳐 들고 섰으며 8,9명의 관서關西 출신 덩치 큰 사내들이 각기 요도腰刀 한 자루씩을 허리에 차고 있을 따름이었다. 노숙은 놀랍고 의심스러운 마음으로 그를 맞아 정자 안으로 들어갔다. 서로 예를 올린 다음 잔치 자리로 들어가 술을 마셨다. 노숙은 잔을 들어 술만 권할 뿐 감히 얼굴을 들고 운장을 바로 쳐다볼 수가 없었다. 운장은 태연자약하게 담소했다.

술이 거나해지자 노숙이 말을 꺼냈다.

"군후께 한마디 드릴 말씀이 있으니 들어 주시기 바라오. 예전에 군후의 형님 되는 황숙께서는 이 숙을 보증 세우고 우리 주공께 형주를 잠시 빌려 갔소. 서천을 손에 넣은 뒤에 돌려준다고 약조하셨지요. 그런데 이미 서천을 얻고도 아직 형주를 돌려주지 않으니 이는 신용을 잃은 것이 아니겠소?"

운장은 대답을 피했다.

대돈방 그림

"이는 국가의 일이라 술자리에서 논할 일은 아닌 것 같소."

노숙은 계속 말을 이었다.

"우리 주공께서 얼마 되지도 않은 강동 땅을 가지고 계시면서도 형주를 빌려 드린 것은 군후를 비롯한 여러분이 싸움에 패하고 먼 길을 오셔서 몸 붙일 곳이 없음을 생각하셨기 때문이오. 이제 익주를 얻었으니 형주는 당연히 돌려주셔야 하오. 지난번 황숙께서는 3개 군이나마 우선 떼어 주겠다고 하셨는데 군후께서 그 말을 따르지 않은 것은 이치로 보아 말이 되지 않는 것 같소이다."

운장이 반박했다.

"오림烏林 싸움에서 좌장군左將軍(유비)께서 몸소 시석矢石을 무릅쓰고 힘을 다해 적을 깨뜨리셨소. 그러니 어찌 헛수고만 하시고 한 자의 땅도 가지지 말아야 한단 말이오? 지금 당신은 땅을 다시 돌려 달라는 것이오?"

노숙도 물러설 수 없었다.

"그렇지 않소이다. 군후께서 처음에 황숙과 더불어 장판파에서 패했을 때 계책은 바닥나고 힘은 다하여 멀리 도망하려 하셨소. 우리 주공께서는 황숙께서 몸 둘 곳조차 없으신 것을 민망하게 생각하여 땅을 아끼지 않으시고 발붙일 곳을 드리며 훗날 공을 세우시기를 바라셨소. 하지만 황숙께서는 그런 도의를 저버리고 그 좋은 교분마저 깨뜨리셨소. 이미 서천을 얻은 마당에 다시 형주까지 점거하고 있는 것은 탐욕에 눈이 어두워 의리를 저버리는 것으로 아마 천하 사람들의 비웃음을 면치 못하실 것이오. 군후께서는 잘 생각하시기 바랍니다."

운장은 대답할 말이 없어 얼버무렸다.

"이는 모두 우리 형님께서 하시는 일이라 이 사람이 간여할 바가 아니오."

노숙이 다그쳤다.

"듣자오니 군후께서는 황숙과 도원에서 의를 맺으실 때 생사를 같이하기로 맹세하셨다 하오. 그러니 황숙이 곧 군후이신데 어찌 그런 핑계를 댄단 말씀이오?"

운장이 미처 대답하지 못하고 있는데 섬돌 아래에서 주창이 사나운 목소리로 소리쳤다.

"천하의 땅은 오직 덕 있는 사람이 차지하기 마련이오. 어찌 유독 당신네 동오만 가져야 한단 말이오?"

운장은 안색을 바꾸더니 자리에서 벌떡 일어났다. 그러고는 주창이 들고 있던 청룡도를 뺏어 들고 뜰 가운데 서서 주창에게 눈짓을 보내며 꾸짖었다.

"이는 국가의 일이거늘 네가 어찌 감히 말이 많으냐? 속히 물러가라!"

얼른 그 뜻을 알아차린 주창은 먼저 강기슭으로 가서 붉은 깃발을 한번 휘둘렀다. 이 광경을 본 관평의 배가 쏜살같이 미끄러지며 강동으로 건너왔다. 이때 바른손에 청룡도를 든 운장은 왼손으로 노숙의 손을 잡아끌며 짐짓 취한 척하면서 말했다.

"공은 오늘 나를 잔치에 초청하셨으니 더 이상 형주 이야길랑 꺼내지 마시오. 내 이미 취했으니 오래 사귄 정을 상하게 하지나 않을지 두렵소. 다른 날 공을 형주의 연회에 초청할 터이니 그때 다시 상의하도록 하십시다."

노숙은 혼이 달아난 채 운장에게 이끌려 강변까지 이르렀다. 여몽과 감녕이 각기 수하의 군사들을 거느리고 뛰쳐나오려 했지만 손에 청룡도를 든 운장이 노숙의 손을 다정하게 잡고 있는 광경을 보고는 혹시 노숙이 다치지나 않을까 걱정되어 감히 움직이지 못했다. 운장은 배 근처까지 가서야 노숙의 손을 놓았다. 그러고는 어느새 뱃머리로 올라서서 노숙에게 작별을 고했다. 노숙은 얼빠진 사람처럼 관공의 배가 순풍을 타고 사라지는 광경을 멍하니 바라보고 서 있을 뿐이었다. 후세 사람이 관공을 칭찬해서 지은 시가 있다.

오나라 대신들을 마치 어린애처럼 깔보며 /
칼 한 자루로 연회에 나가 적을 제압하네. //
그때 그 시기 관우가 취한 영웅다운 기개 /
민지회에 있었던 인상여보다 훨씬 낫구려.

藐視吳臣若小兒, 單刀赴會敢平欺. 當年一段英雄氣, 尤勝相如在澠池.

운장이 형주로 돌아가고 나서 노숙은 여몽과 함께 상의했다.

"이번 계책이 또 틀어지고 말았으니 어떻게 해야겠소?"

여몽이 대답했다.

"즉시 주공께 보고하고 군사를 일으켜 운장과 결전을 벌이시지요."

노숙은 즉시 사람을 손권에게 보내 보고했다. 크게 노한 손권은 온 나라의 군사를 모조리 일으켜 형주를 칠 일을 상의했다. 이때 갑자기 보고가 들어왔다.

"조조가 또다시 30만 대군을 일으켜 쳐들어오고 있습니다!"

깜짝 놀란 손권은 노숙에게 잠시 형주의 군사를 건드리지 말라고

왕굉희 그림

제66회 1629

이른 다음 군사들을 합비와 유수로 이동시켜 조조를 막게 했다.

한편 조조가 군사를 일으켜 남방 정벌을 나서려 하는데 자가 언재彦材인 참군 부간傳幹이 글을 올려 조조의 출정을 말렸다. 글의 내용은 대략 다음과 같다.

간이 듣자오니 무력을 쓰려면 먼저 위엄을 보이고 문화文化를 펼치려면 덕을 먼저 베풀어야 한다고 합니다. 위엄과 덕이 조화롭게 펴진 후에야 왕업이 이루어지는 것입니다. 지난날 천하가 크게 어지러웠을 때 명공께선 무력으로 열에 아홉을 평정하셨습니다. 아직도 왕명을 받들지 않고 있는 자는 오직 오와 촉뿐입니다. 그러나 오에는 장강의 험난함이 있고 촉에는 높은 산이 가로막고 있어 위엄으로 이기기는 어려울 듯합니다. 어리석은 생각으로는 아직은 문과 덕을 더 닦으시며 갑옷을 벗어 놓고 병기 사용을 정지하며 군사를 쉬게 하고 인재를 기르시면서 때가 이르기를 기다려 움직이시는 것이 마땅하지 않을까 합니다. 지금 수십만의 군사를 일으켜 장강 가에 주둔했다가 도적들이 험한 곳에 의지하고 깊이 숨어 우리 군사들의 능력을 펼치지 못하게 하고 기이한 변화에 의한 임기응변을 사용하지 못하게 한다면 하늘같으신 위엄만 손상될 것입니다. 바라건대 명공께서는 자세히 살피소서.

이 글을 보고 조조는 마침내 남방 정벌을 포기하고 학교를 세우며 예를 다해 문사文士들을 초빙했다. 이에 시중 왕찬王粲, 두습杜襲, 위개衛凱, 화흡和洽 네 사람이 서로 의논하고 조조를 높여 '위왕魏王'으로 삼으려 했다. 그러자 중서령中書令 순유가 반대했다.

"아니 되오. 승상께서는 작위가 위공魏公에 이르렀고 영예는 구석을 더하셨으니 지위가 이미 극에 달했소. 그런데 이제 다시 왕위에 오르시는 것은 도리에 맞지 않소."

이 말을 전해들은 조조는 화를 냈다.

"이 사람이 순욱을 본받으려는 게 아닌가?"

순유가 이 사실을 알고 근심과 울화로 병이 들어 자리에 누운 지 10여 일만에 세상을 떠나고 말았다. 죽을 때의 나이는 58세였다. 조조는 그를 후하게 장사지내고 마침내 '위왕'에 오르는 것을 그만 두었다.

하루는 조조가 검을 차고 궁중으로 들어갔는데 헌제가 마침 복황후伏皇后와 함께 앉아 있었다. 복황후는 조조가 오는 것을 보고 황급히 자리에서 일어났다. 헌제는 조조를 보자 부들부들 떨었다. 조조가 물었다.

"손권과 유비가 각기 한 지방씩 제패하고 조정을 존중하지 않고 있습니다. 어떻게 해야 하오리까?"

헌제가 대답했다.

"모두 위공께서 알아서 처리하시구려."

조조는 화를 내며 말했다.

"폐하께서 그렇게 말씀하시는 걸 바깥사람들이 들으면 내가 임금을 업신여긴다고 할 것입니다."

헌제는 가슴에 맺혔던 말을 내뱉었다.

"경이 나를 보좌해 주신다면 참으로 다행이겠지요. 그렇지 않다면 은혜를 베풀어 나를 가만히 있도록 내버려 두시구려."

조조는 노한 눈으로 헌제를 쏘아보더니 화를 내며 밖으로 나가 버렸다. 좌우의 근시 중 한 사람이 헌제에게 아뢰었다.

"근래 듣자오니 위공이 스스로 왕이 되려 한다 하옵니다. 머지않아 틀림없이 폐하의 자리를 찬탈하려 들 것입니다."

헌제와 복황후는 대성통곡을 했다. 복황후가 입을 열었다.

"첩의 아비 복완伏完이 평소 조조를 죽일 마음을 품고 있사옵니다. 첩이 지금 글을 한 통 적어 은밀히 아비에게 주어 조조를 도모토록 하겠나이다."

헌제는 걱정이 앞섰다.

"예전에 동승이 일을 주밀하게 하지 못하는 바람에 도리어 큰 화를 입고 말았소. 이제 또 일이 누설되기라도 한다면 짐과 그대는 끝장이 나고 말 것이오."

복황후가 말했다.

"아침저녁으로 바늘방석에 앉아 있는 것과 같으니 이러고 살 바에는 차라리 일찍 죽는 게 낫사옵니다. 첩이 보건대 환관 가운데 충의의 마음이 있어 부탁할 수 있는 자는 목순穆順보다 나은 사람이 없나이다. 그에게 이 서신을 부치도록 하시옵소서."

헌제는 즉시 목순을 불러 병풍 뒤로 들어가더니 근시들을 모두 물리쳤다. 헌제와 복황후는 목순 앞에서 크게 소리 내어 울면서 말했다.

"조조 도적놈이 '위왕'이 되려고 하니 머지않아 반드시 제위를 찬탈하려 들 것이다. 짐이 황후의 부친인 복완에게 일러 이 도적을 은밀히 도모토록 하고 싶지만 짐의 측근에 있는 자들이 모두 도적의 심복인지라 부탁할 만한 자가 없었다. 그래서 너에게 황후의 밀서를 주어 복완에게 전하려 한다. 너의 충의를 헤아리건대 분명 짐을 저버리지 않으리라 여기노라.”

목순도 눈물을 흘리며 아뢰었다.

“신이 폐하의 크나큰 은혜에 감읍하고 있는 터에 어찌 감히 죽음으로써 보답하지 않으오리까? 신이 즉시 가겠나이다.”

복황후는 즉시 글을 지어 목순에게 주었다. 목순은 편지를 상투 속에 감추고 몰래 황궁을 빠져나와 곧장 복완의 저택으로 가서 글을 올렸다. 복완이 펼쳐 보니 복황후의 친필이었다. 복완이 목순에게 말했다.

“조조 도적놈의 심복이 너무 많으니 성급하게 도모해서는 안 되네. 오직 강동의 손권과 서천의 유비가 밖에서 군사를 일으키면 조조가 직접 싸우러 갈 것일세. 그때 조정에 있는 충성스럽고 의로운 신하들을 구해 함께 계획을 짜고 안팎에서 협공한다면 혹시 일이 이루어질지도 모르겠네.”

목순이 말했다.

“그럼 황장皇丈(황제의 장인)께서 황제와 황후께 답서를 올려서 비밀 조서를 내리도록 청하시지요. 그런 뒤에 오와 촉으로 은밀히 사람을 보내 군사를 일으켜 역적을 토벌하고 천자를 구할 약속을 하십시오.”

복완은 곧 종이를 가져다가 편지를 적어 목순에게 주었다. 목순은 그것을 다시 상투 속에 감추고 복완과 헤어져 황궁으로 돌아갔다.

그런데 어느새 이 일을 조조에게 고해바친 자가 있었다. 조조는 미리 궁문에서 목순을 기다리고 있었다. 돌아오던 목순과 맞닥뜨리자 조조가 물었다.

“어디를 갔다 오느냐?”

목순이 대답했다.

"황후께서 환후가 계시어 분부를 받잡고 의원을 구하러 갔습니다."

조조가 다시 물었다.

"불러온 의원은 어디 있느냐?"

목순이 둘러댔다.

"아직 오지 않았습니다."

조조는 즉시 측근들에게 목순의 몸을 뒤지게 했다. 그러나 아무것도 가지고 있지 않으므로 그대로 놓아 보냈다. 그때 별안간 바람이 불어 목순이 쓰고 있던 모자가 땅에 떨어졌다. 조조는 다시 목순을 불러 세우고 모자를 가져다 살펴보았다. 샅샅이 뒤졌지만 아무것도 없자 모자를 돌려주어 쓰게 했다. 그런데 두 손으로 모자를 받아 머리에 쓰던 목순은 그만 엉겁결에 앞뒤를 돌려쓰고 말았다. 의심이 든 조조는 측근들에게 호령하여 목순의 머리카락 속을 뒤지게 했다. 측근들은 마침내 복완의 상투 속에서 편지를 찾아냈다. 조조가 보니 편지에는 손권과 유비와 연결해서 밖에서 호응토록 하라는 내용이 있었다. 크게 노한 조조는 목순을 잡아다가 밀실에 가두고 문초했다. 그러나 목순은 바른대로 불지 않았다. 조조는 그날 밤으로 갑옷 입은 군사 3천 명을 일으켜 복완의 저택을 에워싸고 늙은이와 어린아이를 가릴 것 없이 모조리 잡아들였다. 뒤이어 집안을 샅샅이 뒤져 복황후의 친필 편지를 찾아내고는 복씨네 삼족을 모조리 하옥시켰다. 날이 밝자 어림장군御臨將軍 치려郗慮를 시켜 절節을 들고 궁궐로 들어가서 우선 황후의 옥새와 그 인끈을 거두게 했다.

이날 헌제는 외궁外宮에 있다가 치려가 갑옷 입은 군사 3백 명을 이끌고 곧바로 들어오는 광경을 보았다. 헌제가 물었다.

"무슨 일이 있는고?"

치려가 대답했다.

"위공의 명을 받들고 황후의 옥새를 거두러 왔습니다."

일이 누설된 것을 짐작한 헌제는 심장과 쓸개가 모두 부서지는 것만 같았다. 치려가 황후가 거처하는 궁전에 이르렀을 때 복황후는 막 침상에서 일어나는 길이었다. 치려는 즉시 황후의 옥새를 관리하는 사람을 불러 옥새를 빼앗아 갔다. 일이 발각된 줄을 안 복황후는 즉시 전각 뒤 초방椒房* 안의 이중 벽 속에 몸을 숨겼다. 그로부터 얼마 되지 않아 상서령 화흠華歆이 갑옷 입은 병사 5백 명을 이끌고 황후가 거처하는 전각으로 들어와서 궁인들에게 물었다.

"황후는 어디에 있느냐?"

궁인들은 모두 모른다고 잡아뗐다. 화흠은 무장한 군사들을 시켜 궁전의 붉은 문을 열고 뒤지게 했지만 황후는 보이지 않았다. 황후가 벽 속에 숨었으리라 짐작한 화흠은 무장한 군사들을 호령하여 벽을 허물고 수색하게 했다. 마침내 황후를 찾아낸 화흠은 둥그렇게 틀어 올린 황후의 머리채를 직접 움켜쥐고 끌어냈다. 황후가 애걸했다.

"제발 목숨만은 살려 주시오!"

화흠이 호통 쳤다.

"당신이 직접 위공에게 호소하시오."

복황후는 헝클어진 머리카락에 맨발인 채로 무장한 군사 두 명에

---

*초방 | 황후나 황비皇妃가 거처하는 궁전. 산초와 진흙을 발라 따뜻하면서도 향기가 났다. 산초는 향기롭고 열매가 많아 황후가 자식을 많이 낳기를 바라는 뜻이 있었다.

게 떠밀려 나갔다.

　화흠은 평소 글재주로 이름이 났고 이전부터 병원邴原, 관녕管寧과 벗하며 친하게 지내 왔다. 당시 사람들은 이 셋을 한 마리의 용이라고 불렀는데, 화흠은 용의 머리이고 병원은 용의 몸통이며 관녕은 용의 꼬리라고 했다. 어느 날 관녕이 화흠과 함께 채마밭에서 김을 매다가 금덩이를 발견했다. 관녕은 거들떠보지도 않고 호미질을 해 나갔지만 화흠은 금덩이를 집어 들고 한참 살펴본 후에 내던졌다. 또 하루는 관녕이 화흠과 함께 앉아서 책을 읽고 있는데 문밖에서 길을 비키라는 벽제소리가 요란하게 나면서 웬 귀인이 수레를 타고 지나갔다. 관녕은 단정히 앉은 채 움직이지 않았지만 화흠은 책을 내던지고 구경하러 나갔다. 관녕은 이때부터 화흠을 비루하게 여겨 한 자리에 앉지 않았으며 다시는 친구로 여기지 않았다. 뒷날 관녕은 몸을 피해 요동으로 가서 살았는데 늘 하얀 모자를 쓰고 앉으나 누우나 한 누각에서 지내며 발을 땅에 딛지 않았다. 그리고 평생토록 위나라에는 벼슬하려고 하지 않았다. 그러나 화흠은 처음에 손권을 섬기다가 뒤에 조조의 수하로 들어가더니 이번에는 복황후를 제 손으로 잡아내는 일까지 저지른 것이었다. 후세 사람이 화흠을 탄식해 지은 시가 있다.

　화흠은 그날을 맞아 흉악한 꾀 뽐내며 /
　벽을 부수고 강제로 황후를 끌어내네. //
　역적 도와 하루아침에 범이 날개 다니 /
　욕된 이름 천년 두고 용머리라 비웃네.
　華歆當日逞兇謀, 破壁生將母后收. 助虐一朝添虎翼, 罵名千載笑龍頭.

또 관녕을 칭찬해서 지은 시도 있다.

요동 땅에 있었다고 전해지는 관녕루는 /
사람도 누각도 사라지고 이름만 남았네. //
우스워 죽겠네 화흠이 부귀 탐하는 꼴 /
어찌 흰 관 쓴 관녕의 풍류에 견주리오.
遼東傳有管寧樓, 人去樓空名獨留. 笑殺子魚貪富貴, 豈如白帽自風流.

화흠이 거느린 무리가 복황후를 둘러싸고 외전으로 나왔다. 황후를 본 헌제는 전각 아래로 내려와 황후를 얼싸안고 소리 내어 울었다. 화흠이 재촉했다.

"위공의 명령이 계시니 빨리 가야 합니다!"

복황후는 울면서 헌제에게 소리쳤다.

"다시는 폐하와 함께 살 수 없게 되었어요."

헌제가 한숨을 쉬며 대답했다.

"내 목숨도 언제 어떻게 될지 모르겠구려!"

무장한 군사들이 황후를 둘러싸고 나가 버리자 헌제는 가슴을 치며 목 놓아 통곡했다. 마침 치려가 곁에 있는 것을 보고 헌제가 이렇게 한탄했다.

"치공! 천하에 어찌 이런 일이 있단 말이오?"

그리고는 울면서 땅바닥에 쓰러졌다. 치려는 측근들에게 헌제를 부축하여 궁전으로 들어가라고 분부했다. 화흠이 복황후를 끌고 조조 앞으로 가니 조조가 황후를 꾸짖었다.

"나는 성심으로 당신들을 대했는데 당신들이 나를 해치려 들다니!

내가 그대를 죽이지 않으면 그대가 틀림없이 나를 죽일 것이오!"

조조는 좌우에 있는 자들을 호령해서 몽둥이로 복황후를 때려죽이게 했다. 뒤이어 궁궐로 들어가 복황후가 낳은 황자 둘에게 짐주를 먹여 모조리 독살해 버렸다. 이날 저녁에는 복완과 목순을 비롯한 그 종족 2백여 명을 모조리 저자로 끌어내어 목을 잘랐다. 조정 관원이나 여염집 백성들을 막론하고 놀라 떨지 않는 사람이 없었다. 때는 건안 19년(214년) 11월이었다. 후세 사람이 시를 지어 탄식했다.

조조처럼 흉포한 놈 세상에 다시없으니 /
복완이 충의만으로 무슨 일을 했겠는가. //
가엾다 황제와 황후 이별하는 처지 보소 /
여염집 남편과 아내만도 훨씬 못하구려!
曹瞞兇殘世所無, 伏完忠義欲何如. 可憐帝后分離處, 不及民間婦與夫!

헌제는 복황후가 비명에 죽자 며칠이 지나도록 음식을 먹지 못했다. 조조가 들어와서 달랬다.

"폐하께서는 근심하지 마십시오. 신에게 다른 마음은 없습니다. 폐하의 귀인으로 바친 신의 여식이 어질고 효성스러우니 정궁正宮에서 거처토록 하는 것이 마땅할까 합니다."

헌제가 어찌 감히 그 말을 듣지 않을 수가 있겠는가? 건안 20년(215년) 정월 초하룻날 설 명절을 경하하는 자리에서 조조의 딸 조귀인을 정궁의 황후로 책립했다. 신하들은 아무도 감히 입을 떼지 못했다.

조조의 위세는 날로 높아졌다. 대신들을 모아 오와 촉을 멸망시킬 일을 상의하는데 가후가 말했다.

"이 일은 하후돈과 조인 두 사람을 불러서 상의하셔야 합니다."

조조는 즉시 사자를 띄워 밤낮을 가리지 않고 가서 그들을 불러오게 했다. 하후돈보다 먼저 당도한 조인이 그날 밤으로 부중에 들어와 조조를 알현하려 했다. 조조는 마침 술이 취해 자리에 누워 있고 허저가 검을 들고 대청 문안에 서 있었다. 조인이 안으로 들어가려고 했지만 허저가 가로막았다. 조인은 크게 화가 났다.

"나는 조씨 일족인데 네가 어찌 감히 가로막느냐?"

허저가 대꾸했다.

"장군은 비록 주공의 친척이시나 외지에서 국경을 지키는 관원이고 이 허저는 비록 주공과 사이가 멀지만 지금은 안에서 근시의 소임을 맡고 있소. 주공께서 취하시어 당상에 누워 계시니 누구도 들여보낼 수 없소이다."

이에 조인은 감히 들어가지 못했다. 이 말을 들은 조조는 감탄했다.

"허저는 진정한 충신이로다!"

며칠이 되지 않아 하후돈 또한 이르자 조조는 이들과 함께 정벌할 일을 의논했다. 하후돈이 말했다.

"오와 촉은 아직 공격할 수 없습니다. 먼저 한중의 장로를 치고 그 이긴 군사

로 촉을 공격한다면 한번 북을 울려 함락시킬 수 있을 것입니다."

조조가 찬성했다.

"바로 내 뜻과 같도다."

마침내 군사를 일으켜 서쪽 정벌을 나섰다. 이야말로 다음 대구와 같다.

방금 흉계 꾸며 약한 임금을 업신여기더니 /
다시 사나운 군사를 몰아 변방을 치러 가네.
方逞兇謀欺弱主　又驅勁卒掃偏邦

뒷일은 어찌될 것인가, 다음 회를 보라.

67

한중 평정

조조는 한중 지역을 평정하고
장료는 소요진에서 위엄 떨치다
曹操平定漢中地 張遼威震逍遙津

군사를 일으켜 서정西征에 나선 조조는 전군을 세 부대로 나누었다. 전부 선봉은 하후연과 장합이 맡고, 조조 자신은 여러 장수들을 거느리고 중앙을 맡고, 후미 부대는 조인과 하후돈이 맡아 식량과 말먹이 풀을 운반토록 했다. 어느새 첩자가 한중에 이 소식을 보고했다. 장로는 아우 장위張衛와 함께 적을 물리칠 대책을 상의했다. 장위가 말했다.

"한중에서 험한 곳이라곤 양평관陽平關 만한 데가 없습니다. 관의 좌우에 산과 숲을 의지해 영채 10여 개를 세우고 조조의 군사를 맞아 싸우겠습니다. 형님께선 한녕漢寧에 계시면서 군량과 말먹이 풀이나

三國演義第六十七回 曹操平定中原地 辛巳年春 戴敦邦寫名筆硯寶□□上

대돈방 그림

적절히 대어 주십시오."

장로는 그 말을 좇아 대장 양앙楊昻과 양임楊任을 파견하여 아우 장위와 함께 그날로 길을 떠나게 했다. 한중의 군마는 양평관에 이르러 영채를 세웠다. 뒤미처 하후연과 장합의 선두 부대가 이르렀다. 양평관에서 이미 싸울 준비가 되어 있다는 말을 들은 두 장수는 관에서 15리 떨어진 곳에다 영채를 세웠다. 이날 밤은 군사들이 피곤해서 제각기 휴식을 취하는데 별안간 영채 뒤에서 불길이 확 치솟더니 양앙과 양임의 군사가 두 길로 치고 나와 영채를 습격했다. 하후연과 장합이 급히 말에 올랐을 때는 사면으로 대군이 몰려들었다. 조조의 군사는 크게 패하여 물러갔다. 두 장수가 조조를 뵙자 조조는 크게 화를 냈다.

"너희 두 사람은 행군한 지가 여러 해 되었는데 어찌 '군사가 먼 길을 걸어 피곤하면 반드시 영채 기습을 방비해야 한다'는 기본 상식도 몰랐단 말이냐? 어째서 준비를 하지 않았더냐?"

두 사람의 목을 잘라 군법을 밝히려 하는 걸 여러 관원들이 사정한 덕분에 두 사람은 목숨을 부지하게 되었다.

이튿날 조조는 직접 군사를 이끌고 선두 부대가 되었다. 살펴보니 산세가 험악하고 수목이 울창하여 길마저 어떻게 뻗었는지 알 길이 없었다. 복병이 있지나 않을까 걱정이 된 조조는 즉시 군사를 이끌고 영채로 돌아왔다. 그러고는 허저와 서황에게 말했다.

"이곳이 이처럼 험악한 줄 미리 알았다면 결코 군사를 일으키지 않았을 것이야."

허저가 용기를 북돋았다.

"군사가 이미 이곳에 이른 이상 주공께서 수고로움을 꺼리셔서는 아니 됩니다.”

이튿날 조조는 말에 올라 허저와 서황 두 사람만 데리고 장위의 영채를 살피러 나섰다. 세 필 말이 산비탈을 돌아가자 벌써 장위의 영채들이 빤히 바라다 보였다. 조조가 채찍을 들어 멀리 그 편을 가리키며 두 장수에게 말했다.

“저처럼 견고하니 급히 함락시키기는 정말 어렵겠구나!”

그 말이 미처 끝나기도 전이었다. 등 뒤에서 함성이 크게 일어나더니 화살이 빗발치듯 날아오고 양앙과 양임이 두 길로 나누어 돌격해 왔다. 조조는 깜짝 놀랐다. 허저가 큰소리로 외쳤다.

“내가 적을 막겠소! 서공명公明(서황의 자)은 주공을 잘 보호하시오!”

말을 마친 허저는 칼을 들고 말을 놓아 앞으로 나가더니 두 장수를 대적하여 힘껏 싸웠다. 양앙과 양임이 허저의 용맹을 당해 내지 못하고 말을 돌려 물러나니 나머지 무리들은 감히 앞으로 나오지 못했다. 서황이 조조를 보호하며 산비탈을 지나가는데 앞쪽에서 또 한 떼의 군사가 들이닥쳤다. 하후연과 장합이었다. 두 장수는 함성 소리를 듣고 군사를 이끌고 조조를 도우러 달려오는 길이었다. 그들은 양앙과 양임을 무찔러 퇴각시킨 다음 조조를 구해서 영채로 돌아왔다. 조조는 네 장수에게 후한 상을 내렸다. 이로부터 양편 군사는 50여 일 동안 대치만 한 채 싸움을 하지 않았다. 조조가 철수 명령을 내렸다. 가후가 물었다.

“적의 형세가 아직 강한지 약한지도 모르는 상황인데 주공께서는 어찌하여 스스로 물러가려 하십니까?”

조조가 대답했다.

“헤아려 보니 적병이 날마다 방비를 하고 있어 이기기는 몹시 어

려울 것 같소. 내가 군사를 퇴각시킨다는 소문을 내면 도적들이 긴
장을 풀고 방비를 풀 것이오. 그런 다음 가볍게 차린 기병들을 나누
어 그 배후를 습격하면 반드시 이길 것이오."

가후가 감탄했다.

"승상의 신기묘산神機妙算은 헤아릴 길이 없습니다."

조조는 하후연과 장합에게 군사를 두 길로 나누어 각기 가벼운 차
림을 한 기병 3천 명씩을 거느리고 샛길로 해서 양평관의 뒤로 질러
가게 했다. 그러는 한편 자신은 대군을 지휘하여 영채를 거두고 모
조리 물러갔다. 조조의 군사가 물러갔다는 소식을 들은 양앙은 양
임을 청해 대책을 의논하며 기세를 타고 그 뒤를 치려고 했다. 양임
이 말렸다.

"조조는 교활한 계책이 지극히 많아 그 진실을 알 수가 없소. 그러
니 뒤를 쫓아서는 아니 되오."

양앙은 고집을 부렸다.

"공이 가지 않겠다면 나 혼자 가겠소."

양임이 간곡히 말렸지만 듣지 않았다. 양앙은 다섯 영채의 군마를 모조리 일으켜 추격하면서 영채에는 약간의 군사만 남겨 지키게 했다. 이날은 짙은 안개가 자욱하게 끼어 얼굴을 마주하고도 상대를 알아 볼 수 없을 지경이었다. 길을 반쯤 간 양앙의 군사는 더 이상 나아갈 수가 없어 잠시 멈추어 섰다.

이때 산 뒤로 질러가던 하후연의 부대는 온 하늘에 짙은 안개가 끼인데다 사람의 말소리와 말울음 소리가 들리자 복병이 있지나 않을까 두려웠다. 그래서 급히 인마를 재촉하여 움직이다 보니 짙은 안개 속에서 길을 잘못 들어 그만 양앙의 영채 앞에 이르고 말았다. 영채를 지키고 있던 군사들은 말발굽 소리를 듣자 양앙의 군마가 돌아온 줄 알고 문을 열어 그들을 받아들였다. 조조의 군사가 우르르 몰려 들어와 보니 빈 영채인지라 곧바로 영채에 불을 지르기 시작했다. 다섯 영채에 남았던 군사들은 모조리 영채를 버리고 달아나 버렸다.

안개가 걷힐 무렵 양임이 군사를 거느리고 구원하러 왔다. 하후연과 맞붙은 양임이 몇 합을 싸워 보지도 못했는데 등 뒤로 장합의 군사가 밀어닥쳤다. 양임은 큰길을 뚫고 달려 남정南鄭으로 돌아갔다. 양앙이 군사를 돌리려 할 즈음 영채는 이미 하후연과 장합에게 점령당한 뒤였다. 게다가 배후로는 조조의 대부대 군마가 추격했다. 양쪽으로 협공을 당한 양앙은 사방으로 길이 막혀 버렸다. 그대로 진을 돌파해 나가려던 그는 정면으로 장합과 맞닥뜨렸다. 두 사람이 어울리자마자 양앙은 장합의 손에 피살되고 말았다. 패잔병들은 양평관으로 돌아가 장위를 찾았다. 그러나 장위는 두 장수가 패해서 달아나고 모든 영채가 이미 적의 수중으로 들어갔다는 사실을 알자 한밤

중에 관을 버리고
남정으로 돌아간 뒤
였다. 덕분에 조조는 양평관과 여
러 영채들을 쉽사리 얻게 되었다.

　장위와 양임은 남정으로 돌아가 장로를 알현
했다. 장위는 두 장수가 요충들을 잃는 바람에
관을 지켜 낼 수가 없었다고 말했다. 크게
노한 장로가 양임의 목을 베려고 했다. 양
임이 사정했다.

　"제가 양앙에게 조조의 군사를 뒤쫓지 말라고
말렸건만 그가 제 말을 듣지 않는 바람에 패한 것입니
다. 다시 한 부대의 군사를 주시면 나가 싸워서 반드
시 조조의 목을 베어 오겠습니다. 만약 이기지 못
하면 군령을 달게 받겠습니다."

　장로는 군령장을 받아 놓았다. 양임은 말에 올라 2만 명의 군사를
거느리고 남정을 떠나 영채를 세웠다.

　조조는 대군을 거느리고 진격하면서 먼저 하후연에게 5천 명의 군
사를 거느리고 남정으로 가는 길을 정찰하게 했다. 정찰 나간 하후연
이 때마침 양임의 군사를 만났다. 양군은 각기 마주보고 벌여 섰다.
양임은 부하 장수 창기昌奇를 내보내 하후연과 싸우게 했다. 그러나
창기는 3합도 되기 전에 하후연의 칼에 찍혀 말 아래로 떨어졌다. 양
임이 몸소 창을 꼬나들고 내달아 하후연과 맞붙었다. 그러나 30여 합
을 싸우도록 승부가 나뉘지 않았다. 하후연이 짐짓 패한 척 달아나자
양임은 계책인 줄도 모르고 바싹 쫓아갔다. 하후연이 갑자기 돌아서

며 찍는 타도계拖刀計로 양임을 베어 말 아래 떨어뜨렸다. 양임의 군사는 크게 패해서 돌아갔다. 하후연이 양임을 벤 것을 안 조조는 즉시 군사를 진격시켜 남정으로 바짝 다가가 영채를 세웠다. 장로는 황급히 문무 관원들을 모아 상의했다. 염포가 나서면서 말했다.

"제가 한 사람을 천거하겠습니다. 그 사람이면 조조 수하의 장수들을 대적할 수 있을 것입니다."

장로가 그 사람이 누구인지 물으니 염포가 대답했다.

"남안南安의 방덕이 전에 마초를 따라 주공께로 왔습니다만 뒤에 마초가 서천으로 갈 때 마침 병이 나서 함께 가지 못했습니다. 지금 주공의 은혜를 입어 에서 살고 있는데 이 사람을 보내면 어떻겠습니까?"

크게 기뻐한 장로는 즉시 방덕을 불러 후한 상을 내리며 그 마음을 위로했다. 그러고는 군사 1만 명을 점검하여 방덕에게 주고 나가 싸우게 했다. 성에서 10여 리 떨어진 곳에서 조조의 군사와 마주하게 된 방덕은 말을 달려 나가 싸움을 걸었다. 위교의 싸움을 통해 방덕의 용맹을 익히 알고 있었던 조조는 장수들에게 당부했다.

"방덕은 서량의 용장으로 원래는 마초의 수하였다. 지금 비록 장로에게 몸을 의탁하고 있지만 그 뜻을 펼치지는 못하고 있을 것이다. 내 이 사람을 얻고 싶으니 그대들은 반드시 슬슬 싸우며 그를 지치게 하여 사로잡도록 하라."

장합이 먼저 나가 몇 합을 싸우다가 물러나고 하후연도 몇 합을 싸우고는 물러났다. 서황 또한 4,5합을 싸우다가 물러나고 마지막으로 허저가 50여 합을 싸우다 역시 물러났다. 그런데 방덕은 연거푸 네 장수와 힘을 떨쳐 싸우면서도 전혀 겁내는 기색이 없었다. 네 장수는 각기 조조 앞에서 방덕의 무예가 훌륭하다고 칭찬했다. 조조는 속으로 크게 기뻐하며 여러 장수들과 상의했다.

"어떻게 하면 이 사람의 항복을 받아낼 수 있겠는가?"

가후가 계책을 내놓았다.

"제가 알기로 장로 수하에 양송이라는 모사가 있는데 이 사람은 뇌물을 몹시 탐낸다고 합니다. 지금 몰래 황금과 비단을 보내고 장로 앞에서 방덕을 헐뜯게 한다면 일이 제대로 될 수 있을 것입니다."

조조가 물었다.

"어떻게 사람을 구해 남정으로 들여보낸단 말이오?"

가후가 설명했다.

"내일 싸울 때 짐짓 패한 척 영채를 버리고 달아나며 방덕이 우리 영채를 점거토록 하십시오. 그런 다음 우리가 야밤에 군사를 이끌고 영채를 역습하면 방덕은 틀림없이 물러나 성으로 들어갈 것입니다. 이때 말 잘하는 군사를 하나 뽑아 저쪽 군사로 위장시켜서 적진에 끼어들게 한다면 성으로 들어갈 수 있을 것입니다."

조조는 그의 계책을 따라 성격이 치밀한 군교軍校 하나를 골라 후한 상을 내렸다. 그리고 황금 엄심갑掩心甲 한 벌을 주어 맨몸에 입게 하고 겉에는 한중 군사의 호의號衣*를 입혀 미리 중간 길에 나가 기다리게 했다. 이튿날 조조는 우선 하후연과 장합의 두 갈래 군사를 멀리 내보내 매복하게 한 다음 서황을 시켜 싸움을 걸게 했다. 서황은 몇 합이 못 되어 패해 달아났다. 방덕이 군사를 이끌고 몰아치자 조조의 군사는 모조리 퇴각했다. 조조의 영채를 뺏고 보니

---

*호의 | 군사나 심부름꾼이 입던 번호가 달린 옷. 일종의 유니폼.

영채 안에는 군량과 말먹이 풀이 대단히 많았다. 크게 기뻐한 방덕은 즉시 장로에게 고하는 한편 영채 안에 잔치를 베풀어 승전을 축하했다.

이날 밤 2경이 지났을 때 별안간 세 갈래 길에서 불길이 치솟았다. 가운데는 서황과 허저요, 왼편은 장합, 오른편은 하후연이었다. 이들 세 길의 군마가 일제히 내달아 영채를 습격했다. 방비를 하지 못한 방덕은 말에 올라 적진을 뚫고 나가서 성을 향하여 달아났다. 등 뒤에서는 세 갈래의 군사들이 바싹 쫓아왔다. 방덕은 급히 성문을 열라고 소리치고는 군사를 거느리고 우르르 몰려 들어갔다.

이때 조조의 첩자가 군사들 틈에 끼어 성으로 들어갔다. 곧장 양송의 부중으로 간 첩자는 양송을 만나 말했다.

"위공 조승상께서는 오랫동안 선생의 높으신 덕성을 들으시고 특별히 저를 보내 황금 갑옷을 바쳐 신의를 보이고 밀서를 올리라고 하셨습니다."

양송은 대단히 기뻐했다. 밀서 속에 적힌 내용을 읽어 보고선 첩자에게 말했다.

"위공께 마음을 푹 놓으시라고 말씀드리게. 나에게 좋은 계책이 있으니 보답을 드리겠네."

양송은 조조가 보낸 사람을 먼저 돌려보내고 나서 그날 밤 즉시 장로를 찾아가서 방덕이 조조에게 뇌물을 받아먹고 이번 싸움에 져 주었다고 말했다. 크게 노한 장로는 방덕을 불러들여 크게 꾸짖고는 목을 치려고 했다. 염포가 간곡히 만류하자 장로가 방덕에게 호령했다.

"너는 내일 나가 싸우되 이기지 못하면 반드시 목을 치겠다!"

방덕은 한을 품고 물러났다.

이튿날 조조의 군사가 성을 공격하자 방덕이 군사를 이끌고 돌격해 나왔다. 조조는 허저를 내보내 싸우게 했다. 허저가 짐짓 패한 척하자 방덕이 뒤를 추격했다. 이때 조조가 몸소 말을 타고 산비탈에서 방덕을 불렀다.

"방영명令明(방덕의 자)은 어찌하여 일찍 항복하지 않는가?"

방덕은 속으로 생각했다.

'조조를 붙잡는다면 1천 명의 상장上將과 맞먹겠지.'

그는 나는 듯이 말을 달려 비탈로 치달렸다. 이때 갑자기 함성이 일어나면서 하늘이 무너지고 땅이 꺼지는 듯 사람과 말이 한꺼번에 구덩이 속으로 빠졌는데 사면의 벽에서 일제히 갈고리가 나와 방덕을 걸어 당겼다. 방덕을 사로잡은 군사들은 비탈 위로 방덕을 끌고 갔다. 말에서 내린 조조는 군사들을 꾸짖어 물리친 다음 친히 결박을 풀어 주고 방덕에게 투항하겠느냐고 물었다. 방덕은 장로의 어질지 못함을 생각하고는 진심으로 절을 올려 항복했다. 조조는 친히 방덕을 부축하여 말에 태우고 함께 본부 영채로 돌아갔다. 그러면서 일부러 성 위의 사람들이 이 광경을 볼 수 있게 했다. 장로의 부하들은 장로에게 가서 방덕이 조조와 말머리를 나란히 하고 갔다고 보고했다. 장로는 양송의 말이 진실임을 더욱 믿게 되었다.

이튿날 조조는 삼면에 구름사다리를 세우고 발석거發石車로 돌 포탄을 날려 성을 공격했다. 장로는 형세가 매우 다급한 걸 보고 아우 장위와 대책을 상의했다. 장위가 말했다.

"성안에 있는 곡식 창고와 재물 창고를 깡그리 불살라 버리고 남산으로 달려가 파중巴中을 지키는 편이 좋겠습니다."

그러나 양송은 생각이 달랐다.

"차라리 성문을 열고 항복하는 게 낫습니다."

장로는 미적거리며 결단을 내리지 못했다. 장위가 다시 권했다.

"그냥 불살라 버리고 떠납시다."

장로가 결정을 내렸다.

"내 본래 나라에 귀순하려 했지만 뜻을 이루지 못했다. 이제 부득이해서 달아나지만 식량 창고나 재물 창고는 모두 국가의 소유이니 태워서는 안 된다."

장로는 드디어 창고를 모두 봉했다. 이날 밤 2경에 장로는 집안 식구들을 모두 이끌고 남문을 열고 달아났다. 조조는 뒤쫓지 말라 이른 다음 군사를 거느리고 남정으로 들어갔다. 장로가 모든 창고를 단단히 봉해 놓은 것을 본 조조는 갸륵한 마음이 들었다. 이에 사람을 파중으로 보내 투항을 권했다. 장로는 항복하려 했지만 장위가 듣지 않았다. 이때 양송이 조조에게 밀서를 보내 왔는데 진군하면 안에서 호응하겠다는 내용이었다. 글을 받아 본 조조는 친히 군사를 이끌고 파중으로 갔다. 장로는 아우 장위를 시켜 군사를 거느리고 나가 대적하게 했다. 그러나 장위는 허저와 싸우다가 칼을 맞고 말에서 떨어져 죽고 말았다. 패잔병이 돌아가 보고하자 장로는 성을 굳게 지키려만 했다. 그러나 양송이 부추겼다.

"지금 나가시지 않으면 앉아서 죽음을 기다리게 됩니다. 제가 성을 지키고 있을 테니 주공께서 친히 나가서 저들과 죽음을 무릅쓰고 싸워 보십시오."

장로는 그 말을 좇았다. 염포가 장로에게 나가지 말라고 말렸지만 장로는 그 말을 듣지 않고 군사를 이끌고 싸우러 나갔다. 그러나 미처 적과 싸워 보기도 전에 후미의 군사들이 먼저 도망을 쳤다. 장로가 급히 군사를 퇴각시키자 등 뒤에서 조조의 군사들이 추격했다. 장로가 성 아래 이르렀으나 양송이 성문을 걸어 닫은 채 열어 주지 않았다. 장로가 달아날 길을 찾지 못하고 있는데 조조가 뒤에서 쫓아와 큰소리로 외쳤다.

"어째서 일찌감치 항복하지 않는가?"

장로는 즉시 말에서 내려 절을 올리며 항복했다. 조조는 크게 기뻐했다. 조조는 그가 창고를 봉해 놓은 마음을 생각해 예를 갖추어 대접하고 진남장군鎭南將軍으로 봉했다. 염포를 비롯한 다른 사람들도 모두 열후列侯에 봉했다. 이리하여 한중은 모두 평정되었다. 조조는 각 군에 명령을 전해 태수와 도위都尉들을 임명하고 군사들에게는 큰 상을 내렸다. 오직 양송만은 주인을 팔아 영화를 구했다 하여 저자에서 목을 잘라 모든 사람에게 보이게 했다. 후세 사람이 시를 지어 탄식했다.

어진이 해치고 주인 팔아 공을 뽐내더니 /
긁어모은 금은보화 모두가 헛것이 되네. //
부귀영화 누리기 전 목이 먼저 달아나니 /

천년 뒤의 사람들까지 양송을 비웃누나!

妨賢賣主逞奇功, 積得金銀總是空. 家未榮華身受戮, 令人千載笑楊松!

조조가 동천東川을 얻자 주부 사마의가 나서서 말했다.

"유비가 속임수와 힘으로 유장의 땅을 차지했으나 촉 사람들의 마음이 아직은 그에게로 돌아가지 않고 있습니다. 이번에 주공께서 한중을 얻으시어 익주까지 뒤흔들어 놓았습니다. 지금 속히 진군하여 치신다면 저들의 세력은 틀림없이 와해될 것입니다. 지혜 있는 이는 때를 잘 타는 것을 귀히 여긴다 하오니 시기를 놓쳐서는 아니 되오리다."

조조는 탄식했다.

"'이미 농隴을 얻고 다시 촉蜀을 바란다'더니 사람의 고통은 만족을 모르는 것이로다."

유엽劉曄이 거들었다.

"사마중달仲達(사마의의 자)의 말이 옳습니다. 지체하다가 나라를 다스리는 데 밝은 제갈량이 재상이 되고 용맹이 삼군에 으뜸가는 관우, 장비 같은 무리들이 장수가 되어 촉의 백성들을 안정시키고 관문과 요충지를 지키면 그들을 건드릴 수 없게 될 것입니다."

조조는 찬성하지 않았다.

"군사들이 먼 길을 걷느라 고생이 많았으니 우선은 아껴 주어야 하오."

그러고는 군사를 멈춘 채 움직이지 않았다.

한편 서천의 백성들은 조조가 동천을 수중에 넣었다는 소식을 듣고는 틀림없이 서천을 치러 올 것이라 짐작하며 하루에도 몇 차례나 놀라고 두려워하는 형편이었다. 현덕이 군사를 청해 대책을 상의하니 공명이 말했다.

"이 양에게 조조가 스스로 물러가게 할 계책이 하나 있습니다."

현덕이 어떤 계책이냐고 묻자 이렇게 대답했다.

"조조가 군사를 나누어 합비에 주둔시키고 있는 것은 손권을 두려워하기 때문입니다. 이제 우리가 강하, 장사, 계양 세 군을 떼어 동오에 돌려주고 언변이 좋은 사람을 보내 이해관계를 잘 따져 설득하여 동오가 군사를 일으켜 합비를 습격하도록 하여 현재의 상황에 변화가 생기게만 한다면 조조는 반드시 군사를 거느리고 남쪽으로 향할 것입니다."

현덕이 물었다.

"누구를 사자로 보내면 좋겠소?"

이적이 나섰다.

"제가 가겠습니다."

크게 기뻐한 현덕은 즉시 편지를 쓰고 예물을 갖추어 이적을 보내는데, 먼저 형주로 가서 운장에게 이 일을 알린 다음에 오로 들어가게 했다. 건업에 이른 이적은 손권을 찾아가 먼저 장군부에 명함을 들여보냈다. 손권이 이적을 불러들였다. 이적이 손권을 알현하고 예를 마치자 손권이 물었다.

"그대가 여기는 무슨 일로 오셨소?"

이적이 말했다.

"지난번에 제갈자유子瑜(제갈근의 자)가 장사 등 세 고을을 찾으러 왔을 때는 마침 제갈군사가 성도에 있지 않아 할양해 드리지 못했습니다. 그래서 이제 글을 전하며 돌려드리는 바입니다. 본래는 형주의 남군과 영릉도 함께 돌려드리려 했습니다만 조조가 동천을 습격하여 차지하는 바람에 관장군이 몸을 용납할 땅이 없어지고 말았습니다. 지금 합비가 비어 있으니 군후께서는 군사를 일으켜 그곳을 공격하여 조조가 군사를 거두어 남쪽으로 돌아가게 해주시기 바랍니다. 우리 주공께서는 동천을 손에 넣으면 즉시 형주 땅을 모두 반환

진명대 그림

하겠다고 하셨습니다.”

“그대는 잠시 역관으로 돌아가 계시오. 내 좀 상의해 보아야겠소.”

이적이 밖으로 물러 나오자 손권은 모사들에게 계책을 물었다. 장소가 말했다.

“이것은 조조가 서천을 치지나 않을까 두려워 유비가 짜낸 계략입니다. 비록 그렇다고는 하지만 조조가 한중에 있는 틈을 이용하여 합비를 차지하는 것 역시 더할 수 없이 좋은 계책입니다.”

손권은 그 말을 따르기로 했다.

그리하여 이적을 촉으로 돌려보낸 다음 즉시 군사를 일으켜 조조 칠 일을 의논했다. 노숙에게 장사, 강하, 계양의 3개 군을 되찾아 군사를 거느리고 육구에 주둔하게 했다. 그런 다음 여몽과 감녕을 부르고 또 여항餘杭으로 가서 능통도 불러오게 했다.

하루가 못 되어 여몽과 감녕이 먼저 도착했다. 여몽이 계책을 바쳤다.

“지금 조조는 여강 태수 주광朱光에게 환성晥城에 군사를 주둔하며 논을 크게 넓히고 합비로 곡식을 보내 군량에 충당케 하고 있습니다. 그러니 먼저 환성부터 차지한 다음 합비를 공격하는 것이 좋겠습니다.”

손권은 즉각 찬성했다.

“그 계책이 매우 마음에 드는구려.”

손권은 여몽과 감녕을 선봉으로 삼고 장흠과 반장을 후군으로 삼았다. 손권 자신은 주태와 진무 동습과 서성을 이끌고 중군이 되었다. 이때 정보, 황개, 한당 등은 각기 맡은 지역을 지키느라 손권의 정벌에 따라 나서지 못했다.

동오의 군사는 장강을 건너 화주和州를 빼앗고 곧바로 환성에 이르렀다. 환성 태수 주광은 사람을 합비로 보내 구원을 청하는 한편 성벽을 튼튼하게 쌓고 단단히 지키면서 밖으로 나오지 않았다. 손권이 몸소 성 아래로 가서 정황을 살펴보는데 성 위에서 화살이 빗발처럼 쏟아지며 손권의 대장기를 맞혔다. 영채로 돌아온 손권은 장수들에게 물었다.

"어떻게 하면 환성을 차지할 수 있겠소?"

동습이 말했다.

"군사를 풀어 토산土山을 쌓고 공격하는 것이 좋겠습니다."

서성도 의견을 제시했다.

"구름사다리를 세우고 무지개다리를 놓아 그 위에서 성안을 굽어보며 공격하는 게 좋겠습니다."

여몽이 다른 주장을 폈다.

"그런 방법들은 모두 날짜가 걸려야 되는 일이니 일단 합비에서 구원병이 오면 더 이상 손을 쓸 수 없을 것입니다. 지금 우리 군사는 갓 도착하여 한창 사기가 왕성하니 이처럼 날카로운 기세를 이용하여 힘을 떨쳐 공격해야 합니다. 내일 동틀 무렵에 진군하면 오시나 미시쯤에는 반드시 성을 깨뜨릴 수 있습니다."

손권은 여몽의 말을 따르기로 했다. 이튿날 5경에 밥을 먹고 삼군이 대대적으로 진군했다. 성 위에서 화살과 돌덩이들이 일제히 쏟아졌다. 감녕이 쇠사슬을 들고 화살과 돌을 아랑곳 않고 성벽 위로 기어올랐다. 주광이 활잡이 쇠뇌 잡이들을 시켜 일제히 살을 날리게 했다. 감녕은 빗발처럼 쏟아지는 화살을 쳐내며 올라가서 쇠사슬을 휘둘러 단번에 주광을 쓰러뜨렸다. 여몽은 직접 북채를 잡고 진군을 재촉하는 북을 울렸다. 군사들이 일제히 성 위로 밀고 올라가 주광을 난도질하여 죽여 버렸다. 주광이 죽자 남은 무리는 거의 다 항복했다. 이렇게 환성을 완전히 함락시켰을 때는 겨우 진시였다. 장료가 군사를 이끌고 중간쯤 왔는데 앞서 보낸 정찰병이 돌아와서 환성이 이미 함락되었다고 보고했다. 장료는 즉시 군사를 돌려 합비로 돌아갔다.

손권이 환성으로 들어갈 때쯤 능통 또한 군사를 이끌고 도착했다. 손권은 삼군을 위로하고 술과 음식을 크게 내렸다. 여몽과 감녕을 비롯한 장수들에게 중상을 내리고 잔치를 베풀어 장수들이 공로를 축하했다. 여몽은 겸손하게 자리를 양보해서 감녕을 상좌에 앉히고 그의 공로를 극구 칭찬했다. 술이 얼근하게 취하자 능통은 감녕이 자기 부친을 죽인 원한을 되살렸다. 게다가 여몽이 감녕만을 입에 침이 마르도록 칭찬을 해대니 가슴에 노기가 치밀어 올랐다. 눈을 부릅뜨고 한참 동안 감녕을 노려보던 그는 별안간 측근이 차고 있던 검을 뽑아 들고 연회석 가운데서 일어섰다.

"잔치 자리에 즐길 것이 없으니 나의 검무나 한번 구경들 하시오."

그 뜻을 알아차린 감녕은 과일 상을 밀어젖히고 몸을 일으키더니 양손으로 곁에 있는 사람의 극을 두 자루 빼앗아 옆구리에 끼고 훌쩍 뛰쳐나왔다.

"자리에서 내가 극 쓰는 것이나 구경하시오."

두 사람 다 좋은 뜻으로 춤을 추려는 것이 아님을 직감한 여몽은 한 손에는 방패를 끼고 다른 한 손에는 칼을 든 채 두 사람의 중간에 섰다.

"두 분이 비록 뛰어나다지만 나의 교묘함보다는 못하리라."

말을 마친 여몽은 칼과 방패를 들고 춤을 추며 두 사람을 양편으로 갈라놓았다. 누군가 손권에게 이 사실을 알렸다. 이때 다른 곳에 있던 손권은 황급히 말에 올라 곧바로 연회장 앞으로 달려갔다. 장수들은 손권이 온 것을 보고서야 무기를 내려놓았다. 손권이 물었다.

"내가 항상 두 사람에게 옛날의 원수를 생각하지 말라고 했소. 그런데 오늘 어찌하여 또 이와 같은 짓을 하시오?"

능통이 소리쳐 울면서 땅에 엎드려 절을 했다. 손권은 두 번 세 번 싸우지 말라고 권했다.

이튿날 합비를 칠 군사를 일으켜 삼군이 모조리 출발했다.

환성을 잃고 합비로 돌아온 장료는 속으로 걱정을 하고 있었다. 그때 조조가 설제薛悌를 시켜 나무 상자 하나를 보내 왔다. 조조가 친히 서명하여 봉한 상자 옆면에는 "적이 오면 열어 보라"는 글이 적혀 있었다. 이날 손권이 몸소 10만 대군을 이끌고 합비를 치러 온다는 보고를 듣고 장료는 즉시 상자를 열었다. 안에 든 글은 이렇게 적혀 있었다.

'만약 손권이 오면 장장군과 이장군이 나가 싸우고 악장군은 성을 지키라.'

장료가 조조의 글을 이전과 악진에게 보였다. 악진이 물었다.

"장군은 어떻게 생각하시오?"

장료가 대답했다.

"주공께서 멀리 정벌을 나가 외지에 계시므로 오군은 틀림없이 우리를 깨뜨릴 수 있다고 생각할 것이오. 군사를 이끌고 나가 힘을 떨쳐 싸워서 적의 예봉을 꺾고 우리 군사들의 마음을 안정시켜야 하오.

그래야 이곳을 지킬 수 있을 것이오.”

평소 장료와 사이가 좋지 못한 이전은 장료의 말을 듣고도 침묵할 뿐 아무 대답이 없었다. 이전이 아무 말도 없는 것을 보고 악진이 말했다.

“적군은 많고 우리 군사는 적으니 맞아 싸우기가 어렵겠소. 차라리 굳게 지키는 편이 낫겠소이다.”

장료가 결연한 표정을 지었다.

“공들은 모두 사사로운 생각으로 공사公事를 돌보지 않는구려. 그렇다면 나 혼자라도 나가서 적을 맞아 죽기를 각오하고 한번 싸워 보겠소.”

그러고는 즉시 측근에게 말을 준비하라고 지시했다. 이전이 흔쾌히 자리에서 일어나며 말했다.

“장군이 이러시는데 내가 어찌 감히 사사로운 감정 때문에 공사를 잊겠소? 장군의 지휘를 받겠소이다.”

장료는 크게 기뻐했다.

“만성曼成(이전의 자)이 도와주시겠다니 그럼 내일 한 부대의 군사를 이끌고 소요진逍遙津(비수肥水의 나루터) 북쪽에 매복했다가 오병들이 쇄도하여 지나가고 나면 먼저 소사교小師橋를 끊어 주시오. 그러면 내가 악문겸文謙(악진의 자)과 함께 그들을 치겠소.”

명령을 받은 이전은 친히 군사를 점검하여 매복하러 갔다.

이때 손권은 여몽과 감녕을 선두 부대로 삼고 자신은 능통과 함께 중군이 되었다. 그 밖의 장수들도 속속 진군하며 합비를 향하여 쳐 나갔다. 전진하던 여몽과 감녕의 선두 부대가 마침 악진의 군사와 마주쳤다. 감녕이 말을 달려 나가 악진과 맞붙었다. 그러나 싸운

지 몇 합이 못 되어 악진이 거짓 패해서 달아났다. 감녕은 여몽을 불러 일제히 군사를 이끌고 뒤를 쫓았다. 제2대에 있던 손권은 선두 부대가 이겼다는 말을 듣고 군사들을 재촉하여 소요진 북쪽으로 나아갔다. 그런데 별안간 연주포連珠炮(연발 신호 포)가 크게 울리더니 왼쪽에서 장료의 군사가 달려 나오고 오른쪽으로는 이전의 군사가 쇄도했다. 깜짝 놀란 손권은 급히 여몽과 감녕에게 사람을 보내 군사를 돌려 구원하라고 일렀다. 그러나 어느새 장료의 군사가 들이닥쳤다. 능통의 수하에는 군사라곤 3백여 명의 기병뿐인지라 마치 산이 무너지듯 덮쳐드는 조조군의 형세를 당해 낼 길이 없었다. 능통이 목청을 높여 외쳤다.

"주공! 빨리 소사교를 건너지 않고 무얼 하십니까?"

그 말이 미처 끝나기도 전이었다. 장료가 2천여 기를 이끌고 선두에서 돌진했다. 능통은 몸을 돌려 죽기로써 싸웠다. 그 사이에 손권은 급히 말을 몰아 다리 위로 올라갔다. 그러나 다리 남쪽이 이미 한 길이나 넘게 끊어져 나가고 널빤지 조각 하나 남아 있지 않았다. 너무나 놀란 손권은 손발조차 제대로 놀릴 수가 없었다. 아장牙將 곡리谷利가 큰소리로 외쳤다.

"주공! 조금 뒤로 물러나셨다가 말을 다그쳐 몰아 다리를 뛰어 건너십시오!"

말머리를 돌려 세 길 남짓 물러난 손권은 고삐를 늦추면서 채찍을 후려갈겼다. 말은 몸을 한번 솟구치더니 그대로 다리 남쪽으로 날아 건넜다. 후세 사람이 이를 두고 시를 지었다.

유비의 적로가 그날 단계를 뛰어 건너더니 /

오후가 또한 합비에서 패하여 쫓기고 있네. //

뒤로 물러섰다 채찍을 치며 준마를 달리니 /

소요진 위로 옥룡이 날아가듯 훌쩍 건너네.

的盧當日跳檀溪, 又見吳侯敗合肥. 退後着鞭馳駿騎, 逍遙津上玉龍飛.

손권이 다리 남쪽으로 뛰어 건너자 서성과 동습이 배를 몰고 와서 맞이했다.

한편 능통과 곡리가 장료의 공격을 버텨내고 있을 때 감녕과 여몽이 군사를 돌려 구원하러 왔다. 그러나 뒤에서는 악진이 쫓아오고 이전 또한 앞길을 가로막고 들이쳐서 오군은 태반이나 꺾여 버렸다. 능통이 거느린 3백여 기도 모조리 죽었다. 여러 군데 창을 맞은 능통은 이리 치고 저리 막으며 다리 가장자리까지 돌진했다. 그러나 다리는 이미 끊어진 뒤였으므로 하는 수 없이 강을 돌아 달아났다. 배 안에서 이 광경을 바라보던 손권이 동습에게 배를 저어 가서 맞이하라고 명했다. 이에 능통은 물을 건너 돌아올 수 있었다. 여몽과 감녕도 모두 죽기를 무릅쓰고 도망쳐 장강 남쪽으로 건너왔다.

이 한 바탕의 싸움으로 강남 사람 중에 무서워 떨지 않는 사람이 없었다. 장료라는 이름만 듣고도 어린아이들조차 밤에 울음을 그칠 정도였다. 장수들은 손권을 보호하여 영채로 돌아왔다. 손권은 능통과 곡리에게 중한 상을 내리고 군사를 거두어 유수로 돌아갔다. 선박을 정돈하여 물과 뭍으로 함께 진격할 일을 상의하는 한편 사람을 강남으로 보내 인마를 더 일으켜 와서 싸움을 돕도록 했다.

한편 장료는 손권이 유수에서 다시 군사를 일으켜 진격하려 한다는 소문을 듣고 합비에 군사가 적어 적을 막기 어려울 것이라 생각했다. 그래서 설제를 시켜 밤을 도와 한중으로 달려가 조조에게 보고하고 구원병을 청하게 했다. 조조가 관원들과 의논하며 물었다.

"지금 서천을 수중에 거둬들일 수 있겠소?"

유엽이 권했다.

"지금은 촉 땅이 어느 정도 안정되어 이미 대비가 있을 테니 공격할 수 없습니다. 차라리 군사를 철수시켜 합비의 위급함을 구한 다음 곧바로 강남으로 내려가는 것이 좋겠습니다."

조조는 하후연을 남겨 한중 정군산定軍山의 요충을 지키게 하고 장합을 남겨 몽두암蒙頭巖을 비롯한 요충들을 지키게 했다. 나머지 군사들은 영채를 모조리 뽑고 유수오로 달려가게 했다. 바로 다음 대구와 같다.

철갑기병 비로소 농우를 평정하자 /
지휘 깃발 또다시 강남을 가리키네.
鐵騎甫能平隴右　旌旄又復指江南

승부는 어떻게 될 것인가, 다음 회를 보라.

68

유수대전

감녕은 일백 기로 위군 영채 습격하고
좌자는 술잔을 던져 조조를 희롱하다
甘寧百騎劫魏營　左慈擲杯戲曹操

손권이 유수구에서 군마를 수습하고 있는데 갑자기 조조가 한중으로부터 40만 대병을 거느리고 합비를 구하러 온다는 보고가 들어왔다. 모사들과 대책을 상의한 손권은 우선 동습과 서성 두 사람에게 큰 배 50척을 주어 유수구에 매복하게 했다. 그리고 진무에게는 인마를 거느리고 강기슭을 왕래하며 순찰을 돌게 했다. 장소가 말했다.

"지금 조조는 먼 길을 왔으니 반드시 먼저 그 예기를 꺾어 놓아야 합니다."

손권이 막사 안에서 물었다.

"조조는 먼 길을 왔다. 누가 먼저 적을 깨뜨려 그 예기를 꺾어 보겠소?"

능통이 나섰다.

"제가 가겠습니다."

손권이 물었다.

"얼마의 군사를 데리고 가겠소?"

능통이 대답했다.

"3천 명이면 족합니다."

감녕이 나섰다.

"1백 기면 깨뜨릴 수 있는데 어찌 3천 명씩이나 필요하단 말이오?"

능통은 크게 화가 났다. 두 사람은 손권이 보는 앞에서 다투기 시작했다. 손권이 결정을 내렸다.

"조조 군사의 세력이 막강하니 가볍게 대적해서는 아니 되오."

능통에게 3천 명의 군사를 거느리고 유수구로 나가 정탐하면서 조조 군사와 마주치면 그들과 싸우라고 명했다. 명령을 받든 능통은 3천 명의 군사를 이끌고 유수오濡須塢를 떠났다. 먼지가 자욱하게 일어나는 곳에 어느새 조조의 군사가 닥쳤다. 선봉 장료가 능통과 맞붙었는데 50합을 싸우도록 승부가 나지 않았다. 능통에게 혹시 실수가 있지나 않을까 염려한 손권이 여몽을 시켜 영채로 데리고 돌아오게 했다.

능통이 돌아온 것을 본 감녕은 즉시 손권에게 말했다.

"이 영이 오늘밤 군사 1백 명을 데리고 가서 조조군의 영채를 습격하겠습니다. 사람 한 명 말 한 필이라도 잃는다면 공으로 치지 않겠습니다."

손권은 그 기개를 장하게 여겼다. 즉시 군막 곁에 있던 기병 중에서 정예 장병 1백 명을 가려 뽑아 감녕에게 주고 술 50병과 양고기 50근을 상으로 내렸다. 자신의 영채로 돌아온 감녕은 1백 명의 장병을 모두 열을 지어 앉히고 은 사발에 술을 부어 자신부터 연거푸 두

甘宁百騎劫魏營 大明畵

진명대 그림

사발을 마셨다. 그런 다음 1백 명의 장병들을 향하여 말했다.

"오늘밤 주공의 명령을 받들어 적의 영채를 습격한다. 제군들은 모두 한 잔 가득 술을 마시고 힘을 내어 전진토록 하라."

너무나 엄청난 말을 들은 장병들은 서로 얼굴만 힐끔힐끔 쳐다볼 뿐이었다. 장병들이 난감해 하는 것을 본 감녕은 즉시 검을 빼 들고 노한 음성으로 꾸짖었다.

"상장上將인 내가 목숨을 아까워하지 않거늘 네놈들이 어찌 머뭇거린단 말이냐?"

감녕이 얼굴빛을 바꾸며 화를 내는 것을 본 장병들은 모두 자리에서 일어나 절을 했다.

"죽을힘을 다하겠습니다!"

감녕은 1백 명의 장병들과 함께 술과 고기를 마음껏 먹고 마셨다. 깡그리 다 먹고 나니 대략 2경쯤 되었다. 감녕은 흰 고니 깃털 1백 개를 가져다 각자의 투구 위에 꽂아 표지로 삼게 했다. 그러고는 일제히 갑옷을 걸치고 말에 올라 나는 듯이 조조의 영채로 달려갔다. 단번에 녹각鹿角들을 뽑아서 팽개치고는 한 목소리로 함성을 지르며 영채 안으로 돌격했다. 곧바로 조조를 죽이려고 중군으로 달려들었다. 하지만 중군에는 조조의 군사들이 길에다 수레들을 길게 이어 철통같이 에워싸고 있는 까닭에 뚫고 들어갈 수가 없었다. 감녕은 그대로 1백 명의 기병을 휘몰아 좌충우돌했다. 놀라고 당황한 조조의 군사들은 적군의 숫자가 얼마나 되는지도 알 수가 없어 자기편끼리 혼란에 빠졌다.

감녕이 거느린 1백 명의 기병은 조조 군의 영채 안을 종횡으로 내달리며 닥치는 대로 쳐 죽였다. 그러자 영채마다 발칵 뒤집혀서 북소리가 요란한 가운데 별처럼 수많은 횃불이 밝혀지고 고함 소리가 천지를 진동시켰다. 적진을 마음껏 휘저어 놓은 감녕은 1백 명의 기병을 거느리고 영채의 남문을 뚫고 나갔다. 누구 하나 감히 막고 나서는 자가 없었다. 손권이 주태에게 한 갈래의 군사를 이끌고 가서 감녕의 뒤를 받쳐 주게 했다. 감녕은 1백 명의 기병을 데리고 유수로 되돌아왔다. 조조의 군사들은 매복이 있을까 두려워 감히 추격도 하지 못했다. 후세 사람이 시를 지어 감녕을 찬탄했다.

> 북소리 고함소리 지축을 흔들며 울려오자 /
> 동오 군사 이르는 곳 귀신조차 슬피 우네. //
> 흰 깃 꽂은 일백 용사 조군 영채 꿰뚫으니 /
> 다 함께 감녕을 호랑이 같은 장수라 하네.
> 鼙鼓聲喧震地來, 吳師到處鬼神哀! 百翎直貫曹家寨, 盡說甘寧虎將才.

감녕이 1백 명의 기병을 거느리고 영채로 돌아오는데 과연 장담한 대로 사람 한 명 말 한 필 잃지 않았다. 영채 문에 이르자 감녕은 1백 명의 장병들에게 북치고 피리를 불며 입으로는 소리 높이 '만세!'를 외치게 했다. 환호성이 천지를 진동했다. 손권이 몸소 나와 그들을 영접했다. 감녕이 말에서 내려 땅에 엎드리며 절을 올리자 손권이 붙들어 일으키며 손을 잡고 말했다.

"장군의 이번 걸음으로 족히 늙은 도적을 놀라 자빠지게 했을 것이오. 나는 장군을 험지에 버리려고 한 게 아니라 담력이 얼마나 큰지 보고 싶었을 따름이오!"

그리고는 비단 1천 필과 날카로운 칼 1백 자루를 상으로 내렸다.

감녕은 절하고 받아서는 1백 명의 장병들에게 상으로 모두 나누어 주었다. 손권이 장수들을 보고 말했다.

"맹덕에게 장료가 있다면 나에게는 흥패興覇(감녕의 자)가 있으니 충분히 대적할 만하오."

이튿날 장료가 군사를 거느리고 와서 싸움을 걸었다. 능통은 감녕이 공을 세운 것을 본지라 분연히 나섰다.

"이 통이 장료와 싸워 보겠습니다."

손권이 허락하자 능통은 5천 명의 군사를 이끌고 유수를 떠났다. 손권은 몸소 감녕을 데리고 싸우는 광경을 보려고 진 앞으로 나갔다. 양측이 진을 치고 마주 대하자 장료가 말을 타고 나왔다. 왼편에는 이전이 있고 오른편에는 악진이 있었다. 능통이 칼을 들고 말을 달려 진 앞으로 나서자 장료가 악진을 시켜 나가 맞게 했다. 두 사람은 50합을 싸웠지만 승부가 나지 않았다.

이 소식을 들은 조조가 친히 말에 채찍을 가해 문기 아래로 왔다. 두 장수가 한창 치열하게 싸우고 있는 광경을 보고는 즉시 조휴를 시켜 암전暗箭을 쏘게 했다. 조휴는 살그머니 장료의 등 뒤로 가서 몸을 숨기고는 활시위를 가득히 당겨 화살 한 대를 날렸다. 화살은 그대로 능통이 탄 말을 맞혔다. 놀란 말이 앞발을 번쩍 쳐들고 일어서는 바람에 능통은 그만 땅으로 굴러 떨어지고 말았다. 악진이 때를 놓칠세라 창을 들고 그대로 내리찔렀다. 그러나 창끝이 미처 능통의 몸에 닿기도 전이었다. 문득 시위소리가 울리면서 화살 한 대가 날아와서 악진의 얼굴에 꽂혔다. 악진은 몸을 뒤집으며 말에서 굴러 떨어졌다. 양편 군사들이 일제히 내달아 각기 자기네 장수를 구하여 영채로 돌아갔다. 양쪽에서 징을 울려 싸움을 그쳤다. 영채로 돌아온 능통이 손권에게 절을 올리며 감사하자 손권이 말했다.

"화살을 날려 그대를 구한 사람은 바로 감녕이오."

능통은 즉시 머리를 조아리며 감녕에게 절을 했다.

"공이 이렇듯 은혜를 베풀어 주실 줄은 몰랐소이다!"

이때부터 능통은 감녕과 생사를 같이 하는 우정을 맺고 다시는 미워하지 않았다.

한편 조조는 악진이 화살에 맞은 것을 보고 군막으로 데려가서 치료를 받게 했다. 이튿날이 되자 군사를 다섯 길로 나누어 유수를 습격하기로 했다. 조조 자신은 가운뎃길 군사를 거느리고, 왼편 첫 번째 길은 장료가 맡고 두 번째 길은 이전이 거느렸으며, 오른편 첫 번째 길은 서황이 이끌고 두 번째 길은 방덕이 맡았다. 길마다 각기 1만 명씩 군사를 거느리고 일제히 강변으로 돌진했다. 이때 동습과 서성 두 장수는 누선樓船 위에 있었는데 조조의 군마가 다섯 길로 몰려오는 것을 보고 군사들이 모두 두려운 기색을 보였다. 서성이 용기를 북돋았다.

"주군께서 내리는 녹을 먹었다면 주군께 충성할 뿐 무엇을 겁낸단 말이냐?"

그러고는 용사 수백 명을 이끌고 작은 배에 올라 강변으로 건너가더니 이전의 군중으로 돌격해 들어갔다. 배 위에 남은 동습은 군사

들을 시켜 북치고 고함질러 위세를 돕게 했다. 그때 별안간 강 위에
맹렬한 바람이 일더니 허연 물결이 하늘로 치솟고 세찬 파도가 출렁
거렸다. 큰 배가 금방이라도 넘어질 듯하자 군사들은 다투어 선미에

대광해 그림

매어 놓은 작은 배를 타고 목숨을 구하려고 했다. 이 꼴을 본 동습은 검을 들고 큰소리로 호통을 쳤다.

"장수가 주군의 명을 받고 이 자리에서 도적을 막고 있는 터에 어찌 감히 배를 버리고 도망친단 말이냐?"

그러고는 큰 배에서 내려간 군사 10여 명을 그 자리에서 목을 잘라 버렸다. 잠시 후 바람이 더욱 세차게 몰아치며 배가 전복되고 말았다. 그 바람에 동습은 결국 장강 물에 빠져 죽고 말았다. 서성은 이전의 군중에서 좌충우돌하고 있었다.

이때 진무는 강변에서 싸우는 소리를 듣고 한 부대의 군사를 이끌고 달려오다가 때마침 방덕과 마주쳤다. 양편 군사는 어지럽게 뒤섞여 싸움이 붙었다. 유수오 안에 있던 손권은 조조의 군사가 강변으로 쇄도한다는 소식을 듣고 주태와 함께 친히 군사를 이끌고 싸움을 도우러 나왔다. 마침 서성이 이전의 군중에서 적과 한 덩어리가 되어 싸우는 것을 발견한 손권은 서성을 지원하려고 군사를 휘몰고 돌입했다. 그러나 도리어 장료와 서황이 이끄는 두 갈래 군사들에게 포위되고 말았다. 높은 언덕에 있던 조조는 손권이 포위당하는 광경을 보고 급히 허저에게 출전 명령을 내렸다. 칼을 들고 말을 몰아 군중으로 뛰어든 허저는 손권의 군사를 들이쳐 양쪽으로 갈라서 서로 구하지 못하게 만들었다.

이때 주태는 싸우던 군중에서 빠져나와 강변에 이르렀는데 손권이 보이지 않았다. 그는 곧 말머리를 돌려 다시 진중으로 뛰어 들어가 수하의 군사에게 물었다.

"주공께서는 어디 계시느냐?"

한 군졸이 손가락으로 군사와 말이 뒤섞여 우글거리는 곳을 가리켰다.

"주공께서는 포위되어 몹시 위급합니다!"

주태는 용감하게 뛰어 들어가 손권을 찾아냈다.

"주공! 제 뒤를 따라 치고 나오십시오."

주태가 앞장서고 손권은 그 뒤를 따르며 힘을 떨쳐 포위를 뚫었다. 강변까지 이른 주태가 머리를 돌려 보니 또 손권이 보이지 않았다. 다시 몸을 돌린 주태는 포위망 속으로 돌입하여 손권을 찾아냈다. 손권이 물었다.

"화살과 쇠뇌를 일제히 쏘아 대니 빠져나갈 수가 없소. 어찌하면 좋겠소?"

주태가 씩씩하게 대답했다.

"주공께서 앞장서십시오. 제가 뒤에서 보호하면 포위를 뚫고 나갈 수 있습니다."

손권이 앞에서 말을 달려 나가고 주태는 좌우를 차단하며 손권을 보호했다. 몸에 여러 군데 창을 맞고 화살이 두꺼운 갑옷을 뚫었건만 주태는 기어이 손권을 구해 냈다. 강변에 이르자 여몽이 한 갈래의 수군을 이끌고 후원하러 온 덕분에 배에 오를 수 있었다. 손권이 걱정했다.

"나는 주태가 세 번이나 돌격한 덕분에 겹겹으로 둘러싼 포위망을 빠져나올 수 있었소. 그러나 서성이 적병 가운데 갇혀 있으니 어떻게 벗어날 수 있겠소?"

주태가 소리쳤다.

"제가 다시 구하러 가겠습니다."

다시 몸을 돌린 주태는 창을 휘두르며 겹겹이 둘러싼 포위망 속으로 돌입하여 서성을 구해 나왔다. 그러나 두 장수는 모두 몸에 심한 상처를 입고 있었다. 여몽은 군사들에게 어지러이 화살을 퍼부어 언덕 위의 적병을 막게 하고 두 장수를 구하여 배에 태웠다.

한편 진무는 방덕을 상대로 한판 큰 싸움을 벌였는데 더 이상 후원하는 군사가 없게 되자 방덕에게 쫓겨 골짜기 입구로 들어갔다. 골짜기에는 숲이 울창하고 나무가 빽빽하게 들어차 있었다. 다시 돌아서서 싸우려던 진무는 전포 소매가 나뭇가지에 걸리는 바람에 팔을 놀려 대적해 보지도 못하고 방덕에게 피살되고 말았다.

손권이 포위를 뚫고 달아나는 광경을 본 조조는 친히 말에 채찍을 가하며 군사를 몰아 강변으로 쫓아왔다. 그러고는 동오의 군사를 향하여 맞받아 활을 쏘게 했다. 여몽은 화살이 바닥나 당황하고 있는데 강 건너편에서 한 부대의 전선이 나타났다. 앞장선 대장은 손책의 사위 육손陸遜이었는데 직접 10만 군사를 이끌고 당도한 것이었다. 육손은 군사를 지휘하여 한바탕 활을 쏘아 조조군을 물리쳤다. 이긴 기세를 타고 기슭으로 상륙하여 조조군을 뒤쫓아 도륙내고 다시 수천 필의 전마를 빼앗았다. 조조의 군사는 상한 자가 얼마인지 셀 수도 없을 정도로 크게 패하여 돌아갔다. 육손이 혼란스러운 군사들 속에서 진무의 시신을 찾아냈다.

손권은 진무가 죽고 동습마저 강에 빠져 죽은 사실을 알고 너무나 슬프고 가슴이 아팠다. 사람을 물속으로 들여보내 동습의 시신을 찾아내어 진무의 시신과 함께 후히 장사지내 주었다. 그리고 주태가 자신을 구해 준 공로에 감격해 연회를 베풀어 대접했다. 손권은 친히 술잔을 잡고 주태의 등을 어루만지며 얼굴 가득 눈물을 흘렸다.

"경은 두 번이나 나를 구하기 위해 목숨을 아끼지 않았소. 온 몸에 수십 군데나 창을 맞아 살갗은 마치 그림을 그려 놓은 것 같구려. 내 어찌 경을 혈육의 은혜로써 대하지 않을 것이며 군사의 중책을 맡기지 않겠소? 경은 나의 공신이니 나는 마땅히 경과 더불어 영광과 치욕을 같이 할 것이며 환락과 근심을 함께 나누겠소."

말을 마친 손권은 주태더러 옷을 벗어 장수들에게 보이게 했다. 피부를 칼로 도린 듯한 상처가 온 몸에 가득했다. 손권은 손가락으로 그 흔적들을 하나하나 짚으며 어디서 어떻게 다친 것인지를 물었다. 그때마다 주태는 어느 전투에서 어떻게 싸우다가 입은 상처인지 자세히 대답했다. 손권은 상처 하나마다 술을 한 사발씩 내렸다. 이날 주태는 크게 취했다. 손권은 주태에게 청라산靑羅傘(푸른 비단으로 만든 해 가리개)을 내리고 출입할 때마다 그것을 펼쳐서 공이 드러나게 했다.

손권은 유수에서 조조와 한 달 남짓이나 대치했지만 이기지 못했다. 장소와 고옹이 건의했다.

"조조의 세력이 워낙 커서 힘으로 이길 수는 없습니다. 오래 싸우게 되면 군사를 크게 잃을 것이니 차라리 화친을 맺어 백성을 안정시키는 게 나을 것입니다."

손권은 그들의 말을 좇아 보즐步騭을 조조의 영채로 보내 화친을 청하며 해마다 공물을 바치겠다고 약속했다. 조조 역시 강남을 쉽사리 평정할 수는 없음을 알고 그 제안을 받아들이기로 했다.

"손권이 먼저 군사를 철수시키면 뒤따라 나도 회군하겠네."

보즐이 유수오로 돌아와 보고하자 손권은 장흠과 주태만 남겨 유수구를 지키게 하고 대군을 이끌고 배에 올라 말릉으로 돌아갔다.

조조는 조인과 장료를 합비에 주둔시키고는 군사를 거두어 허창으로 돌아갔다. 문무 관원들이 모두 조조를 세워 '위왕魏王'으로 삼자고 의논했다. 그러나 상서 최염崔琰만은 안 된다고 극구 반대했다. 관원들이 말했다.

"당신은 순문약文若(순욱의 자)의 말로를 보지도 못했단 말인가?"

최염은 크게 화가 나서 소리쳤다.

"시대여, 시대여, 결국 변괴가 생기게 되었구나! 될 대로 되려무나."

최염과 사이가 좋지 않은 자가 이 말을 조조에게 일러바쳤다. 조조는 크게 노하여 최염을 잡아다 감옥에 집어넣고 문초하게 했다. 최염

대평해 그림

은 호랑이 같은 눈을 부릅뜨고 구레나룻을 일으켜 세우더니 조조는 임금을 속이는 간사한 역적이라며 욕설을 퍼부었다. 정위廷尉가 조조에게 그 사실을 보고하니 조조는 최염을 옥중에서 곤장으로 쳐 죽이게 했다. 후세 사람이 지은 찬讚이 있다.

청하 사람 최염이여 / 천성이 굳세고 강직했네. //
구레나룻에 호랑이 눈 / 무쇠 같고 돌 같은 심장이었네. //
간사한 무리 물리치고 / 명성과 절개 드높았네. //
한나라 임금에게 충성하여 / 천고에 이름 드날렸도다!
清河崔琰, 天性堅剛. 虬髥虎目, 鐵石心腸.
奸邪辟易, 聲節顯昂. 忠於漢主, 千古名揚!

건안 21년(216년) 여름 5월 뭇 신하들이 헌제에게 표를 올려 위공 조조의 공덕을 칭송했다.

그 공덕이 하늘에 닿고 땅 끝에 이르러 이윤伊尹이나 주공周公도 미칠 수 없사오니 작위를 높여 왕으로 삼으소서.

헌제는 즉시 종요鍾繇에게 조서를 짓게 해서 조조를 위왕으로 책봉했다. 조조는 세 번이나 글을 올려 사양하는 척했다. 헌제도 세 번 조서를 내려 사양을 허락하지 않았다. 그리하여 조조는 마침내 위왕의 작위를 받았다. 열두 줄의 면류관冕旒冠을 쓰고 여섯 마리 말이 끄는 금근거金根車를 타며, 복식과 의장을 모두 천자와 똑 같이 하고 출입할 때는 잡인의 통행을 금했다.˙ 그리고 업군鄴郡에 위왕의 궁을 짓고 세자를 세울 일을 의논했다. 조조의 본처 정丁부인은 자식을 낳지 못했고 첩 유劉씨가 아들 조앙曹昻을 낳았으나 장수를 정벌할 때 완성에서 죽었다. 변卞씨가 아들 넷을 낳았는데 맏이가 비조, 둘째가 창彰, 셋째가 식植, 넷째가 웅熊이다.

조조는 본처 정부인을 쫓아내고 변씨를 왕후로 삼았다. 셋째 아들 조식은 자가 자건子建인데 지극히 총명하여 붓만 들면 척척 문장을 지어 내는지라 조조는 그를 후계자로 세우려고 했다. 그러자 맏아들 조비는 세자로 책립되지 못할 걸 염려하여 중대부中大夫 가후에게 계책을 물었다. 가후는 이리저리 하라고 일러 주었다.

조조가 출정을 나갈 때면 항상 아들들이 배웅을 했는데, 그럴 때마다 조식은 부친의 공덕을 칭송하며 입만 열면 훌륭한 문장을 이루었다. 그러나 조비만은 아버지와 작별할 때 그저 눈물을 흘리며 절을 할 뿐이었다. 그런 모습에 주변 사람들도 모두 감동하며 슬퍼했다. 이렇게 되자 조조는 조식이 영리하긴 하지만 아버지를 생각하는 진심은 조비에 미치지 못한다고 여기게 되었다. 조비는 또 조조 측근에서 시중드는 사람들을 매수하여 입을 모아 자신의 덕을 칭찬하게 했다. 조조는 후계자를 세우고 싶으면서도 머뭇거리며 결정을 내리지 못하여 가후에게 물었다.

"내가 후사를 세우려 하는데 누구로 해야 하겠소?"

가후가 대답하지 않자 조조가 까닭을 물었다. 그제야 가후는 이렇게 대답했다.

---

*열두 줄의……금했다│천자의 복식과 의장들이다. 면류관은 앞뒤에 옥을 꿴 줄을 늘어뜨린 관으로 일반 제후는 아홉 줄 천자는 열두 줄을 드리운다. 또 일반 제후들의 수레는 네 마리 말이 끄는데 천자의 수레는 여섯 마리가 끈다. 금근거는 황금으로 장식한 황제의 전용 수레. 출입할 때 일반인의 통행을 금지하는 것도 천자에 대한 예우이다.

"마침 생각나는 일이 있어 바로 말씀드리지 못했습니다."

조조가 다시 물었다.

"무슨 생각이 떠올랐단 말이오?"

가후가 조심스럽게 대답했다.

"원본초本初(원소)와 유경승景升(유표) 부자의 일이 떠올랐습니다."

조조는 껄껄 웃더니 마침내 맏아들 조비를 왕세자로 세웠다.

겨울 10월에 위왕의 궁궐이 이룩되자 조조는 각 지역으로 사람을 보내 진기한 꽃과 특이한 과일나무들을 구해 와서 후원에 심으려 했다. 사자가 오에 가서 손권을 만나 위왕의 뜻을 전하고 다시 온주溫州로 가서 귤을 가져가려 했다. 이때 손권은 한창 위왕을 떠받드는 척하는 중이었으므로 즉시 건업성에서 큼직한 귤 40여 짐을 골라 밤낮을 가리지 않고 업군으로 날라 가게 했다. 가는 도중 지친 짐꾼들이 산기슭에 앉아 쉬고 있는데 한 도사가 나타났다. 외눈박이에 한쪽 다리를 절며 등나무 덩굴로 엮은 백등관白藤冠을 쓰고 후줄근한 푸른 옷을 입은 도사는 짐꾼들 앞으로 와서 인사를 하고선 말했다.

"자네들이 짐을 지느라 수고가 많구먼. 빈도貧道가 조금씩 대신 져 주면 어떻겠는가?"

짐꾼들은 아주 좋아했다. 그래서 도사는 한 사람에 5리씩 짐을 대신 져 주었다. 그런데 어찌된 일인지 도사가 한번 지고 나면 짐이 가벼워졌다. 짐꾼들은 모두 놀라고 의아스러워 했다. 도사는 떠나면서 귤 운반을 책임진 관원에게 말했다.

"빈도는 위왕과 한 고향에서 자란 옛 친구라오. 이름은 좌자左慈이고 자는 원방元放이며 도호는 오각선생烏角先生이라 하오. 업군에 이르거든 좌자가 안부를 묻더라고 전해 주시오.”

그러고는 소매를 떨치고 가 버렸다.

귤을 날라 온 사람이 업군에 이르러 조조를 알현하고 귤을 바쳤다. 조조가 귤 하나를 집어 친히 껍질을 쪼개 보니 살은 하나도 없고 빈 껍질뿐이었다. 깜짝 놀란 조조가 귤을 가져온 사람에게 어떻게 된 일이냐고 물었다. 귤을 날라 온 사람이 좌자의 일을 이야기했지만 조조는 그 말을 믿지 않았다. 이때 갑자기 문을 지키는 관리가 보고를 올렸다.

“좌자라고 하는 도사가 대왕께 알현을 청합니다.”

조조가 불러들이자 귤을 가져온 사람이 말했다.

“이 사람이 바로 도중에서 만난 그 사람입니다.”

조조가 좌자를 꾸짖었다.

“너는 무슨 요술을 부려 나의 좋은 과일을 가져갔느냐?”

좌자가 웃었다.

“어찌 그런 일이 있겠소이까?”

그러고는 귤을 집어 껍질을 벗기는데 벗기는 것마다 속살이 들었고 맛도 아주 달았다. 그러나 조조가 직접 까는 것들은 죄다 빈 껍질뿐이었다. 더욱 놀란 조조는 좌자에게 자리를 주어 앉히고 이것저것을 물으려 했다. 그러나 좌자는 고기와 술부터 달라고 했다. 조조가 사람을 시켜 달라는 대로 갖다 주게 했다. 그런데 술 닷 말을 마시고도 취하지 않고 양 한 마리를 통째로 먹어 치우고도 배부른 기색이 없었다. 조조가 물었다.

"그대는 대체 무슨 술법을 가졌기에 이런 경지에 도달했는가?"

좌자가 대답했다.

"빈도는 서천 가릉嘉陵의 아미산蛾嵋山에서 30년 동안 도를 닦았소이다. 어느 날 석벽石璧 속에서 내 이름을 부르는 소리가 들려서 돌아보니 아무것도 보이지 않았지요. 그러기를 며칠 동안 하더이다. 그러던 어느 날 별안간 하늘에서 뇌성벽력이 일어나며 석벽이 깨지고 그 속에서 천서 세 권을 얻었는데 『둔갑천서遁甲天書』라는 것이지요. 상권은 「천둔天遁」이고 중권은 「지둔地遁」이며 하권은 「인둔人遁」이라 합니다. 천둔으로는 구름을 밟으며 바람을 타고 허공에 날아오를 수 있고, 지둔으로는 산이나 바위를 뚫고 지나갈 수 있으며, 인둔으로는 천하를 구름처럼 떠돌며 모양을 감추거나 변신할 뿐만 아니라 검을 날리거나 칼을 던져 남의 머리도 벨 수가 있소이다. 대왕께서는 신하로서 더 이상 오를 수 없는 자리까지 오르셨으니 이제는 그만 물러나 빈도와 함께 아미산으로 들어가서 수행이나 하는 게 어떠시오? 그리만 한다면 천서 세 권을 전수하겠소이다."

조조가 대꾸했다.

"나 역시 한창 전성기에 물러나겠다고 생각한 지는 오래이오. 허나 아직 조정에서 후사를 맡을 사람을 얻지 못했으니 어쩌겠소."

조조의 말을 듣고 좌자는 껄껄 웃었다.

"익주의 유현덕은 황실의 후예인데 어째서 그에게 자리를 물려주지 않소? 그리하지 않는다면 빈도가 검을 날려 그대의 머리를 자르겠소."

조조는 크게 화가 났다.

"이놈은 바로 유비의 첩자였구나!"

좌우에 있던 부하들을 호령하여 좌자를 체포하게 했다. 하지만 좌자는 너털웃음을 그치지 않았다. 조조는 10여 명의 옥졸에게 명

대평해 그림

하여 좌자를 고문하게 했다. 옥졸들이 있는 힘을 다해 곤장을 쳤지만 좌자는 아픈 기색은커녕 오히려 드르렁드르렁 코를 골며 잠을 잤다. 화가 치민 조조는 좌자에게 큰칼을 씌우고 쇠못을 박은 다음 쇠사슬로 옭아매어 감옥에 가두고는 단단히 지키도록 했다. 그런데 어느 틈에 칼과 쇠사슬은 모두 벗겨지고 좌자는 땅바닥에 누웠는데 어느 한 군데 다친 데라곤 없었다. 이레 동안 감금해 두고 먹고 마실 것을 전혀 주지 않았다. 그러나 땅바닥에 단정히 앉은 좌자의 얼굴에는 갈수록 불그레한 생기가 돌았다. 옥졸이 조조에게 이 사실을 보고했다. 조조가 끌어내다 어찌된 일이냐고 물었다. 좌자가 태연히 대답했다.

"나는 수십 년을 먹지 않아도 별 탈이 없고 하루에 양 1천 마리를 주어도 다 먹어치울 수가 있소."

조조는 도무지 그를 어떻게 할 방법이 없었다.

이날 왕궁에 관원들이 모두 모여 큰 연회가 벌어졌다. 한창 술잔을 돌리는데 나막신을 신은 좌자가 잔치 자리에 나타났다. 관원들이 모두 놀라고 괴이하게 여기자 좌자가 말했다.

"대왕께서 오늘 산해진미를 갖추고 신하들에게 큰 잔치를 베푸시는데 사방의 진기한 음식들이 지극히 많소이다. 그러나 빠진 게 있다면 빈도가 갖다 드리겠소."

조조가 시험 삼아 물었다.

"나는 용의 간으로 국을 끓였으면 한다. 네 능히 가져올 수 있겠느냐?"

좌자는 망설이지 않고 대답했다.

"그게 무에 그리 어렵겠소?"

좌자는 먹과 붓을 가져오게 하더니 회칠한 흰 벽에 용을 한 마리 그리고 도포 소매로 슬쩍 한번 훑었다. 그러자 용의 배가 저절로 갈라졌다. 좌자가 용의 뱃속에서 간을 끄집어내는데 선혈이 주르르 흘렀다. 조조가 믿으려 하지 않고 호통을 쳤다.

"네가 미리 소매 속에 감추어 두었던 게로구나!"

좌자가 제의했다.

"지금은 날이 차서 초목이 다 말라 죽었소이다. 그러나 대왕께서 꽃을 보시겠다면 무슨 꽃이든 마음대로 말씀을 해보시오."

조조가 말했다.

"나는 오직 모란꽃을 원하노라."

"쉬운 일이오."

좌자는 큰 화분 하나를 가져다 연회석 앞에 놓으라고 하더니 입에 물을 머금었다가 훅 뿜었다. 그러자 순식간에 모란 한 그루가 돋아나더니 두 송이 꽃을 활짝 피웠다. 깜짝 놀란 관원들은 좌자를 청해 자리를 함께 하고 음식을 먹었다. 조금 지나자 요리사가 생선회를 올렸다. 좌자가 말했다.

"회라면 송강松江*에서 나는 농어라야 제 맛이 아니겠소?"

조조가 핀잔을 주었다.

"천리 밖에 있는 것을 어찌 가져온단 말인가?"

좌자는 전혀 어려워하는 기색이 없었다.

"그 역시 무엇이 어렵겠소?"

낚싯대를 가져오라고 하더니 당 아래 있는 연못에서 고기를 낚아

---

*송강ㅣ태호太湖 최대의 지류로, 특히 이곳에서 나는 농어가 맛있기로 유명하다.

내는데 잠간 사이에 큼직한 농어를 수십 마리나 낚아 전각 위에 놓았다. 조조가 말했다.

"우리 연못에 원래 이 고기가 있었느니라."

좌자가 설명했다.

"대왕께선 어찌 나를 속이려 하시오? 천하의 농어는 모두 아가미가 둘이지만 유독 송강의 농어만은 아가미가 넷이어서 그것으로 가려볼 수 있소이다."

관원들이 살펴보니 과연 아가미가 넷이었다. 좌자가 또 말했다.

"송강의 농어 요리에는 반드시 촉에서 나는 자아강紫芽薑(자줏빛 생강)이 있어야 제격이지요."

조조가 물었다.

"자네가 그것도 가져올 수 있는가?"

"쉬운 일이지요."

좌자는 금 화분 하나를 가져오게 하더니 옷으로 화분을 덮었다. 조금 지나자 화분 가득 자아강이 돋아났다. 좌자는 화분을 조조 앞에 갖다 바쳤다. 조조가 손으로 집으려 하는데 화분 안에서 책 한 권이 나타났다. 제목은 『맹덕신서孟德新書』라고 적혀 있었다. 조조가 책을 집어 들고 살펴보니 글자 한 자 틀리지 않았다. 조조는 덜컥 의심이 들었다. 좌자가 잔칫상 위의 옥잔을 들더니 맛좋은 술을 가득히 부어 조조에게 올리면서 말했다.

"대왕께서 이 술을 드시면 천년의 장수를 누리실 것이오."

조조가 말했다.

"그대가 먼저 마셔 보라."

좌자가 상투관에 꽂았던 옥비녀를 뽑아 잔 가운데를 그으니 술이 반으로 나뉘었다. 좌자는 그 절반을 마시고 나머지 반을 조조에게 바쳤다. 조조가 좌자를 꾸짖었다. 좌자가 공중에다 술잔을 던지자 술잔은 흰 비둘기로 변해 전각을 돌면서 날아다녔다. 관원들이 얼굴을 쳐들고 비둘기를 보고 있는 사이 좌자는 감쪽같이 사라져 버렸다. 별안간 측근들이 보고를 올렸다.

"좌자가 궁문을 나갔습니다."

조조가 말했다.

"이런 요사스러운 자는 반드시 죽여 없애야 한다. 그렇지 않으면 반드시 해를 입게 되리라!"

즉시 허저에게 철갑군 3백 명을 이끌고 뒤를 쫓아 사로잡으라고 명했다. 말에 오른 허저가 군사를 이끌고 성문까지 쫓아가 바라보니 나막신을 신은 좌자가 앞에서 느릿느릿 걸어가고 있었다. 허저는 나는 듯이 말을 달려 추격했지만 아무리 쫓아가도 따라잡을 수가 없었다. 그대로 뒤를 쫓아 산속으로 들어갔는데 마침 양치는 목동이 한 무리의 양떼를 몰고 나타났다. 좌자는 양의 무리 속으로 들어가 버렸다. 허저가 화살을 꺼내 쏘자 좌자는 즉시 모습을 감추었다. 허저는 애꿎은 양들을 모조리 죽이고 돌아갔다. 목동이 죽은 양들 곁에서 소리 내어 울고 있는데, 별안간 땅바닥에 떨어져 있던 양 머리가 사람 목소리로 목동을 불렀다.

"애야 울지만 말고 잘린 양 머리를 죽은 양의 목에다 갖다 붙여 보렴."

깜짝 놀란 목동이 손으로 얼굴을 가리고 달아나는데 등 뒤에서 웬 사람이 소리쳤다.

"놀라 달아날 필요 없단다. 자, 살아난 양들을 너에게 돌려주마."

목동이 고개를 돌려보니 좌자가 죽은 양들을 모두 살려내어 몰고 왔다. 목동이 무언가 급히 물으려 했지만 좌자는 이미 소매를 떨치고 가 버렸다. 그 걸음이 마치 나는 것과 같아 금세 눈앞에서 사라져 버렸다.

집으로 돌아간 목동이 주인에게 자초지종을 말하자 주인은 감히 숨기지 못하고 조조에게 사실을 보고했다. 조조는 곧 좌자의 모습을 그림으로 그려 각처로 돌리고 좌자를 잡아들이라고 했다. 그로부터 사흘 안에 성안과 성밖에서 잡아들인 좌자가 3,4백 명이나 되었는데, 하나같이 한쪽 눈이 멀고 한쪽 다리를 절며 등나무로 엮은 관을 쓰고 후줄근한 푸른 옷을 입은 채 나막신을 신은 도사들이었다. 모두가 똑같은 모습이라 시가지는 온통 이 괴이한 소문으로 떠들썩했다. 조조는 장수들에게 이 수백 명의 좌자에게 돼지 피와 양 피를 끼얹고 성 남쪽의 교련장으로 압송하라고 했다. 그러고는 조조가 직접 완전 무장한 장병 5백 명을 이끌고 가서 그들을 에워싸고 남김없이 목을 잘랐다. 그러자 목이 잘린 사람들의 목구멍에서 한 줄기 푸른 기운이 하늘로 치솟아 한 군데로 모이더니 한 사람의 좌자로 변하는 것이었다. 좌자는 허공을 향하여 백학白鶴 한 마리를 불러 타고선 손뼉을 치며 크게 웃었다.

"흙 쥐土鼠가 금 호랑이金虎를 따르면* 간웅도 하루아침에 끝장나리라!"

조조는 장수들에게 화살을 쏘라고 명했다. 그런데 별안간 광풍이 세차게 일어나면서 돌이 구르고 모래가 흩날리더니 목 잘린 송장들

*흙쥐가 금 호랑이를 따르면土鼠隨金虎 경자庚子년 정월, 즉 건안 25년(220년) 정월을 가리킨다. 조조가 죽을 시기를 예언한 말이다.

이 모두 벌떡벌떡 일어나서 각기 제 머리를 들고 연무청으로 달려 올라가 조조를 후려쳤다. 문관과 무장들은 모두 얼굴을 싸쥐고 놀라 자빠지는 통에 서로가 서로를 돌볼 겨를이 없었다. 이야말로 다음 대구와 같다.

간웅의 막강한 권세 나라를 기울이지만 /
도사의 비범한 술법은 더욱 기이하구나.
奸雄權勢能傾國　道士仙機更異人

조조의 목숨은 어찌될 것인가, 다음 회를 보라.

69

관로의 점술

주역으로 점을 치는 관로는 천기를 알고
역적 토벌하다 다섯 신하는 절개에 죽다
卜周易管輅知機 討漢賊五臣死節

이날 조조는 시커먼 바람 속에서 뭇 시체들이 일어나는 광경을 보고
놀라 쓰러졌다. 잠시 후 바람이 멎고 그 많던 시체들은 흔적도 없이
사라졌다. 좌우에서 모시는 자들이 조조를 부축하여 궁으로 돌아갔
지만 심하게 놀란 탓에 조조는 병이 나고 말았다. 후세 사람이 시를
지어 좌자를 칭찬했다.

구름 위로 날아올라 천하를 돌아다니며 /
둔갑술로 몸을 감추고 유유히 자적하네. //
신선이 쓰는 술법들을 예사로이 펼치며 /
조조를 깨우치지만 생각을 고치지 않네.
飛步凌雲遍九州, 獨憑遁甲自遨游.
等閒施設神仙術, 點悟曹瞞不轉頭.

병이 든 조조는 약을 써도

좀처럼 낮지 않았다. 마침 허창에서 태사승太史丞 허지許芝가 와서 조조를 알현했다. 조조는 허지에게 『주역周易』 점을 쳐 보라고 명했다. 허지가 물었다.

"대왕께서는 귀신같은 점쟁이 관로管輅의 명성을 들은 적이 있으십니까?"

조조가 대답했다.

"그의 이름은 꽤 들었지만 그 점술은 아직 알지 못하네. 어디 한 번 자세히 말해 보라."

허지는 관로에 대한 이야기를 시작했다.

"관로의 자는 공명公明이며 평원平原 사람입니다. 용모는 매우 추하게 생겼고 술을 좋아하며 행동이 거칠고 난잡하다 합니다. 그 아비는 일찍이 낭야 즉구卽丘의 현장을 지냈답니다. 관로는 어릴 적부터 별을 관찰하기를 좋아해 밤에도 잘잘 생각을 않고 부모가 아무리 막아도 듣지를 않았다고 합니다. 그는 항상 '집에서 기르는 닭이나 들판에 사는 백조도 오히려 때를 알거늘 하물며 사람으로 세상에 나서 그보다 못해서 되랴?'고 했지요. 동리 아이들과 놀 때에도 걸핏하면 땅에다 천문도天文圖를 그리곤 해와 달과 별자리를 늘어놓았답니다. 어느 정도 장성하자 『주역』을 깊이 터득하고 바람의 동향을 관찰하여 길흉을 점치는 풍각風角을 잘했으며, 수학에 귀신같이 통하고 관상도 잘 보았다고 합니다. 한번은 낭야 태수 선자춘單子春이 그 명성을 듣고 관로를 불러다 만났습니다. 그때 자리에는 손님 1백여 명이 앉아 있었는데 모두가 말깨나 한다는 선비들이었습니다. 관로가 선자춘에게 부탁했습니다.

'제가 나이가 어려 담력이 아직 강하지 못하니 우선 맛좋은 술 석

되를 주시면 마시고 나서 말씀을 올리도록 하겠습니다.'

선자춘은 기이하게 여겨 곧 술 석 되를 주었답니다. 술을 다 마시고 난 관로가 선자춘에게 물었습니다.

'오늘 이 노와 상대하고 싶어 하는 분이 부군의 좌우에 계신 저 선비님들이십니까?'

'내가 친히 그대와 맞서 보려는 것일세.'

선자춘은 대답하고 나서 관로와 『주역』의 이치를 토론했습니다. 관로는 조금도 피로한 기색 없이 재미있게 이야기를 하는데 말 한 마디 한 마디가 너무나 정연하고 오묘했습니다. 선자춘이 까다롭고 어려운 논리를 들이댔지만 관로의 대답은 흐르는 물처럼 거침이 없더랍니다. 이렇게 하기를 이른 아침부터 날이 저물녘까지 계속하니 술잔도 돌지 않고 음식도 움직이지 못했습니다. 선자춘을 비롯한 손님들 치고 누구 하나 탄복하지 않는 사람이 없었습니다. 이리하여 천하 사람들이 관로를 '신동'이라 부르게 되었지요. 뒤에 고을에 사는 곽은郭恩이라는 사람의 삼 형제가 모두 다리를 저는 병에 걸려 관로를 청해 점을 쳐 달라고 했습니다. 관로가 말했습니다.

'괘卦를 뽑아 보니 당신 집안의 윗대 무덤에 여귀女鬼가 있소. 그대의 백모가 아니면 숙모일 것이오. 예전에 심한 흉년이 든 해에 그대들이 쌀 몇 되를 탐내어 그 여인을 떠밀어 우물에 빠뜨리고 큰 돌로 눌러둔 바람에 머리가 깨어졌소. 그래서 외로운 넋이 고통을 이기지 못하고 하늘에 호소한 까닭에 그대 형제들에게 이런 업보를 내린 것이오. 그러니 액풀이를 할 수가 없소.'

곽은 형제들은 눈물을 흘리며 죄를 시인하더랍니다. 안평安平 태수 왕기王基가 관로의 점술이 신통한 것을 알고 자기 집으로 청했습니다. 때마침 신도信都 현령의 처가 늘 두통을 앓고 그 아들은 가슴 앓이로 고생한다며 관로더러 점을 쳐 달라고 했습니다. 관로가 말했습니다.

'이 집 서쪽 모퉁이에 남자 시체 둘이 있는데 하나는 긴 창을 쥐었고 다른 하나는 활과 화살을 들었습니다. 머리는 벽 안에 있고 발은 벽 바깥에 있는데 창을 쥔 자가 머리를 찔러 두통을 앓고 활과 화살을 든 자는 가슴과 배를 찔러 가슴앓이를 하는 것입니다.'

그래서 그 자리를 파 보았습니다. 여덟 자쯤 파 들어가자 과연 관 둘이 나왔습니다. 한쪽 관에는 창이 들어 있고 다른 관에는 각궁角弓과 화살이 있었는데 나무는 이미 다 썩어 버렸더랍니다. 관로가 그 해골들을 성밖 10리 되는 곳에 내다 묻어 주었더니 현령의 처와 아들은 병이 없어졌습니다. 관도館陶 현령 제갈원諸葛原이 신흥新興 태수로 승진하자 관로가 전송하러 갔습니다. 손님들이 관로가 감추어 놓은 물건을 기막히게 잘 알아맞힌다고 했지만 제갈원은 믿어지지 않아 은밀히 제비 알과 벌집과 거미를 각각 다른 합에 나누어 넣고는 관로더러 점을 쳐 보라고 했습니다. 괘가 이루어지자 관로는 뚜껑에 각기 네 구절씩 글을 적었습니다. 첫째 합에는 다음과 같이 적고 '제비알'이라 했습니다.

기를 머금었으니 반드시 변할 것이요 사람의 집 처마에 의지하네.
암컷과 수컷이 모양을 이루면 깃과 날개를 서서히 펼치리라.
含氣須變. 依乎宇堂. 雌雄以形 羽翼舒張.

둘째 합에는 다음과 같이 적고 '벌집'이라 했습니다.

왕꽁희 그림

집과 방이 거꾸로 매달리고 드나드는 문이 많기도 하네.

정기를 모으고 독을 기르니 가을이 되면 변화하리라.

家室倒懸 門戶衆多. 藏精育毒 得秋乃化.

셋째 합에는 다음과 같이 적고 '거미'라 했습니다.

파들파들 떠는 긴 다리, 실을 토해 그물 만드네.

그물 더듬어 먹이 구하니 이득은 어두운 밤에 있네.

觳觫長足 吐絲成羅. 尋網求食 利在昏夜.

　자리에 가득한 사람들이 모두 깜짝 놀랐습니다. 또 마을에 소를 잃어버린 늙은 아낙네가 있어 점을 쳐 달라고 부탁하자 관로가 답을 주었습니다.

　'북쪽 시냇가에 일곱 놈이 소를 잡아 삶고 있으니 얼른 가서 찾으면 가죽과 고기는 아직 남아 있으리라.'

　늙은 아낙네가 그곳으로 찾아가 보았더니 과연 일곱 놈이 어떤 초가집 뒤편에서 소를 삶아 먹고 있는데 쇠가죽과 고기는 아직 남아 있더랍니다. 그래서 아낙네가 태수 유빈劉邠에게 고소하여 일곱 놈을 잡아다가 죄를 다스리게 했습니다. 유빈이 늙은 아낙네를 보고 물었습니다.

　'너는 어떻게 그들이 훔친 사실을 알았느냐?'

　아낙네는 관로의 귀신같은 점술을 이야기했습니다. 그 말을 믿을 수가 없었던 유빈은 관로를 관가로 불러다가 관인을 넣은 도장주머니와 꿩 털을 합 속에 감추어 놓고 점을 쳐 보라고 했습니다. 관로가 첫 번째 물건을 두고 점을 쳤습니다.

'속은 모나고 밖은 둥근데 오색으로 무늬를 이루고 보배를 머금고 신용을 지키며 나오면 도장이 생기니 이는 도장주머니입니다.'

또 두 번째 물건을 두고 점을 쳤습니다.

'바위마다 새가 있는데 비단 몸에 붉은 옷 입고 날개는 검고도 누른데 이른 아침이면 어김없이 우니 이는 꿩의 털입니다.'

유빈은 크게 놀라 그를 상빈으로 대접했습니다. 또 하루는 관로가 교외로 나가 한가로이 거닐고 있는데 웬 소년이 밭에서 일을 하고 있더랍니다. 길가에 서서 한동안 살펴보던 관로가 소년에게 물었습니다.

'자네는 성씨가 무엇이며 연치는 얼마나 되는가?'

소년이 대답했습니다.

'성은 조趙가이고 이름은 안顔이며 나이는 열아홉 살입니다. 감히 여쭙건대 선생은 뉘신지요?'

되묻는 말에 관로가 대답했습니다.

'나는 관로라고 하네. 보아하니 자네의 미간에 사기死氣가 서려 있어 사흘 안으로 반드시 죽을 운일세. 외모는 아름답게 생겼다만 애석하게도 수명이 짧구나.'

조안이 집으로 돌아가 급히 제 아비에게 알렸습니다. 이 말을 들은 아비는 관로를 쫓아가 울면서 땅에 엎드려 절을 올렸습니다.

'제발 발길을 돌려 자식 놈을 구해 주소서!'

관로가 머리를 내저었습니다.

'이는 천명天命이거늘 어찌 액풀이로 막을 일이겠소.'

그래도 아비는 한사코 애걸했습니다.

'이 늙은 것이 자식이라고는 이 아이뿐이니 제발 구해 주소서!'

조안 역시 소리쳐 울며 사정했습니다. 그들 부자의 정경이 너무나 간절한 것을 본 관로는 마침내 조안에게 일러 주었습니다.

'자네는 맑은 술 한 병과 말린 사슴 고기 한 덩이를 마련하여 내일 그것을 들고 남산으로 들어가게. 거기 큰 나무 아래 반석 위에서 두 사람이 바둑을 두고 있을 걸세. 남쪽을 향해 앉은 사람은 흰 도포를 입었는데 용모가 아주 흉악할 것이고, 북쪽을 향해 앉은 사람은 붉은 도포를 입었는데 용모가 매우 아름답게 생겼을 것일세. 자네는 그들이 바둑에 흥이 나서 정신이 팔린 틈을 타고 공손히 꿇어앉아 술과 사슴포를 드리게. 그분들이 그것을 다 먹고 마시기를 기다렸다가 울며 엎드려 절하고 수명을 늘려 달라고 빌어 보게. 그러면 반드시 수명을 늘일 수 있을 것일세. 하지만 절대로 내가 가르쳐 주더라는 말은 하지 말게.'

노인은 관로를 자기 집에 붙들어 두었습니다. 이튿날 조안은 술과 사슴포, 술잔과 소반 등을 갖추어 남산으로 올라갔습니다. 한 5,6리쯤 가니 과연 큰 소나무 아래 반석에 두 사람이 앉아서 바둑을 두고 있었습니다. 가까이 갔지만 두 사람은 돌아보지도 않더랍니다. 조안이 꿇어앉아 술과 포를 드렸더니 두 사람은 바둑 두는 데만 정신이 팔린 나머지 자신들도 모르게 술과 고기를 주는 대로 다 먹어 버렸습니다. 그제야 조안이 땅에 엎드려 통곡하고 절을 올리며 수명을 늘여 달라고 빌었습니다. 두 사람은 깜짝 놀라더랍니다. 붉은 도포를 입은 사람이 말했습니다.

'이는 필시 관자簪子(관로의 존칭)가 시킨 것이로다. 허나 우리가 이미 이 사람의 음식을 받아먹었으니 가엽게 여기지 않을 수 없게 되

었구나.'

흰 도포를 입은 사람
은 몸에서 장부를 꺼
내 뒤적여 보더니 조
안에게 말했습니다.

'너는 금년에 나이 열
아홉이니 마땅히 죽기로 되어
있다. 허나 내가 이제 십十 자
위에 구九 자 하나를 덧붙여 너
를 아흔 아홉까지 살도록 해주겠다. 돌아가 관로를 만나거든 다시는
천기를 누설하지 말라고 일러라. 그렇지 않으면 반드시 천벌을 받
게 될 것이니라.'

붉은 도포를 입은 사람이 붓을 꺼내 글자 하나를 덧붙이고 나자 문
득 향기로운 바람이 스쳐 지나가면서 두 사람은 각기 학으로 변해 하
늘 위로 날아가더랍니다. 조안이 집으로 돌아와서 관로를 보고 물으
니 관로가 대답했습니다.

'붉은 도포를 입은 분은 남두南斗요 흰 도포를 입은 분은 북두北
斗라네.'

조안이 다시 물었습니다.

'북두는 별이 아홉이라고 들었는데 어째서 한 분뿐인가요?'

'흩어지면 아홉이나 합치면 하나가 되는 것일세. 북두는 죽음을
주관하고 남두는 삶을 주관한다네. 지금 이미 수명을 늘려 적어 놓
은 마당에 자네는 다시 무엇을 근심하는가?'

아비와 아들은 관로에게 절을 올리며 감사했습니다. 이로부터 관

로는 천기를 누설할까 두려워 다시는 남을 위해 가벼이 점을 쳐 주지 않았다고 합니다. 이 사람이 지금 평원에 있는데 대왕께서 길흉을 알고 싶으시면 한번 불러 보십시오."

허지의 이야기를 들은 조조는 크게 기뻐하며 즉시 평원으로 사람을 보내 관로를 불러왔다. 관로가 이르러 조조에게 절을 올리고 나자 조조가 좌자의 일을 점치게 했다. 관로가 대답했다.

"이는 그저 환술幻術일 따름인데 무엇을 근심하십니까?"

이 말을 들은 조조는 마음이 놓여 차차 병이 나았다. 조조가 천하 대사를 점치게 했더니 관로가 점을 치고 나서 말했다.

"삼팔종횡三八縱橫이면 누런 돼지가 호랑이를 만나고 정군定軍 남쪽에서 다리 하나가 부러질 것입니다."

조조가 또 위왕의 자리를 오래 전할 수 있을지 점을 쳐 보게 했다. 점을 치고 난 관로가 말했다.

"사자궁獅子宮 안에 신위神位를 모시게 되고˙ 왕도王道가 바뀌니 자손들이 지극히 귀하게 될 것입니다."

조조는 좀 더 자세한 것을 물었지만 관로는 대답을 피했다.

"망망한 하늘의 운수는 미리 다 알 수 없는 법입니다. 뒷날을 기다리면 저절로 증명이 될 것입니다."

조조가 관로에게 벼슬을 내려 태사로 삼으려 했지만 관로가 사양하며 말했다.

"저는 명이 짧은 데다 상도 궁하여 그런 직위에 어울리지 않습니

---

*사자궁獅子宮 안에 신위神位를 모시게 되고| '사자궁'은 고대 천문학에서 낙양 일대를 가리키며, '신위'는 죽은 사람의 위패位牌. 머지않아 조조가 낙양에서 죽을 것을 예언한 말이다.

다. 감히 받을 수가 없습니다."

조조가 그 까닭을 물으니 관로가 대답했다.

"저는 이마에는 주골主骨이 없고 눈에는 정기가 모인 수정守睛이 없으며 코에는 기둥이 되는 콧대가 없고 발에는 뒤꿈치가 없습니다. 등에는 삼갑三甲이 없고 배에는 삼임三壬이 없어 그저 태산에서 귀신이나 다스릴 수 있을 뿐 산 사람은 다스리지 못합니다."

조조가 또 물었다.

"내 관상은 어떠한가?"

관로가 대답했다.

"신하로서 더 이상 오를 수 없는 자리까지 오르셨는데 더 이상 무슨 관상이 필요하십니까?"

조조가 두 번 세 번 물었지만 관로는 웃기만 할 뿐 대답하지 않았다. 조조가 문무 관료들의 상을 두루 보게 하니 관로는 한마디로 대답했다.

"모두가 세상을 다스릴 만한 신하들입니다."

조조가 길흉을 물었으나 관로는 자세한 말은 하지 않았다. 후세 사람이 시를 지어 찬탄했다.

평원 땅의 귀신같은 점술가 관공명은 /
하늘의 별을 보고 점을 칠 줄 알았네. //
팔괘의 미묘한 이치로 귀신 세계 통하고 /
육효의 오묘한 이치로 천기를 헤아렸네.

*등에는……없어 | 삼갑三甲과 삼임三壬이 없다는 건 수명이 짧을 상이라는 뜻이다.

어린 소년 관상 보고 단명함을 알았고 /

마음의 근원 신령함을 스스로 깨달았네. //

애석하다 당시에 행한 기이한 술법들을 /

후세 사람 더 이상 물려받을 수 없다니.

平原神卜管公明, 能算南辰北斗星. 八卦幽微通鬼竅, 六爻玄奧究天庭.

預知相法應無壽, 自覺心源極有靈. 可惜當年奇異術, 後人無復授遺經.

조조는 관로에게 동오와 서촉西蜀에 대해서도 점을 치게 했다. 괘를 만들어 본 관로가 말했다.

"동오의 주인은 대장 하나를 잃을 것이고 서촉의 군사가 경계를 침범할 것입니다."

조조는 그 말을 믿지 않았다. 그런데 갑자기 합비에서 보고가 들어왔다.

"동오의 육구를 지키던 장수 노숙이 죽었습니다."

깜짝 놀란 조조가 즉시 한중으로 사람을 보내 소식을 알아보게 했다. 며칠이 되지 못하여 유현덕이 장비와 마초를 보내 하변下辨에 군사를 주둔시키고 관을 공격하려 한다는 급보가 들어왔다. 조조는 크게 노하여 친히 대군을 거느리고 다시 한중으로 들어가려고 하며 관로에게 점을 치게 했다. 관로가 말했다.

"대왕께서는 함부로 움직이시면 안 됩니다. 명년 봄에는 허도에서 반드시 화재가 일어날 것입니다."

관로의 말이 여러 차례 맞는 것을 본 조조는 감히 섣불리 움직이지 못하고 업군에 머물러 있었다. 대신 조홍에게 군사 5만 명을 거느리고 가서 하후연과 장합 두 장수를 도와 함께 동천을 지키게 했다. 또 하후돈을 보내 군사 3만 명을 거느리고 허도를 경비하고 순찰하여 만일의 사태에 대비하게 하고, 다시 장사長史 왕필王必에게 어림군御林軍을 총지휘하게 했다. 주부 사마의가 간했다.

"왕필은 술을 몹시 좋아하는 데다 성품마저 너그러워 직책을 감당하지 못하지나 않을까 걱정됩니다."

조조의 생각은 달랐다.

"왕필은 내가 뜻을 펴지 못하고 갖은 고초를 겪을 때부터 나를 따라다닌 사람일세. 충성스럽고도 부지런하며 마음이 철석같아서 이 일에는 가장 적당한 인물이네."

그러고는 왕필에게 어림군을 거느리고 허도의 동화문東華門 밖에 주둔하도록 했다.

이때 성은 경耿이요 이름은 기紀이며 자를 계행季行으로 부르는 낙양 사람이 있었다. 이전에 승상부丞相府의 연리掾吏로 있었으나 나중에는 시중과 소부少府로 승진했는데 사직司直˚ 벼슬을 하는 위황韋晃과 교분이 심히 두터웠다. 그는 조조가 왕의 작위를 받은 데다 출입할 때 천자와 똑 같은 수레와 옷차림을 하는 꼴을 보고 속으로 불평을 가득 품고 있었다. 건안 23년(218년) 봄 정월, 경기는 비밀리에 위황에게 상의했다.

"조조 역적놈의 간악함이 날로 심해지니 장차 틀림없이 반역을 도모하여 황제의 자리를 찬탈하려 할 것이오. 우리는 한나라의 신하인데 어찌 악행에 가담하여 도울 수 있겠소?"

위황이 말했다.

˚사직|승상사직丞相司直으로 후한 시기에는 사도司徒에 소속되어, 승상을 도와 불법을 다스렸다.

"나에게 심복이 있는데 이름은 김의金禕로 전한 때 재상을 지낸 김일제金日磾의 후손입니다. 평소 조조를 토벌할 마음을 품은 데다 왕필과 교분이 두텁지요. 그와 함께 일을 꾀한다면 대사를 이룰 수 있을 것이오."

경기가 걱정했다.

"그가 왕필과 교분이 두텁다면 어떻게 우리와 함께 일을 도모하겠소?"

위황이 말했다.

"우선 그에게로 가서 말을 건네 보고 어떻게 나오는지 보기로 합시다."

이리하여 두 사람은 함께 김의의 저택으로 찾아갔다. 김의는 그들을 후당으로 맞아들여 자리를 잡고 앉았다. 위황이 먼저 입을 열었다.

"덕위德偉(김의의 자)께서 왕장사와 두터운 사이라기에 특별히 청이 있어서 왔소이다."

김의가 물었다.

"무슨 일을 청하신다는 게요?"

위황이 대답했다.

"듣자니 위왕께서 조만간 선양을 받아 황제의 보위寶位에 오르신다고 하오. 그리되면 공과 왕장사께선 틀림없이 높은 벼슬에 오르시게 되리다. 그때는 부디 우리를 버리지 마시고 뽑아 올려 주신다면 참으로 감사하겠소."

그 말을 들은 김의는 소매를 떨치고 자리에서 벌떡 일어났다. 때마침 시녀가 차를 받쳐 들고 들어왔는데 김의는 찻물을 방바닥에 쏟아 버렸다. 위황이 짐짓 놀라는 척했다.

"덕위는 나와는 오랜 친구인데 어쩌면 이렇게 박정하게 대하는 것이오?"

김의가 대꾸했다.

"내가 그대와 교분이 두터웠던 것은 그대들이 그래도 한나라 신하의 후손이었기 때문이다. 이제 조상 대대로 입은 나라의 은혜에 보답할 생각은 아니하고 도리어 반역을 꾸미는 자를 도우려 하니 내가 무슨 면목으로 너 같은 자와 벗한단 말인가?"

경기가 한마디 거들었다.

"그러나 하늘의 운수가 이러한데 어찌 그렇게 하지 않을 수 있겠소?"

김의는 너무나 화가 나서 펄펄 뛸 지경이었다. 김의에게 과연 충성스럽고 의로운 마음이 있는 것을 확인한 경기와 위황은 진짜 속내를 말해 주었다.

"우리는 역적을 토벌하기 위해 그대의 도움을 구하러 온 것이오. 좀 전에 한 말은 그대를 떠보기 위한 말이었소."

김의가 말했다.

"우리 집은 대대로 한나라 조정의 신하이거늘 어찌 역적을 따를 수 있겠소? 공들이 한나라 황실을 붙들어 세우려고 하신다니 무슨 고견이라도 있으시오?"

위황이 대답했다.

"비록 나라에 보답할 마음은 있지만 아직 역적을 토벌할 계책은 세우지 못했소."

김의가 자기 생각을 내놓았다.

"우리가 안팎으로 호응하여 왕필을 죽이고 병권을 빼앗아 천자를 보좌하면서 유황숙과 손을 잡고 외부의 원조를 얻는다면 조조 역적놈을 멸망시킬 수 있을 것이오."

두 사람은 그 말을 듣고 손뼉을 치면서 좋다고 칭찬했다.

김의가 다시 말했다.

"나에게 심복 두 사람이 있는데 조조 역적놈과는 아비를 죽인 원수가 맺힌 사람들이오. 지금 성밖에 살고 있으니 그들을 날개로 삼을 수 있을 것이오."

경기가 어떤 사람이냐고 물으니 김의가 대답했다.

"태의太醫 길평의 아들들인데 맏이는 길막吉邈으로 자는 문연文然이고, 둘째는 길목吉穆으로 자를 사연思然이라 하오. 지난날 조조가 동승의 비밀 조서 사건으로 그들의 아비를 죽일 때 두 아들은 멀리 타향으로 도망쳐서 난을 피할 수 있었지요. 지금은 몰래 허도로 돌아와 있는데 그들에게 역적을 치는 데 거들라고 하면 따르지 않을 리가 없소이다."

경기와 위황은 크게 기뻐했다. 김의는 즉시 사람을 시켜 은밀히 길씨 형제를 불렀다. 조금 있으려니 두 사람이 도착했다. 김의가 자신들이 꾸미고 있는 일을 자세히 이야기하자 두 사람은 감격과 분노로 눈물을 흘렸다. 그들은 원한이 하늘을 찌르는 듯 국적을 죽이고 말겠노라 맹세했다. 김의가 계책을 설명했다.

"정월 15일 밤 성중에 많은 등을 걸고 원소절元宵節(정월 대보름 명절)을 경축하며 놀 것이오. 경소부와 위사직은 각기 집안의 종들을 거느리고 왕필의 영채 앞으로 달려가서 영채 안에서 불이 일어나면 즉시 두 길로 나뉘어 쳐들어가시오. 왕필을 죽인 뒤에는 곧장 나를 따라 내전으로 들어가서 천자를 오봉루五鳳樓로 모시고 백관들을 소집하여 역적을 토벌하라는 성지를 내리게 합시다. 길문연 형제분은 성밖에서부터 달려 들어오며 불을 질러 신호를 올리고 고함을 질러 백성들에게 국적을 죽이라고 선동하는 한편 성안의 구원병을 막도록 하시오. 천자께서 조서를 내리고 관리와 백성들을 진무하시고 나면 곧바로 업군으로 진군하여 조조를 사로잡고 사자에게 조서를 주어 유황숙을 불러오게 합시다. 오늘 약정한 대로 기약한 날 2경에 거사하되 동승처럼 스스로 화를 불러오는 일은 없어야 할 것이오."

다섯 사람은 하늘에 맹세하고 술잔에 피를 타서 마시며 성공을 다짐했다. 그런 뒤 각자 집으로 돌아가서 군마를 정돈하고 병기를 준비하며 때가 되면 움직이기로 했다.

경기와 위황 두 사람은 각각 집의 종이 3,4백 명씩이나 있어 미리 병기들을 준비하게 했다. 길막 형제 또한 3백 명 가량 사람을 모아 사냥터를 에워싸고 사냥한다는 구실로 모든 준비를 다 해 놓았다. 한편 김의는 기일이 되기 전에 먼저 왕필을 찾아보고 말했다.

"바야흐로 나라 안이 어느 정도 안정되고 위왕의 위엄이 천하를 진동시키고 있소이다. 마침 원소절이 다가오니 등을 밝혀 태평스러운 기상을 보여야 하지 않겠소?"

왕필은 그 말을 옳게 여겼다. 그래서 성안의 백성들에게 빠짐없이 등을 내걸고 오색 비단을 걸쳐 명절을 경축하게 했다. 정월 대보름 날 밤, 하늘은 맑게 개어 별과 달이 어울려 빛을 뿌렸다. 허도의 육가 삼시六街三市에서는 앞다투어 꽃 등롱을 내다 걸었다. 실로 이날 밤 만큼은 날이 새도록 거리를 싸다닌대도 금오金吾(치안을 책임진 관리)가 금하지 않고 옥루玉漏(물시계)가 시간을 재촉해도 금군禁軍의 간섭을 받지 않았다.

왕필은 어림군의 장수들과 더불어 영채 안에서 술잔치를 벌였다. 2경이 지나자 별안간 영내에서 고함 소리가 들리더니 사람이 들어와 영채 뒤쪽에 불길이 일어난다고 보고했다. 왕필이 황급히 막사 밖으로 나가 보니 불빛이 어지러이 굴러다니고 '죽여라!'는 고함 소리가 하늘에 울려 퍼졌다. 영채에서 변이 일어난 것을 안 그는 급히 말에 뛰어올라 남문을 나서다가 마침 경기와 맞닥뜨렸다. 경기가 쏜 화살이 왕필의 어깻죽지에 들어맞았다. 하마터면 말에서 굴러 떨어질 뻔 했던 왕필은 곧장 서문 쪽을 향하여 달아났다. 등 뒤에서 군사들이 쫓아오는지라 다급해진 왕필은 말을 버리고 도보로 달아났다. 걸어서 김의의 집 문앞에 당도한 그는 황급히 대문을 두드렸다. 이때 김의는 사람을 시켜 영채 안에 불을 지르게 하는 한편 친히 종들을 거느리고 뒤따라 나가 싸움을 돕고 집안에는 아낙네들만 남아 있었다. 왕필이 와서 문 두드리는 소리를 듣고 안에서는 김의가 돌아온 줄로만 알았다. 김의의 아내가 문 안쪽에서 물었다.

"왕필 그놈을 죽였나요?"

소스라치게 놀란 왕필은 그제야 김의도 공모한 사실을 깨달았다. 그길로 조휴의 집으로 달려간 왕필은 김의와 경기의 무리가 모반했다는 사실을 보고했다. 조휴는 급히 갑옷을 걸치고 투구를 쓰더니 말에 올라 1천여 명을 이끌고 성안에서 적을 막았다. 성안 사방에서 불길이 일어나 오봉루에도 불이 붙자 황제는 더 깊은 궁으로 몸을 피했다. 조씨네 심복과 앞잡이들이 죽기로써 궁문을 지키는데 성안에서 사람들이 외치는 소리는 한결같았다.

"역적 조조의 무리를 깡그리 죽이고 황실을 붙들어 세우자!"

이보다 앞서 하후돈은 조조의 명을 받들고 허창을 순찰하고 있었다. 3만 명의 군사를 거느리고 성에서 5리 떨어진 곳에 주둔하고 있었는데 이날 밤 멀리 성중에서 불길이 일어나는 것을 보고 즉시 대군을 거느리고 달려와서 허도를 에워쌌다. 그러고는 한 갈래의 군사를 성으로 들여보내 조휴를 후원하게 했다. 피아간에 뒤범벅이 된 싸움은 날이 훤히 밝아 올 무렵까지 이어졌다. 경기와 위황 등은 도와주는 사람이 없는 데다 김의와 길막 형제마저 모두 피살당했다는 보고를 받았다.

경기와 위황은 길을 빼앗아 성문을 뚫고 나갔다. 그러나 하후돈의 대군과 맞닥뜨리게 되고 그들에게 포위를 당해 사로잡히고 말았다. 수하의 1백여 명도 모조리 피살당했다. 성으로 들어간 하후돈은 타다 남은 불을 끄면서 반란

에 가담한 다섯

사람의 식솔과 종족들을 모조리 잡아들이는 한편 사람을 시켜 조조에게 급보를 알렸다. 조조는 전령을 보내 경기와 위황 등 다섯 집의 종족들은 노소를 가리지 말고 모두 저잣거리에서 목을 자르고 조정에 있던 높고 낮은 백관들을 모조리 붙들어 업군으로 압송하여 처분을 기다리게 했다. 하후돈이 경기와 위황을 압송하여 저잣거리로 나가자 경기가 사나운 음성으로 소리를 질렀다.

"조아만! 내가 살아서 너를 죽이지 못했으니 죽어 악귀惡鬼가 되어서라도 역적놈을 치고 말겠다!"

망나니가 칼로 그 입을 푹 찔렀다. 피가 흘러 땅을 홍건히 적셨건만 끝까지 고함을 지르고 욕설을 그치지 않으며 죽어갔다. 위황은 뺨을 땅바닥에 부딪치며 한탄했다.

"한스럽구나, 한스러워!"

위황은 이를 얼마나 악물었든지 이가 모두 부러진 채 죽었다. 후세 사람이 그들을 찬양해서 지은 시가 있다.

경기와 위황은 충성스럽고 어질었지만 /
저마다 빈손으로 하늘을 받치려 했구나. //
한나라 왕조 다할 줄을 뉘 알았으랴 /
가슴 가득 한만 품고 저승으로 떠났네.

耿紀精忠韋晃賢, 各持空手欲扶天. 誰知漢祚相將盡, 恨滿心胸喪九泉.

다섯 집의 식구와 종족을 모조리 죽인 하후돈은 백관들을 압송하여 업군으로 갔다. 조조는 교련장 왼편에는 붉은 깃발을, 오른편에는 흰 깃발을 세우고 명령을 내렸다.

"경기와 위황의 무리가 반역을 꾀하고 허도에 불을 질렀을 때 너희들 중 밖으로 나와 불을 끈 자가 있는가 하면 문을 닫고 나가지 않은 자도 있을 것이다. 불을 끄러 나간 자는 붉은 깃발 아래에 서고 불을 끄러 나가지 않았던 자는 흰 깃발 아래로 가서 서도록 하라."

관원들이 생각해 보니 불을 끈 자는 죄가 없을 게 분명했다. 그래서 많은 사람이 붉은 깃발 아래로 달려가서 서고 3분의 1만이 흰 깃발 아래로 가서 섰다. 조조는 붉은 깃발 아래 선 자들을 모조리 체포하라고 지시했다. 관원들은 제각기 자신에겐 죄가 없다고 말했지만 조조는 듣지 않았다.

"당시 너희들 심보는 불을 끄려던 게 아니라 실제론 도적들을 도우려고 했을 뿐이야!"

모조리 장하漳河 가로 끌어내다 목을 자르게 하니 죽은 자가 3백 명이 넘었다. 흰 깃발 아래 섰던 자들에게는 모두 상을 내려 허도로 돌려보냈다.

이때 왕필이 화살에 맞은 상처가 덧나 죽자 조조는 후히 장사지내 주라고 했다. 그러고 나서 조휴에게 어림군을 총지휘하게 하고 종요를 상국相國으로 삼고 화흠을 어사대부로 삼았다. 그리고 후侯의 작위를 6등等으로 나누어 작위가 가장 높은 18급級과 17급인 관중후關中侯는 모두 황금 도장에 자줏빛 인끈을 달게 하고, 16급의 관내외후關內外侯를 설치하여 은도장에 거북 모양의 인꼭지와 검은 인끈을 달게 했으며, 15급의 오대부五大夫는 구리 도장에 둥근 인꼭지와 검은 인끈을 달게 했다. 작위를 정하고 관직을 봉하니 조정에는 일하는 인물들이 다시 한번 바뀌었다. 조조는 그제야 관로가 화재를 미리 일러 주었다는 걸 깨닫고 후한 상을 내렸다. 그러나 관로는 받지 않았다.

한편 군사를 거느리고 한중에 이른 조홍은 장합과 하후연에게 각각 험한 요새를 지키게 한 뒤 자신은 친히 군사를 거느리고 적군을 막으러 나갔다. 이때 장비는 뇌동과 함께 파서를 지키고, 마초는 군사를 이끌고 하변에 이르러 오란을 선봉으로 삼아 군사를 거느리고 적정을 정찰토록 했다. 정찰 도중 마침 조홍의 군사와 마주친 오란은 곧 물러서려 했다. 그러나 아장 임기任夔가 반대했다.

"적병이 이제 막 도착했는데 먼저 그 예기를 꺾어 놓지 않는다면 무슨 낯으로 맹기孟起(마초의 자)를 뵙겠소?"

그러고는 창을 꼬나들고 말을 몰아 조홍에게 싸움을 걸었다. 조홍이 몸소 칼을 들고 말을 달려 나왔다. 단지 3합 만에 임기를 베어 말 아래 거꾸러뜨린 조홍은 그 기세를 몰아 들이쳤다. 크게 패한 오란이 영채로 돌아가니 마초가 오란을 꾸짖었다.

"너희는 내 명령을 듣지 않고 어찌하여 적을 우습게보다가 패했단 말이냐?"

오란이 변명했다.

"임기가 제 말을 듣지 않아 이렇게 지고 말았습니다."

마초가 명령을 내렸다.

"요충을 단단히 지키면서 적과 싸우지 말라."

그러는 한편 성도에 보고하고 행동 지시를 기다리기로 했다. 마초가 며칠 동안 나오지 않는 것을 본 조홍은 무슨 속임수나 있지 않을까 걱정이 되었다. 그래서 군사를 물려 남정으로 돌아갔다. 장합이 조홍을 찾아보고 물었다.

"장군께선 이미 적장을 베신 터에 어찌하여 군사를 물리셨소?"

조홍이 대답했다.

"마초가 나오지 않는 게 아무래도 다른 꿍꿍이가 있지나 않나 두려워서 그랬소. 뿐만 아니라 내가 업도에서 점쟁이 관로가 하는 말을 들었는데 이곳에서 대장 한 명을 잃는다고 했소. 그 말이 의심스러워 감히 섣불리 나아가지 못하는 것이오."

장합은 큰소리로 껄껄 웃었다.

"장군께선 반평생 동안이나 군사를 움직이신 터에 어찌 한낱 점쟁이의 말 따위를 믿고 마음이 혹하셨단 말씀이오? 이 합이 비록 재주는 없으나 원컨대 수하의 군사를 이끌고 파서를 치겠소이다. 파서를 얻고 나면 촉군은 깨뜨리기 쉬울 것이오."

그러나 조홍은 더욱 걱정이 되었다.

"파서를 지키고 있는 장비는 등한히 볼 사람이 아니오. 가볍게 대적해서는 안 될 것이오."

"남들은 모두 장비를 두려워하지만 내가 보기에는 어린아이나 다름없소! 이번에 가면 반드시 그놈을 사로잡아 오겠소."

장합이 호언장담하자 조홍이 물었다.

"만약 실수가 있다면 어찌하겠소?"

장합이 대답했다.

"군령을 달게 받겠소이다."

조홍이 문서를 받자 장합이 군사를 출발시켰다. 이야말로 다음 대구와 같다.

예로부터 교만한 군사는 패한 일이 많았고 /

여태까지 적을 깔보아 성공한 일 드물었지.

自古驕兵多致敗　從來輕敵少成功

승부는 어떻게 될 것인가, 다음 회를 보라.

70

장비와 황충의 지혜

사나운 장비 지혜로 와구관을 차지하고
노장 황충은 계책으로 천탕산을 빼앗다
猛張飛智取瓦口隘 老黃忠計奪天蕩山

장합의 수하 군사 3만 명은 세 영채로 나뉘어 각기 험한 산을 의지했는데, 하나는 탕거채宕渠寨요 다른 하나는 몽두채蒙頭寨며 또 하나는 탕석채蕩石寨였다. 이날 장합은 세 영채에서 각각 군사 절반씩을 뽑아 파서를 치러 가고 나머지 절반은 남아서 영채를 지키게 했다. 어느새 정찰병이 파서로 달려가 장합이 군사를 이끌고 온다는 보고를 했다. 장비가 급히 뇌동을 불러 상의하니 뇌동이 말했다.

"낭중閬中은 땅이 거칠고 산세가 험하여 군사를 매복시킬 만합니다. 장군께서 군사를 거느리고 나가서 싸우시고 저는 기병奇兵을 내어 돕는다면 장합을 사로잡을 수 있을 것입니다."

장비는 정예 군사 5천 명을 뇌동에게 주어 보내고 자신은 군사 1만 명을 이끌고 낭중에서 30리 떨어진 곳으로 나와 장합의 군사와 마주쳤다. 양편 군사가 진을 벌이자 장비가 말을 달려 나가 오직 장합만 나오라며 싸움을 걸었다. 장합이 창을 꼬나들고 말을 달려 나왔다. 두 장수가 싸움이 붙어 20여 합에 이르렀을 때였다. 갑자기 장합의 후군에서 고함 소리가 일어났다. 알고 보니 장합의 군사들이 산 뒤에 나타난 촉병의 깃발을 보고 소란을 일으킨 것이었다. 장합은 감히 싸울 마음이 없어져 말머리를 돌려 달아났다. 장비가 그 뒤를 쫓아가며 몰아치는데 앞에서 또 뇌동이 군사를 이끌고 쳐 나왔다. 양쪽에서 협공을 당한 장합의 군사는 크게 패했다.

　　장비와 뇌동은 밤새 줄곧 추격하여 탕거산 宕渠山까지 당도했다. 장합은 본래대로 군사를 나누어 세 영채를 지켰는데 통나무와 돌을 많이 쌓아 놓고 굳게 지키면서 싸우러 나오지 않았다. 장비는 탕거에서 10리 떨어진 곳에 영채를 세우고 이튿날 군사를 이끌고 나가서 싸움을 걸었다. 그러나 장합은 산 위에서 크게 군악을 울리고 술을 마시면서 결코 산에서 내려오지 않았다. 장비가 군사들을 시켜 크게 욕설을 퍼부었지만 장합은 무조건 내려오지 않았다. 장비는 하는 수 없이 영채로 돌아올 수밖에 없었다.

　　이튿날이었다. 이번에는 뇌동이 산 아래로 가서 싸움을 걸었다. 그러나 장합은 역시 나오지 않았다. 뇌동이 군사를 몰아 산으로 올라가자 산 위에서 통나무가 구르고 돌 포탄이 날아 내려왔다. 뇌동이 급히 군사를 물리자 탕석채와 몽두채의 군사들이 달려 나와 뇌동의 군사를 패퇴시켰다. 그 다음날은 장비가 다시 가서 싸움을 돋우었지만 역시 장합은 나오지 않았다. 장비가 군사를 시켜 갖가지로 지저분한 욕지거리를 퍼붓자 장합도 산 위에서 맞받아 욕설을 퍼부었다. 장비는 아무리 궁리를 해봐도 도무지 쓸 만한 계책이 없었다. 이렇게 대치한 지 50일이 넘어가자 장비는 산 앞으로 바싹 다가가 큰 영채를 세운 다음 날마다 그 안에서 술을 퍼마셨다. 술을 마시고 크게 취하면 산 앞에 앉아서 갖은 욕을 다 퍼부었다.

현덕이 장병들의 노고를 위로하느라 사람을 보냈는데 종일토록 술만 퍼마시고 있는 장비의 꼴을 본 사자가 현덕에게 돌아가서 그 사실을 보고했다. 크게 놀란 현덕이 황망히 공명에게 물었다. 공명이 웃으며 대답했다.

"아, 그랬단 말이로군요? 군중에는 아마도 좋은 술이 없을 겁니다. 성도에는 맛좋은 고급술이 넘쳐 나니 50동이를 수레 세 대에 실어 군중으로 보내 장장군이 실컷 마시게 해야겠습니다."

현덕이 펄쩍 뛰었다.

"내 아우는 본래 술만 마시면 실수를 하는데 군사께서는 어찌 도리어 그에게 술을 보내자고 하시오?"

공명이 웃었다.

"주공께서는 익덕과 여러 해 동안이나 형제로 지내시고도 아직 그의 사람됨을 모르신단 말씀입니까? 익덕이 원래는 성질이 굳세고 강하기만 했습니다만 앞서 서천을 거둬들일 때는 의리로 엄안을 풀어 주었습니다. 이는 그저 용맹하기만 한 사람이 할 수 있는 일은 아닙

왕굉희 그림

니다. 지금 장합과 50여 일을 대치하면서 술만 취하면 산 앞에 앉아 욕하고 꾸짖으며 방약무인하게 구는데 이것은 술을 탐하는 것이 아니라 장합을 이기려는 계책입니다.”

현덕이 말했다.

“비록 그렇다고는 할지라도 지나치게 자만하다가 큰일을 그르쳐서는 아니 되오. 위연을 보내 돕도록 하는 것이 좋겠소.”

공명은 위연을 시켜 장비의 군부대로 술을 호송토록 했다. 수레에는 각각 황색 깃발을 꽂고 깃발에는 ‘군중에서 공적으로 쓸 술軍前公用美酒’이라는 글자를 큼직하게 써 붙였다. 명령을 받든 위연은 술을 호송하여 장비의 영채에 이르러 주공께서 술을 내렸다고 전했다. 장비는 술을 받고 위연과 뇌동에게 각기 군사 한 갈래씩을 거느리고 좌우 날개가 되어 군중에서 붉은 깃발이 일어나는 즉시 진군하라고 분부했다. 그런 다음 자신은 군막 옆에 술판을 벌이고 장병들에게 깃발을 휘두르고 북을 치면서 술을 마시게 했다.

첩자가 산 위에 그런 상황을 보고했다. 장합이 몸소 산꼭대기에서 내려다보니 장비가 군막 옆에 앉아 술을 마시고 있었다. 그 앞에서는 두 병졸이 씨름을 하는데 장비는 그것을 보며 희희낙락하고 있었다. 장합은 울화통이 터졌다.

“장비가 나를 너무 업신여기지 않는가?”

그는 오늘밤 산을 내려가 장비의 영채를 습격할 테니 몽두채와 탕석채의 군사들도 모두 나와 좌우에서 도우라고 명을 내렸다. 이날 밤 장합은 희미한 달빛을 받으며 군사를 이끌고 산 측면을 타고 내려가 곧장 장비의 영채로 달려갔다. 멀리 바라보니 장비는 대낮처럼 불을 밝히고 군막 안에 앉아 한창 신나게 술을 마시고 있었다. 장합은 앞장서서 크게 고함을 지르고 산머리에 있던 군사들은 북을 쳐서 위세를 도왔다. 장합은 단숨에 중군으로 쳐들어갔다. 그러나 장비는 단정히 앉은 채 꼼짝도 하지 않았다. 질풍같이 말을 몰아 장비의 면전으로 다가간 장합이 단창에 장비를 찔러 거꾸러뜨렸다. 그런데 그것은 짚으로 만든 허수아비였다. 장합이 급히 말머리를 돌렸을 때였다. 막사 뒤편에서 연주포가 터졌다. 한 장수가 앞장서서 길을 가로막더니 고리눈을 부릅뜨고 벽력같은 호통을 쳤다. 바로 장비였다. 장비는 장팔사모를 꼬나들고 말을 몰아 곧바로 장합을 덮쳤다.

두 장수는 불빛 속에서 4,50합을 싸웠다. 장합은 두 영채에서 구원병이 오기만을 기다렸지만 뉘 알았으랴, 두 영채의 구원병들은 이미 위연과 뇌동에게 격퇴당한 뒤였다. 위연과 뇌동은 승리한 기세를 타고 두 영채마저 빼앗아 버렸다. 구원병이 오지 않자 어찌할 바를 모르고 있던 장합의 눈에 산 위에서 불길이 일어나는 광경이 보였다. 장비의 후군이 이미 산 위의 영채마저 빼앗아 버린 것이었다. 세 영채를 한꺼번에 다 잃은 장합은 하는 수 없이 와구관瓦口關으로 달아났다.

장비가 크게 승리한 첩보를 성도로 보냈다. 현덕은 뛸 듯이 기뻐하며 그제야 익덕이 술을 마신 것이 장합을 꾀어 산에서 내려오게 하기 위한 계책이었음을 알았다.

한편 퇴각해서 와구관을 지키게 된 장합은 3만 명의 군사 중 2만 명을 잃었다. 조홍에게 사람을 보내 구원을 청하니 조홍이 벌컥 화를 냈다.

"네가 내 말을 듣지 않고 기어이 진군하더니 결국은 중요한 요충을 잃어버렸구나. 그러고도 도리어 구원을 청하러 왔단 말이냐?"

조홍은 군사는 내어 주지 않고 사람을 시켜 장합에게 어서 나가 싸우라고만 독촉했다. 당황한 장합은 하는 수 없이 계책을 정하고 군사를 두 부대로 나누어 와구관 앞 후미진 산속에 매복시키고 분부했다.

"내가 거짓 패해서 달아나면 장비가 반드시 쫓아올 것이다. 그때 너희들은 내달아서 그의 돌아갈 길을 끊도록 하라."

이날 장합은 군사를 이끌고 전진하다가 마침 뇌동과 맞닥뜨렸다. 서로 싸운 지 몇 합이 못 되어 장합이 패해서 달아나자 뇌동이 뒤를 쫓았다. 그러자 양편에서 복병이 일시에 내달아서 돌아갈 길을 끊어버렸다. 장합이 돌아서더니 단창에 뇌동을 찔러 말 아래로 거꾸러뜨렸다. 패잔병이 돌아가 이 사실을 장비에게 보고하니 장비가 직접 나와 장합에게 싸움을 걸었다. 장합이 또 거짓 패한 척하며 달아났지만 장비는 뒤를 쫓지 않았다. 장합은 다시 돌아와서 싸우다가 역시 몇 합이 못 되어 또 달아났다. 그것이 계책임을 안 장비는 군사를 거두어 영채로 돌아와 위연과 상의했다.

"장합이 매복계로 뇌동을 죽이고 다시 나를 속이려 하고 있다. 놈들의 계책을 거꾸로 이용해야 하지 않겠나?"

위연이 물었다.

"어떻게 하자는 말씀입니까?"

"내가 내일 한 떼의 군사를 거느리고 앞서 갈 테니 자네는 정예 군사를 거느리고 뒤에 남아 있다가 복병이 나오면 군사를 나누어 그들을 공격하게. 수레 10여 대에 땔감을 싣고 가서 좁은 길목을 막고 불을 지르게. 그러면 내가 그 기회를 타고 장합을 사로잡아 뇌동의 원수를 갚겠네."

위연은 그 계책을 받들었다. 이튿날 장비가 군사를 이끌고 전진하니 장합이 또 군사를 이끌고 와서 장비와 맞붙었다. 싸움이 10합에 이르자 장합이 다시 패한 척하고 달아났다. 장비가 기병과 보병을 이끌고 그 뒤를 쫓았다. 싸우면서 달아나던 장합은 장비를 유인하여 산골짜기를 지나자 후군을 전군으로 바꾸고 영채를 세우더니 다시 장비와 맞붙었다. 그러면서 매복시켜 둔 양편의 군사들이 나와 장비를 포위해 주기만 기다렸다. 그런데 뜻밖에도 기다리던 복병은 위연이 거느린 정예 군사들에게 쫓겨 골짜기 안으로 들어간 뒤였다. 수레로 산길을 가로막은 위연이 수레에 불을 질렀다. 그러자 골짜기에 있던 초목에 모조리 불길이 옮겨 붙으며 연기가 자욱하게 길을 가려 군사들은 빠져나올 수가 없었다. 장비는 그대로 군사를 이끌고 들이쳤다. 크게 패한 장합은 죽기로써 싸우며 한 줄기 길을 열고 와구관으로 달려 올라가서는 패잔병을 거두어들여 굳게 지키기만 하고 나오지 않았다.

장비는 위연과 함께 날마다 관을 공격했지만 함락시키지 못했다. 공격 일변도만으로는 일이 안 될 것을 안 장비는 군사를 20리 밖으로 물렸다. 그러고는 위연과 함께 수십 명의 기병을 이끌고 몸소 관의 양편으로 난 좁은 산길을 탐색했다. 그때 갑자기 남녀 몇 사람이 각기 등에 자그마한 봇짐을 지고 후미진 산길에서 등나무와 칡덩굴에 매달려 올라가는 모습이 눈에 들어왔다. 장비는 마상에서 채찍을 들어 그들을 가리키며 위연에게 말했다.

"와구관을 빼앗을 길은 바로 저 백성들에게 달렸네."

즉시 군사들을 불러 분부했다.

"백성들을 놀라게 하지 말고 잘 달래서 몇 명만 불러오도록 하라."

군사들이 재빨리 몇 명을 말 앞으로 데리고 왔다. 장비는 좋은 말로 그들을 안심시킨 다음 어디에서 오는지를 물었다. 백성들이 대답했다.

　"저희들은 모두 한중에 사는 백성들인데 지금 고향으로 돌아가려고 합니다. 마침 대군이 싸움을 벌여 낭중의 큰길이 막혔다는 소문이 있어서 창계蒼溪를 지나 재동산梓潼山과 회근천檜釿川으로 해서 한중으로 들어가 집으로 돌아가려던 참입니다."

　장비가 물었다.

　"저 길로 가면 와구관까지 거리가 얼마나 되느냐?"

　백성들이 대답했다.

　"재동산 샛길을 따라가면 바로 와구관 뒤쪽으로 나옵니다."

　크게 기뻐한 장비는 백성들을 데리고 영채로 들어가 술과 음식을 내렸다. 그러고는 위연에게 분부했다.

　"자네는 군사를 이끌고 관으로 바싹 다가가서 들이치게. 나는 가벼운 차림의 기병을 이끌고 재동산으로 나가 관의 배후를 치겠네."

　그는 즉시 백성들에게 길을 인도하게 하고 가려 뽑은 가벼운 차림의 기병 5백 명을 이끌고 좁은 산길로 전진했다.

　한편 장합은 구원병이 오지 않아 마음이 답답한 판이었다. 그런데 위연이 관 아래에서 공격하고 있다는 보고가 들어왔다. 투구 쓰고 갑옷 입고 말에 오른 장합이 막 산 밑으로 내려가려는 순간이었다. 갑자기 보고가 들어왔다.

　"관 뒤편 너덧 군데에서 불길이 치솟고 있는데 어디 군사들이 오는지는 알 길이 없습니다."

　장합은 직접 군사를 거느리고 마주 나갔다. 그런데 깃발이 열리는 곳에 불쑥 장비가 나타났다. 소스라치게 놀란 장합은 급히 샛길로 달아났다. 그러나 길이 험해서 말이 제대로 달리지 못했다. 뒤에서는 장비가 급히 말을 몰아 바짝 쫓아왔다. 장합은 말을 버리고 산으로 기어 올라가 샛길을 찾아서 겨우 위기를 모면했다. 뒤를 따르는 자는 겨우 10여 명밖에 없었다. 장합은 걸어서 남정으로 들어가 조홍을 뵈었다. 장합 수하에 남은 군사라곤 겨우 10여 명뿐이었다. 이를 본 조홍은 크게 노했다.

"내가 그토록 가지 말라고 했건만 너는 문서까지 쓰면서 기어이 가더니 오늘 대군을 몽땅 잃고도 스스로 죽지 않고 돌아와 무엇을 하겠다는 말이냐?"

조홍이 부하들을 호령해서 장합을 끌어내 목을 치라고 했다. 행군사마 곽회郭淮가 간했다.

"삼군을 얻기는 쉬워도 장수 한 명을 구하기는 어렵다는 말이 있습니다. 장합은 비록 죄를 지었지만 위왕께서 깊이 아끼시는 장수이니 가볍게 죽여서는 안 됩니다. 다시 군사 5천 명을 주어 곧장 가맹관을 쳐서 각처에 배치된 적군을 움직이게 만든다면 한중은 저절로 안정될 것입니다. 공을 이루지 못하면 그때 가서 두 가지 죄를 함께 처벌해도 될 것입니다."

조홍은 그 말을 따랐다. 그래서 장합에게 다시 군사 5천 명을 주어 가맹관을 치라고 했다. 장합은 명령을 받들고 떠났다.

한편 가맹관을 지키는 장수는 맹달과 곽준이었는데, 장합의 군사가 온다는 소식을 듣고도 곽준은 그저 굳게 지키려고만 했다. 그러나 맹달은 기어이 적을 맞아 싸워야 한다며 군사를 이끌고 관을 내려가 장합과 싸우다가 크게 패하여 돌아왔다. 곽준은 급히 문서를 닦아 성도로 보고했다. 이 소식을 들은 현덕은 제갈군사를 청해 상의했다. 공명은 장수들을 당상에 모아 놓고 물었다.

"지금 가맹관이 급하게 되었소. 낭중에 있는 익덕을 불러와야만 장합을 물리칠 수 있을 것 같소."

법정이 말했다.

"지금 익덕은 군사를 와구에 주둔하고 낭중을 지키고 있습니다. 그곳 역시 요긴한 곳이라 불러와서는 아니 되오이다. 군막 안의 장수들 가운데 한 사람을 뽑아 장합을 물리치게 하는 것이 좋겠소이다."

공명이 웃으며 말했다.

"장합은 바로 위의 명장이니 보통 사람이 미칠 바가 아니오. 익덕이 아니고는 그를 당할 사람이 없소."

갑자기 한 사람이 나서면서 격한 음성으로 말했다.

"군사께서는 어찌하여 여러 사람을 깔보시오? 내 비록 재주는 없으나 원컨대 장합의 수급을 베어다가 휘하에 바치겠소이다!"

모두들 보니 바로 노장 황충이었다. 공명이 다시 말했다.

"한승漢升(황충의 자)이 비록 용맹하시나 연세가 많으니 어찌하겠소? 아마 장합의 적수가 되지는 못할 것이오."

이 말을 들은 황충은 흰 머리카락을 곤두세우며 말했다.

"내 비록 늙었다지만 두 팔로는 아직 석 섬 강도의 활을 당기며 혼신의 힘을 다하면 1천근을 들어 올릴 수 있는데 어찌 장합 같은 필부쯤 당하지 못하겠소?"

공명이 대꾸했다.

"장군의 연세가 70에 가까운데 어떻게 늙지 않았다 하겠소?"

황충은 잰 걸음으로 당 아래로 내려가 병기 걸이에서 대도를 집어 들더니 재빠르게 휘둘렀다. 이어서 벽에 걸린 강궁을 벗기더니 연달아 두 개를 분질러 놓았다. 공명이 물었다.

"장군께서 가시겠다면 누구를 부장으로 삼겠소?"

황충이 대답했다.

"노장 엄안이 함께 갈 만하오. 만일 일이 잘못될 경우에는 먼저 이 흰머리를 바치리다."

현덕은 크게 기뻐하며 즉시 엄안과 황충에게 명령을 내려 장합과 싸우러 가게 했다. 이때 조운이 나서서 간했다.

"지금 장합이 직접 가맹관을 공격하고 있습니다. 군사께서는 어린아이들 장난 같은 짓을 그만 두십시오. 일단 가맹관을 잃는다면 익주가 위급하게 됩니다. 어찌 두 분 늙은 장수들께 이런 큰 적을 감당하게 하신단 말씀이오?"

공명이 대답했다.

"그대는 두 분이 나이가 많아서 일을 성사시키지 못할 것이라 생각하시오? 내가 생각하기에 한중은 이 두 분 손으로 얻게 될 것이오."

조운을 비롯한 장수들은 제각기 비웃으며 물러갔다.

한편 황충과 엄안이 가맹관에 도착하자 맹달과 곽준 역시 공명이 사람 잘못 쓴 것을 비웃었다.

'이런 중요한 곳에 어쩌자고 저런 늙은이 둘만 보냈단 말인가?'

황충이 엄안에게 말했다.

"당신은 다른 사람들의 동정을 보셨소? 저들은 우리가 늙었다고 비웃고 있소. 이제 특출한 공을 세워 사람들의 마음을 감복시킵시다."

엄안이 대답했다.

三國演義第柒拾回老黃忠計奪天蕩山 辛巳年書日

房四寶齋藏補張惟圖藏書畫于滬上

대돈방 그림

"장군의 명령대로 하오리다."

두 사람은 의논을 정했다. 황충은 군사를 이끌고 관에서 내려가 장합과 마주 진을 쳤다. 말을 타고 나온 장합이 황충을 보고 웃음을 터뜨렸다.

"너는 나잇살이나 처먹은 놈이 부끄러운 줄도 모르고 싸우러 나왔단 말이냐!"

황충은 노했다.

"돼먹지 못한 녀석, 내가 늙었다고 깔보느냐? 내 수중의 보검은 아직 늙지 않았느니라!"

황충은 말을 다그쳐 몰며 앞으로 나가 장합과 결전을 벌였다. 두 말이 서로 어우러져서 20여 합을 싸웠을 때였다. 갑자기 등 뒤에서 함성이 일어났다. 엄안이 샛길로 질러가 장합 진영의 뒤쪽을 친 것이었다. 양쪽에서 군사가 협공하는 바람에 장합은 크게 패했다. 황충과 엄안의 군사가 밤새도록 쫓아가자 장합의 군사는 8,90리나 퇴각했다. 황충과 엄안은 군사를 거두어 영채로 들어가서는 각기 군사를 단속하며 움직이지 않았다. 장합이 한바탕 졌다는 말을 들은 조홍은 다시 그에게 벌을 내리려 했다. 곽회가 말했다.

"장합을 지나치게 핍박하면 반드시 서촉으로 투항할 것입니다. 지금 장수를 보내 그를 도우면서 아울러 가까이서 감독하게 하면 다른 마음을 먹지 못할 것입니다."

조홍은 그 말을 따라 즉시 하후돈의 조카 하후상夏候尙과 항복한 장수 한현의 아우 한호韓浩에게 군사 5천 명을 이끌고 가서 싸움을 돕게 했다. 두 장수는 즉시 길을 떠나 장합의 영채에 당도했다. 두 사람이 군의 정황을 묻자 장합이 대답했다.

"늙은 장수 황충이 몹시 영용한 데다 엄안까지 돕고 있어 가벼이 대적할 수 없소이다."

한호가 말했다.

"내가 장사에 있었으니 그 늙은 도적놈이 얼마나 사나운지 잘 알지요. 그놈과 위연이 성지를 바치고 내 형님마저 해쳤소이다. 이제 만났으니 반드시 원수를 갚아야겠소!"

그러고는 하후상과 함께 새로 데리고 온 군사를 이끌고 영채를 떠나 전진했다.

황충은 며칠 동안 정탐을 하여 주변의 길을 훤히 알고 있었다. 엄안이 말했다.

"이쪽으로 가면 천탕산天蕩山이 있는데 그 산이 바로 조조가 군량과 말먹이 풀을 쌓아 두는 곳입니다. 그곳을 빼앗아 그들의 양식과 마초를 끊어 버린다면 한중을 얻을 수 있을 것입니다."

황충이 찬성했다.

"장군의 말씀이 내 뜻과 합치되오. 그러면 나를 도와 이러저러하게 해주면 좋겠소."

엄안은 계책에 따라 한 갈래의 군사를 거느리고 길을 떠났다.

하후상과 한호가 왔다는 말을 들은 황충은 군마를 이끌고 영채를 나섰다. 한호가 진 앞에 서 크게 욕설을 퍼부었다.

"이 의리 없는 늙은 도적놈아!"

그러면서 창을 꼬나들고 말을 다그쳐 황충에게 달려들었다. 하후상도 나와서 협공을 했다. 황충은 두 장수를 맞아 힘껏 싸웠으나 대략 10여 합쯤 싸우다가 패해서 달아났다. 두 장수는 20여 리를 쫓아와서 황충의 영채를 탈취했다. 황충은 영채 하나를 새로 세웠다. 이

틀날 하후상과 한호가 쳐들어오자 황충은 또 출전했는데 몇 합을 싸우다가 다시 패해서 달아났다. 두 장수도 다시 20여 리를 쫓아와서 황충의 영채를 빼앗고는 장합을 불러 뒤쪽 영채를 지키게 했다. 장합이 앞쪽 영채로 와서 말렸다.

"황충이 연거푸 이틀이나 물러간 걸 보면 반드시 속임수가 있을 것이오."

하후상이 장합을 꾸짖었다.

"그대가 이처럼 겁이 많으니 여러 차례 전투에서 패한 게 아니오? 여러 말 말고 우리 두 사람이 공을 세우는 것이나 구경하시오!"

장합은 얼굴이 벌개져서 물러갔다. 이튿날 두 장수가 또 싸우러 나오자 황충은 다시 패해서 20리를 물러나고 두 장수는 군사를 이끌고 뒤를 추격했다. 그 이튿날은 두 장수가 나오자마자 황충은 싸우지도 않고 그대로 달아났다. 이렇듯 연거푸 몇 판을 패한 황충은 곧바로 퇴각하여 관 위로 올라가 버렸다. 두 장수가 관 앞으로 바짝 다가가 영채를 세우자 황충은 굳게 지키며 나오지 않았다. 맹달은 남몰래 글을 띄워 현덕에게 보고를 올렸다.

"황충이 연달아 몇 진에서 패하고 지금 관 위로 물러났습니다."

현덕이 황급히 공명에게 대책을 물었다. 공명이 대답했다.

"이것은 노장의 교병지계驕兵之計입니다. 일부러 져서 적을 교만하게 만들자는 것이지요."

그러나 조운을 비롯한 장수들은 그 말을 믿지 않았다. 현덕은 유봉을 가맹관으로 보내 황충을 후원하게 했다. 황충이 유봉을 만나 물었다.

"젊은 장군이 싸움을 도우러 오신 뜻은 무엇이오?"

유봉이 대답했다.

"아버님께서 장군이 여러 차례 패했다는 말씀을 들으시고 저를 보내셨습니다."

황충은 껄껄 웃었다.

"그건 이 늙은이의 교병지계올시다. 오늘 밤 한번 싸움으로 잃었던 영채들을 모조리 되찾고 저들의 식량과 말을 빼앗을 테니 두고 보시오. 이것은 적에게 영채를 빌려 주어 치중을 쌓아 두게 하는 방법이올시다. 오늘밤에 곽준을 남겨 관을 지키게 하고 맹장군과 나는 식량과 말먹이 풀을 옮기고 말들을 뺏어 올 것이오. 젊은 장군은 우리가 적을 깨뜨리는 걸 구경이나 하시오!"

이날 밤 2경에 황충은 군사 5천 명을 거느리고 관문을 열고 단숨에 쳐 내려갔다. 하후상과 한호는 며칠 동안 관에서 군사가 나오지 않자 마음들이 해이해져 있었다. 그런 판에 황충이 영채를 깨뜨리고 들이치자 사람은 갑옷 입을 틈이 없고 말에는 안장 얹을 겨를이 없었다. 두 장수는 자기 목숨을 구하느라 달아나기 바쁘고 군사와 말들은 서로 밟고 밟혀서 죽은 자가 셀 수 없을 지경이었다. 황충은 날이 훤히 밝을 무렵까지 연달아 영채 세 개를 빼앗았다. 영채 안에는 버리고 간 군기며 말들이 수없이 많았다. 맹달에게 그것들을 관으로 옮기게 하고 황충은 군마를 재촉하여 적의 뒤를 추격했다. 유봉이 말렸다.

"군사들이 지치고 피곤할 터이니 잠시 쉬도록 하시지요."

황충은 그 말을 듣지 않았다.

"호랑이 굴에 들어가지 않고서 어찌 호랑이 새끼를 얻는단 말이오?"

황충이 말에 채찍을 가하며 앞서 나아가자 군사들도 모두 힘을 다해 전진했다. 장합의 군사들은 자기 편 패잔병들이 뒤에서 밀려오는 바람에 그 자리에 주둔하지 못하고 또 황충이 온다는 말만 듣고도 달아났다. 그동안 세웠던 여러 영채를 죄다 버리고 한수까지 쫓겨 달아났다. 장합은 하후상과 한호를 찾아가 상의했다.

"이곳 천탕산은 군량과 말먹이 풀을 저장한 곳이고 인접한 미창산米倉山 역시 군량을 모아 둔 곳이오. 그러니 이 두 곳은 한중 군사들의 목숨줄이오. 이 두 곳을 잃으면 바로 한중이 없어지는 것이니 지킬 방법을 생각해야 하오."

하후상이 말했다.

"미창산은 내 숙부 하후연 장군이 지키시는데 정군산과 가까우니 염려할 필요 없소. 천탕산은 내 형님 하후덕夏侯德이 지키고 계시니 우리는 그리 가서 그 산을 지키는 게 좋겠소."

그래서 장합은 두 장수화 함께 밤길을 달려 천탕산으로 갔다. 하후덕을 만나 그동안의 일을 자세히 이야기하니 하후덕이 말했다.

"여기에 10만 군사가 주둔하고 있으니 그대는 이 군사를 이끌고 가서 영채를 다시 찾으시오."

장합이 말했다.

"우선은 군게 지켜야지 가볍게 움직여서는 안 됩니다."

이때 산 앞에서 징소리, 북소리가 진동했다. 황충의 군사가 왔다는 보고였다. 하후덕이 껄껄 웃었다.

"늙은 도적놈이 병법은 모르고 그저 용맹만 믿고 설치는구나!"

장합이 주의를 주었다.

"황충은 지모가 있습니다. 용맹하기만 한 것은 아닙니다."

하후덕은 그 밀을 믿지 않았다.

"서천 군사들은 연일 먼 길을 와서 지쳐 있는데 적진에 깊이 들어왔으니 무모한 짓이지!"

장합이 말했다.

"그래도 적을 가볍게 보아서는 안 됩니다. 우선은 굳게 지켜야 합니다."

한호가 나서며 큰소리를 쳤다.

"정예 군사 3천 명만 주시면 적을 치겠습니다. 이기지 못할 리가 없습니다."

하후덕은 한호에게 군사를 나누어 주고 산에서 내려 보냈다. 황충이 군사를 정돈하여 마주 나왔다. 유봉이 권했다.

"해는 이미 서쪽으로 떨어졌고 군사들은 모두 먼 길을 와서 피곤하오이다. 잠시 쉬게 하는 것이 좋겠소이다."

황충은 웃으며 대꾸했다.

"그렇지 않소. 지금 하늘이 특별한 공을 세우게 하려는 것이오. 이런 기회를 잡지 않는 건 하늘의 뜻을 거스르는 것이오."

말을 마친 황충은 북치고 고함지르며 기세 좋게 전진했다. 한호가 군사를 이끌고 싸우러 왔다. 큰칼을 휘두르며 곧바로 한호에게 달려든 황충은 단 한 합 만에 한호를 베어 거꾸러뜨렸다. 촉군들은 고함을 지르며 산 위로 올라갔다. 장합과 하후상이 급히 군사를 이끌고 나와 맞섰다. 이때 산 뒤에서 함성이 크게 울리며 불빛이 하늘로 솟구치더니 하늘과 땅이 온통 시뻘겋게 물들었다. 하후덕이 군사를 이끌고 불을 끄러 가다가 마침 노장 엄안과 맞닥뜨렸다. 엄안이 칼을 번쩍 들어 내려치자 하후덕의 머리가 말 아래로 툭 떨어졌다. 황충이 미리 엄안의 군사를 후미진 산속에 매복하게 했던 것이다. 엄안은 약속대로 황충의 군사가 당도하자마자 쌓아 둔 장작과 풀 더미에 일제히 불을 질러 맹렬한 불길이 산골짜기를 환하게 비춘 것이었다.

하후덕을 벤 엄안이 산 뒤로부터 돌격해 나왔다. 장합과 하후상은 앞뒤로 적을 받아 서로 돌아볼 겨를조차 없었다. 그들은 하는 수 없이 천탕산을 버리고 하후연이 있는 정군산을 향하여 달아났다. 황충과 엄안은 천탕산을 점거하고 지키면서 성도로 첩보를 알렸다. 소식을 들은 현덕이 장수들을 모아 경축하는데 법정이 말했다.

"지난날 조조가 장로의 항복을 받고 한중을 평정했을 때 그 기세를 몰아 파巴와 촉蜀을 도모해야 했습니다. 그런데 그렇게 하지 않고 하후연과 장합만 남겨 지키게 하고 자신은 대군을 이끌고 북으로 돌아간 것이 실책입니다. 지금 장합이 패하여 천탕산을 잃었으니 주공께서 이 기회에 대군을 거느리고 친히 정벌하시면 한중을 평정할 수 있을 것입니다. 한중을 평정하고 나서 군사를 조련하고 곡식을 저장하며 기회를 보아 적의 빈틈을 노린다면 나아가서는 도적을 토벌할 수 있고 물러나서는 스스로를 지킬 수 있습니다. 이건 하늘이 주신 기회이니 놓쳐서는 안 됩니다."

현덕과 공명은 법정의 주장에 깊이 수긍하고 드디어 명령을 내렸다. 조운과 장비를 선봉으로 삼고 현덕 자신은 공명과 함께 친히 10만의 군사를 이끌고 날을 골라 한중을 공략하기로 했다. 그리고 각처로 격문을 전해 더욱 엄히 방비하라고 일렀다.

때는 건안 23년(218년) 가을 7월 길일이었다. 대군을 거느리고 가맹관을 나와 영채를 세운 현덕은 황충과 엄안을 불러 후히 상을 내리고 황충에게 말했다.

"사람들은 모두 장군을 늙었다고 했지만 군사만은 장군의 능력을 알아주었는데 이번에 과연 기이한 공을 세웠구려. 그런데 한중의 정군산은 남정의 안전을 지키는 울타리 같은 곳일 뿐 아니라 적이 군량과 말먹이 풀을 쌓아 두는 곳이오. 정군산만 얻으면 양평陽平 일대는 걱정이 없을 것이오. 장군이 정군산까지 빼앗아 보시겠소?"

황충은 흔쾌히 응낙하고 즉시 군사를 거느리고 떠나려고 했다. 공명이 급히 만류했다.

"노장군께서 비록 빼어나게 용감하지만 하후연은 장합 따위에 비할 인물이 아니오. 하후연은 병법에 통달할 뿐 아니라 전장에서의 임기응변에도 능하오. 그래서 조조도 그를 믿고 서량의 울타리로 삼아서, 전에는 장안에 주둔하며 마맹기孟起(마초)를 막게 했고 지금은 그를 한중에 주둔시킨 것이지요. 조조가 다른 사람에게 부탁하지 않고 유독 하후연에게 일을 맡기는 것은 그에게 장수의 재능이 있기 때문이오. 지금 장군이 비록 장합을 이겼으나 하후연을 이길 것이라 장담할 수는 없소. 내 생각에는 한 사람을 형주로 보내 대신 지키게 하고 관장군을 불러와야 대적할 수 있을 것 같소."

흥분한 황충은 웃음을 터뜨렸다.

"옛날 염파廉頗가 나이 80에도 한 말 밥과 고기 열 근을 먹어 치우자 제후들은 그 용맹이 두려워 감히 조趙나라 국경을 넘보지 못했다 하거늘 하물며 이 황충은 아직 70도 되지 않았소. 군사께서는 나를 늙었다고 하시는데 내 이번에는 부장도 필요 없이 직속 군사 3천 명만 데리고 가서 그 자리에서 하후연의 머리를 베어다 휘하에 바치리다.”

공명은 좀처럼 허락하지 않았고 황충은 기어이 가겠다며 고집을 부렸다. 공명이 말했다.

“장군께서 기어이 가시겠다면 감군監軍 한 사람을 동행시키겠소. 어떠시오?”

이야말로 다음 대구와 같다.

장수를 부릴 때면 어김없이 격장법을 쓰는데 /
젊은 사람보다 나이든 사람 쓰는 게 낫다네.
請將須行激將法　少年不若老年人

누구를 보내려는 것인가, 다음 회를 보라.

71

정군산

맞은편 산을 차지한 황충은 적이 지치기를 기다리고
한수를 지키던 조운은 적은 군사로 많은 적을 이기다
占對山黃忠逸待勞　据漢水趙雲寡勝衆

공명이 황충에게 말했다.

"기어이 가시겠다면 법정을 시켜 장군을 돕게 하겠소. 모든 일
은 그와 의논해서 하시오. 내가 뒤따라 인마를 내어 후원
하리다."

황충은 응낙하고 법정과 함께 수하의 군사를 인
솔하여 떠났다. 공명이 현덕에게 말했다.

"이 노장은 말로 자극하지 않으면 가도
성공하지 못할 것입니다. 그가 떠났으니
인마를 배치하여 후원해 주어야 합니다."

공명은 조운을 불렀다.

"군사를 거느리고 샛길로 가서 기습
군을 내어 황충을 후원하시오. 만약
황충이 이기면 나가 싸울 필요가 없
지만 혹시 황충이 실수하는 경우에는 즉시

구원하시오."

다음에는 유봉과 맹달을 파견하면서 말했다.

"3천 명의 군사를 거느리고 산중의 험한 곳으로 가서 여기저기 깃발을 꽂아 우리 군사의 세력을 과시하여 적을 놀라게 하시오."

세 사람은 각기 군사를 거느리고 떠났다. 공명은 또 하변으로 사람을 보내 마초에게 이러저러하게 움직이도록 계략을 전하게 했다. 그 다음엔 엄안을 파서 낭중으로 보내 요충지를 지키게 하고 대신 장비와 위연을 불러다 함께 한중을 치도록 했다.

한편 장합은 하후상과 함께 하후연을 찾아가서 말했다.

"천탕산을 잃고 하후덕과 한호는 전사했습니다. 지금 또 유비가 친히 군사를 거느리고 한중을 치러 온다고 합니다. 속히 위왕께 아뢰어 정예 군사와 맹장을 보내 달라고 하십시오. 그래서 합동 작전을 펼쳐야 합니다."

하후연은 사람을 보내 조홍에게 알렸다. 조홍은 밤을 무릅쓰고 허창으로 가서 조조에게 아뢰었다. 조조는 깜짝 놀랐다. 급히 문무 관원들을 모아 군사를 보내어 한중 구할 일을 상의했다. 장사長史 유엽이 말했다.

"한중을 잃으면 중원이 흔들립니다. 반드시 대왕께서 직접 정벌하셔야 합니다."

조조는 스스로 뉘우쳤다.

"한스럽게도 당시 경의 말을 듣지 않아서 일이 이렇게 되었소."

조조는 즉시 명을 내리고 40만 대군을 일으켜 친히 정벌에 나섰다. 때는 건안 23년(218년) 가을 7월이었다. 조조는 군사를 세 길로 나

누어서 진군했다. 선두 부대의 선봉은 하후돈이고 조조 자신은 직접
중군을 거느렸으며 조휴에게 후군을 감독케 하여 삼군이 속속 길을
떠났다. 조조는 황금 안장 얹은 백마를 타고 비단 옷에 옥대를 둘렀
다. 무사들은 금박으로 테를 두른 커다란 붉은 비단 일산을 들고 좌
우에는 금과金瓜(긴 자루 끝에 황금으로 참외 모양을 새긴 의장용 무기), 은월
銀鉞(은도끼), 등봉鐙棒(옻칠한 몽둥이 끝에 금빛 등자 모양의 물건이 달린 의장
용 무기), 과모戈矛 같은 의장용 무기가 늘어서고 해, 달, 용, 봉을 수놓
은 일월용봉정기日月龍鳳旌旗를 들었다. 어가를 호위하는 용호관군龍
虎官軍 2만 5천 명은 5천 명씩 다섯 부대로 나누고 각 부대를 청, 황,
적, 백, 흑의 다섯 빛깔로 구분했다. 깃발과 갑옷, 말까지 모두 해당
부대의 빛깔을 따르니 광채가 찬란하고 기상이 웅장했다.

부대가 동관潼關을 나섰을 때였다. 조조가 마상에서 저 앞에 무성
하게 우거진 숲을 보고 근시들에게 물었다.

"여기가 어디냐?"

근시들이 대답했다.

"이곳은 남전藍田이옵니다. 나무 사이로 보이는 건 채옹의 장원입
니다. 지금 채옹의 딸 채염蔡琰이 그 남편 동사董祀와 저기서 살고 있
습니다."

원래 조조는 채옹과 사이가 좋았다. 채옹의 딸 채염은 위중도衛仲
道라는 사람에게 시집을 갔는데 뒤에 북방으로 잡혀가 그곳에서 아
들 형제를 낳았다. 그런데 그녀가 지은 '호가십팔박胡笳十八拍''이 중
원으로 흘러 들어왔다. 조조가 그 노래를 듣고 몹시 가엽게 여겨 사

*호가십팔박 | 호가胡笳는 북방 이민족이 사용하던 관악기. 호가십팔박은 이각과 곽사의 난 때 백성들이 겪
은 고통을 생생하게 표현한 노래.

화삼천 그림

람을 북방으로 보내 천금을 주고 채염을 사서 풀어 주었다. 흉노의 추장 좌현왕左賢王이 조조의 세력이 두려워 채염을 한나라로 돌려보내자 조조는 채염을 동사와 짝지어 주었다.

이날 장원 앞에 이른 조조는 채옹과의 지난 일이 떠올랐다. 그래서 군마를 먼저 보내고 근시 1백여 기만을 데리고 장원 문앞으로 가서 말에서 내렸다. 이때 동사는 벼슬을 하느라 외지에 나가고 집에는 채염만 남아 있었다. 조조가 왔다는 말에 채염은 부랴부랴 나와서 맞이했다. 조조가 대청으로 들어가자 채염이 문안 인사를 드리고 나서 곁에 모시고 섰다. 우연히 탁본한 비문碑文 족자가 벽에 걸려 있는 것을 발견한 조조는 자리에서 일어나 자세히 살펴보았다. 채염에게 내력을 물으니 이렇게 대답했다.

"이것은 조아曹娥(동한 때의 이름난 효녀)의 비석이옵니다. 옛날 화제和帝(동한 제4대 황제 유조劉肇. 서기 89~105년) 때 상우上虞에 조우曹旴라는 박수무당이 있었는데 너풀너풀 춤을 추어 귀신을 즐겁게 할 줄 알았더랍니다. 그런데 어느 해 5월 5일 술에 취해 배 위에서 춤을 추다가 강물에 빠져 죽었습니다. 그의 딸이 그해 열네 살이었는데 이레 낮 이레 밤 동안 강변을 돌며 슬피 울다가 파도 속으로 뛰어 들었습니다. 그러고 닷새 뒤 아비의 시체를 등에 업은 딸이 수면으로 떠올라 마을 사람들이 강변에 묻어 주었다고 합니다. 상우 현령 도상度尙이 조정에 아뢰어 그녀를 효녀로 표창하게 되었습니다. 도상은 한단순邯鄲淳에게 글을 짓게 하여 그 일을 비석에 새겼지요. 당시 한단순은 겨우 열세 살이었는데 한 글자도 고치지 않고 붓을 들어 단숨에 글을 지었습니다. 당시 사람들이 매우 기이하게 여겼다고 합니다. 첩의 아비 채옹이 그 소문을 듣고 구경하러 갔는

데 때마침 날이 저문 뒤라 어둠 속에서 손으로 비문을 더듬어 읽고
는 붓을 찾아 비석 뒷면에다 큼직하게 여덟 글자를 적어 놓았지요.
그런데 뒤에 사람들이 이 여덟 글자까지 아울러 비석에 새겼다고
하더이다.”

　　조조는 그 여덟 글자를 읽어 보았다.

　　‘황견유부 외손제구黃絹幼婦 外孫齏臼.’

　　조조가 채염에게 물었다.

　　“너는 이 뜻을 아느냐?”

　　채염이 대답했다.

　　“선친께서 남긴 필적이기는 하오나 첩은 그 뜻을 모르나이다.”

　　조조는 모사들을 돌아보고 물었다.

　　“그대들은 풀겠는가?”

　　아무도 대답하지 못하고 있는데 한 사람이 말했다.

　　“저는 이미 그 뜻을 풀었습니다.”

　　조조가 보니 주부 양수楊修였다. 조조가 말했다.

　　“경은 잠시 말하지 말라. 내 좀 궁리해 보겠노라.”

　　잠시 후 채염과 작별하고 무리를 이끌고 장원을 나섰다. 말에 올
라 3리쯤 가다가 불현듯 깨달은 조조는 미소를 지으며 양수에게 말
했다.

　　“경이 한번 말해 보라.”

　　양수가 설명했다.

　　“이것은 은어입니다. 황견黃絹은 누런 명주이니 명주 사絲에 빛
깔 색色을 더하면 끊을 절絶 자가 됩니다. 유부幼婦란 젊은 여자이
니 계집 여女에 젊을 소少를 더하면 묘할 묘妙 자가 됩니다. 외손外

孫은 딸이 낳은 자식이니 딸 여女 곁에 아들 자子를 더하면 좋을 호好 자가 됩니다. 제구韲臼는 오신五辛(다섯 가지 매운 음식)을 담는 그릇이니 받을 수受 곁에 매울 신辛을 더하면 말씀 사辤(辭와 같음)가 됩니다. 이것들을 합치면 '절묘호사絶妙好辭'로 절묘하게 좋은 글이라는 뜻입니다."

조조는 깜짝 놀랐다.

"바로 내 생각과 같도다!"

사람들은 모두 양수의 영민함을 부러워했다.

며칠 뒤 대군이 남정에 당도했다. 조홍이 조조를 맞아들이면서 장합의 일을 낱낱이 이야기했다. 조조가 말했다.

"그것은 장합의 죄가 아니다. 전쟁을 하다 보면 이기고 지는 일은 늘 있기 마련이다."

조홍이 다시 말했다.

"지금 유비가 황충을 시켜 정군산을 공격하고 있습니다. 하후연은 대왕의 군사가 오는 것을 알고선 굳게 지키기만 하고 아직 나가 싸운 적이 없습니다."

"나가 싸우지 않는 것은 나약함을 보이는 것이다."

조조는 즉시 절節을 주고 사람을 정군산으로 보내 하후연에게 진군하라는 명을 전하게 했다. 유엽이 간했다.

"하후연은 성질이 너무 강하여 적의 간계에 떨어질 우려가 있습니다."

조조는 친필로 글을 써서 사자에게 주었다. 사자가 절을 들고 영채에 이르자 하후연이 맞아들였다. 사자가 조조의 글을 내놓으니 하후연이 겉봉을 뜯어 살펴보았다. 내용은 대략 다음과 같았다.

장수란 강함과 부드러움을 겸해야지 용맹만 믿어서는 안 된다. 용맹만으로는 한 사람을 상대할 수 있을 뿐이다. 내 지금 대군을 남정에 주둔하고 경의 '묘재妙才'를 보고자 하니 이 두 글자를 욕되게 하지 말지어다.

글을 읽은 하후연은 크게 기뻐하며 사자를 돌려보내고 장합에게 의논했다.

"지금 위왕께서 대군을 거느리고 남정에 주둔하시면서 유비를 토벌하려 하시오. 나와 그대가 오랫동안 이 땅을 지키기만 해서야 어떻게 공을 세울 수 있겠소? 내일은 내가 나가 싸워 반드시 황충을 사로잡도록 하겠소."

장합은 말렸다.

"황충은 지모와 용맹을 겸비한 데다 법정이 곁에서 돕고 있으니 가볍게 대적해서는 안 됩니다. 이곳은 산길이 험하니 그저 굳게 지키고 있는 것이 좋겠습니다."

하후연은 듣지 않았다.

"그러다가 다른 사람이 공을 세우면 나나 그대나 무슨 면목으로 위왕을 뵙겠소? 그대는 산을 지키시오. 내가 나가 싸우겠소."

그러고는 명령을 내렸다.

"누가 나가서 적을 정탐하며 유인하겠는가?"

하후상이 나섰다.

"제가 가겠습니다."

*묘재妙才 | 하후연의 자이면서 '묘한 재주'란 뜻으로 두 가지 의미를 내포한 말이다.

유단택 그림

제71회 1745

하후연은 분부했다.

"나가서 적정을 알아보되 황충과 싸우게 되면 무조건 져야지 이겨
서는 안 된다. 나에게 묘한 계책이 있으니 이러저러하게 움직이라."

명령을 받은 하후상은 3천 명의 군사를 이끌고 정군산 본부 영채
를 떠나 나아갔다.

한편 법정과 함께 군사를 이끌고 정군산 어귀에 주둔한 황충은
여러 차례 싸움을 걸었지만 하후연이 굳게 지키기만 할 뿐 나오지
않았다. 진격을 하려 해도 워낙 산길이 험하고 적정을 헤아리기 어
려워서 하는 수 없이 자리만 지키고 있었다. 그런데 이날 갑자기 산
위의 군사가 내려와서 싸움을 건다는 보고가 들어왔다. 황충이 막
군사를 끌고 나가 싸우려고 할 때였다. 아장牙將
진식陳式이 말했다.

"장군께서는 움직이지 마십시오. 제가 대적하
겠습니다."

크게 기뻐한 황충은 진식에게 군사 1천 명을 이
끌고 산 어귀를 나가 진을 벌이게 했다. 하후상의
군사가 이르자 두 장수는 싸움이 붙었다. 그러나 몇
합 어울리지도 않았는데 하후상이 짐짓 패한 척하
고 달아났다. 진식이 뒤를 쫓는데 중도에 이르자
양쪽 산 위에서 통나무가 구르고 돌 포탄이 떨
어져 더 이상 진격할 수가 없었다. 막 군사를
돌리려고 하는데 등 뒤에서 하후연이 군사
를 이끌고 돌격해 나왔다. 당해 내지
못한 진식은 결국 하후연에게 사

로잡혀 적의 영채로 끌려갔다. 수하의 병졸들도 항복한 자가 많았다. 패잔병 가운데 목숨을 건져 달아난 자들이 황충에게 돌아가서 진식이 적에게 사로잡힌 일을 보고했다. 황충이 서둘러 법정과 상의하니 법정이 말했다.

"하후연은 위인이 경솔하고 조급하며 용맹만 믿고 꾀는 적습니다. 군사를 격려하여 영채를 뽑고 조금씩 나아가며 그때마다 영채를 세워 하후연이 싸우러 나오도록 유인하면 결국 그를 사로잡을 수 있을 것입니다. 이것이 손님이 주인 노릇을 한다는 '반객위주지계反客爲主之計'이지요."

황충은 그 계책을 쓰기로 하고 진중에 있는 재물을 모조리 털어 삼군에게 상으로 나눠주었다. 환호성이 골짜기가 떠나가도록 울려 퍼지고 군사들은 죽기를 무릅쓰고 싸우기를 원했다. 황충은 그날로 영채를 뽑았다. 그러고는 조금씩 나아가며 영채를 세우고는 한 영채에 며칠 묵다가 다시 조금 나아가기를 되풀이했다. 이 소식을 들은 하후연이 나가 싸우려 하자 장합이 말렸다.

"이것은 반객위주지계입니다. 싸워서는 안 됩니다. 싸우면 손실을 보게 될 것입니다."

그러나 하후연은 그 말을 듣지 않았다. 하후상에게 수천 명의 군사를 이끌고 나가 싸우라고 명했다. 하후상이 단숨에 황충의 영채 앞에 이르렀다. 황충은 말에 올라 칼을 들고 맞받아 나갔다. 두 말이 어울리자마자 단 한 합에 하후상을 사로잡아 영채로 돌아왔다. 남은 무리들은 모두 패주하여 하후연에게 돌아가 보고했다. 하후연은 황충의 영채로 사람을 보내 진식과 하후상을 맞바꾸자고 했다. 황충은 다음날 진 앞에서 맞바꾸자고 약속했다.

왕광희 그림

이튿날 양편 군사가 모두 넓은 골짜기로 나와 진을 펼쳤다. 황충과 하후연이 나와서 각각 자기 진영의 문기 아래 말을 타고 섰다. 황충은 하후상을 데리고 나오고 하후연은 진식을 데리고 나왔는데 둘다 전포와 갑옷은 없이 그저 몸을 가릴 정도의 얇은 홑옷만 입고 있었다. 한바탕 북소리가 울리자 진식과 하후상이 동시에 자기편 진을 향하여 죽을힘을 다해 달렸다. 하후상이 거의 진문에 도달했을 때 황충이 날린 화살이 등 한복판을 맞혔다. 하후상은 화살을 맞은 채 자기 진으로 돌아갔다. 크게 화가 난 하후연은 급히 말을 몰아 황충에게 덤벼들었다. 황충은 하후연을 자극하여 싸우게 하려고 일부러 화살을 날린 것이었다. 두 장수의 말이 엇갈리며 싸우기를 20여합 별안간 조조 진영에서 군사를 거둬들이는 징소리가 울렸다. 하후연이 황급히 말머리를 돌려 돌아가는데 승세를 탄 황충이 한바탕 뒤를 몰아쳤다. 진영으로 돌아간 하후연이 진을 감독하는 압진관押陣官에게 물었다.

"어째서 징을 울렸느냐?"

압진관이 대답했다.

"산속 움푹한 곳에 군데군데 촉군의 기치가 보였습니다. 복병이 의심되어 급히 장군을 돌아오시게 한 것입니다."

하후연은 그 말을 믿고 굳게 지키며 나오지 않았다.

황충은 정군산 아래까지 바싹 다가간 다음 법정과 대책을 상의했다. 법정이 손을 들어 가리키며 말했다.

"정군산 서쪽에 우뚝 솟은 높은 산이 하나 있는데 사면은 모두 험한 길입니다. 저 산에 올라가면 충분히 정군산의 허실을 살펴볼 수 있습니다. 장군이 저 산만 차지한다면 정군산은 우리 손바닥 안에 있는 거나 마찬가지가 될 것이오.”

황충이 고개를 들어 쳐다보니 산꼭대기는 약간 평평한데 산 위에 얼마간의 인마가 있었다. 이날 밤 이경에 황충은 군사를 이끌고 징을 울리고 북을 두드리며 단숨에 산꼭대기로 쳐 올라갔다. 이 산은 하후연의 부장 두습杜襲이 지키고 있었는데 군사라곤 수백 명뿐이었다. 황충의 대부대가 일시에 밀고 올라오자 두습은 어쩔 도리가 없어 산을 버리고 달아났다. 황충이 산꼭대기에 올라 보니 정군산이 바로 마주 보였다. 법정이 또 계책을 말했다.

“장군은 중턱을 지키시고 나는 꼭대기에 있겠소이다. 하후연의 군사가 오면 내가 흰 깃발을 들어 신호를 할 테니 장군께선 군사들을 단속하여 움직이지 마십시오. 적들이 지쳐서 방비가 없을 때까지 기다렸다가 내가 붉은 깃발을 들 테니 장군은 곧바로 산을 내려가 적을 치십시오. 편안히 앉아서 피로해진 적을 치게 되니 반드시 이길 것입니다.”

황충은 크게 기뻐하면서 그 계책을 따르기로 했다.

이때 군사를 이끌고 달아난 두습은 하후연에게 가서 황충에게 맞은편 산을 뺏겼다고 보고했다. 하후연은 크게 화가 났다.

“황충이 맞은편 산을 점령해 버렸으니 나가 싸우지 않을 수 없게 되었구나.”

장합이 말렸다.

“이것은 법정의 계략입니다. 장군은 나가 싸워서는 안 됩니다. 그저 굳게 지키는 것이 좋겠습니다.”

하후연이 퉁명스럽게 되받았다.

“저놈이 맞은편 산을 차지하고 우리 허실을 빤히 내려다보고 있는 판인데 어떻게 나가 싸우지 않는단 말이오?"

장합이 아무리 말렸지만 하후연은 듣지 않았다. 군사를 나누어 맞은편 산을 에워싼 하후연은 욕설을 퍼부으며 싸움을 걸었다. 산 위에 있던 법정이 흰 깃발을 올렸다. 황충은 하후연이 온갖 욕설을 다 퍼부어도 그대로 내버려두고 나가 싸우지 않았다. 오시가 지나자 조조의 군사들은 피로에 지치고 예기가 떨어져 대부분 말에서 내려 땅바닥에 앉아 쉬었다. 이 광경을 본 법정은 붉은 깃발을 번쩍 들어 휘둘렀다. 그에 맞추어 북과 나팔이 일제히 울리고 함성이 크게 진동했다. 황충이 말을 몰아 앞장서서 산 아래로 달려가는데 그 형세가 산이 무너지고 땅이 꺼지는 것 같았다. 하후연이 미처 손을 놀려 보기도 전에 황충이 지휘 깃발과 햇빛 가리개 아래까지 쫓아 들어왔다. 호통 소리가 천둥이 치는 것만 같았다. 하후연이 미처 맞서 보기도 전에 어느새 황충의 보도가 떨어졌다. 하후연은 머리에서 한쪽 어깨까지 한꺼번에 잘려 나갔다. 후세 사람이 황충을 칭찬해서 지은 시가 있다.

연로한 나이에 큰 적을 맞이하여 / 백발 흩날리며 신위를 과시하네. //
빼어난 용력으로 강궁을 당기고 / 눈바람 가르는 칼날을 휘두르네.

우렁찬 목소리는 범의 포효 같고 / 날랜 말은 마치 용이 나르는 듯. //
적장 베어 바치니 공훈이 중한데 / 강토를 넓히어 황제의 땅 펼치네.

蒼頭臨大敵, 皓首逞神威. 力趁雕弓發, 風迎雪刃揮.
雄聲如虎吼, 駿馬似龍飛. 獻馘功勳重, 開疆展帝畿.

황충이 하후연을 베어 버리자 조조의 군사들은 크게 무너지며 각자 목숨을 구해 달아났다. 황충이 이긴 기세를 타고 정군산을 탈취하러 가자 장합이 군사를 거느리고 나와 맞섰다. 황충은 진식과 함께 협공을 가했다. 한바탕 혼전 끝에 장합은 패해서 달아났다. 그런데 갑자기 산 옆에서 한 떼의 인마가 나타나 도망가는 길을 가로막았다. 앞장선 대장이 크게 고함을 질렀다.

"상산 조자룡이 여기 있노라!"

깜짝 놀란 장합은 패잔병을 이끌고 길을 앗아 정군산을 향하여 달아났다. 그런데 앞쪽에서 또 한 떼의 군사가 마주 나왔다. 대장은 바로 두습이었다. 두습이 장합에게 말했다.

"정군산은 이미 유봉과 맹달에게 뺏기고 말았소."

크게 놀란 장합은 두습과 함께 패잔병을 이끌고 한수로 가서 영채를 세웠다. 그러고는 사람을 시켜 조조에게 보고를 올렸다.

조조는 하후연이 전사했다는 말을 듣고 목 놓아 통곡하며 그제야 관로가 일러 준 말을 깨달았다. '삼팔종횡三八縱橫'은 건안 24년이요 '황저우호黃猪遇虎(누런 돼지가 범을 만나다)'는 기해己亥년 정월이요 '정군지남定軍之南'은 정군산의 남쪽이었던 것이다. '상절일고傷折一股(한쪽 다리를 잃는다)'는 하후연이 조조와 형제 관계였기 때문에 그렇게 말한 것이었다.

조조가 관로를 찾아보게 했으나 관로는 이미 어디로 갔는지 종적을 알 길이 없었다. 조조는 황충에게 깊은 원한을 품고 직접 대군을 거느리고 하후연의 원수를 갚기 위해 정군산으로 가면서 서황을 선봉으로 삼았다. 대군의 행렬이 한수에 이르자 장합과 두습이 나와서 조조를 영접했다. 두 장수가 말했다.

왕굉희 그림

"정군산을 잃었으니 미창산의 식량과 말먹이 풀을 북산北山의 영채로 옮겨 놓고 진군하는 것이 좋겠습니다."

조조는 그렇게 하라고 허락했다.

한편 황충은 하후연의 수급을 베어 들고 가맹관으로 가서 현덕에게 바치고 공을 아뢰었다. 현덕은 크게 기뻐하며 황충에게 정서대장군征西大將軍의 벼슬을 더하고 잔치를 베풀어 전공을 경축했다. 그때 아장 장저張著가 와서 보고를 올렸다.

"조조가 20만 대군을 거느리고 하후연의 원수를 갚으러 왔습니다. 지금 장합은 미창산에 있는 군량과 말먹이 풀을 운반하여 한수의 북산 기슭으로 옮기고 있습니다."

공명이 말했다.

"조조가 대군을 이끌고 이곳에 이르렀지만 식량과 말먹이 풀이 모자라서 군사를 멈추고 나오지 못하는 것 같습니다. 누군가 적의 경내로 깊숙이 들어가서 그들의 식량과 건초를 불사르고 치중을 뺏어 온다면 조조의 예기는 꺾일 것입니다."

황충이 자원했다.

"이 늙은이가 그 소임을 맡겠소."

공명이 주의를 주었다.

"장합은 하후연에 비길 인물이 아니오. 가볍게 대해서는 안 되오."

현덕도 한마디 거들었다.

"하후연은 총수總帥(총지휘관)라고는 하나 한낱 용맹만 뽐내는 사내에 불과하니 어찌 장합의 능력에 미치겠소? 장합의 목을 자른다면 하후연을 벤 공의 열 배는 될 것이오."

황충은 분연히 말했다.

"제가 가서 그 목을 자르겠습니다."

공명은 마침내 허락했다.

"조자룡과 함께 한 부대의 군사를 거느리고 가시고 무슨 일이든 서로 의논해서 움직이시오. 누가 공을 세우는지 보겠소."

허락을 받은 황충이 떠나려고 하는데 공명이 장저를 부장으로 삼아 함께 가게 했다. 조운이 황충에게 말했다.

"지금 조조는 20만의 무리를 이끌고 열 개의 영채에 분산하여 주둔하고 있소. 장군은 주공 앞에서 적의 식량과 건초를 탈취하겠다고 하셨지만 이는 작은 일이 아니외다. 장군께선 대체 어떤 계책을 쓰시려 하오?"

황충이 되물었다.

"내가 먼저 가려는데 어떠시오?"

조운이 서둘렀다.

"제가 먼저 가겠습니다."

황충도 양보하지 않았다.

"나는 주장이고 그대는 부장인데 어찌 먼저 가겠다고 다투시오?"

조운이 제의했다.

"저나 장군이나 다 같이 주공을 위해 힘쓰는 터에 구태여 따질 필요가 있겠습니까? 제비뽑기를 하여 누가 먼저 갈지 정하시지요."

황충이 승낙했다. 제비를 뽑아서 황충이 먼저 가게 되었다. 조운이 황충에게 말했다.

"장군이 먼저 가시게 되었으니 제가 당연히 돕겠습니다. 미리 시간을 정해 두고 장군께서 그 시간에 돌아오시면 저는 군사를 움직이지 않겠습니다. 그러나 약속한 시간이 지나도 돌아오시지 않으면 제가 즉시 군사를 이끌고 가서 후원하겠습니다."

황충이 대답했다.

"공의 말씀이 옳소."

이에 두 사람은 오시로 시각을 약속했다. 조운은 자기 영채로 돌아와 부장 장익張翼에게 당부했다.

"황한승이 내일 식량과 말먹이 풀을 탈취하러 가는데 오시까지 돌아오시지 않으면 내가 가서 돕기로 약속했네. 우리 영채는 앞쪽은 한수에 닿아 있어서 지세가 위험하니. 내가 가게 되면 자네는 조심해서 영채를 지키고 경솔하게 움직여서는 안 되네."

장익은 그렇게 하겠노라고 대답했다.

이때 황충은 자신의 영채로 돌아와 부장 장저에게 말했다.

"내가 하후연의 목을 잘랐으니 장합은 간담이 떨어졌을 것이네. 날이 밝으면 명령을 받들고 식량과 말먹이 풀을 겁탈하러 가고 영채에는 군사 5백 명만 남겨 지키도록 하겠네. 자네는 나를 도와주어야겠네. 오늘 밤 3경에 모두들 배불리 먹고 4경이 되면 영채를 떠나 북산 기슭으로 쳐들어가세. 먼저 장합부터 사로잡고 나서 식량과 말먹이 풀을 뺏기로 하세."

장저는 명령을 따랐다. 이날 밤 황충은 인마를 거느리고 앞서고 장저는 뒤를 따르며 몰래 한수를 건너 곧바로 북산 아래에 이르렀다. 동녘에서 해가 솟아오를 무렵 산더미처럼 쌓인 식량이 보였다. 몇 안 되는 군사가 지키고 있다가 촉군이 오는 것을 보자 식량을 몽땅 버려 둔 채 달아났다. 황충은 기병들에게 모두 말에서 내려 양곡 더미 위에 마른나무를 쌓게 했다. 막 불을 지르려고 하는데 장합의 군사

맹경강 그림

가 달려왔다. 장합과 황충의 군사가 한데 어울려 한바탕 혼전을 벌였다. 이 소식을 들은 조조가 급히 서황을 보내 후원하게 했다. 서황이 군사를 거느리고 진격하여 황충을 포위했다. 장저가 3백 명의 군사를 이끌고 포위망을 빠져나와 막 영채로 돌아가려 할 때였다. 별안간 한 갈래의 군사가 쏟아져 나와 앞길을 가로막았다. 앞장선 대장은 문빙이었다. 그 뒤로 조조의 군사까지 들이닥쳐 장저를 에워싸고 말았다.

한편 영채 안에 있던 조운은 오시가 되어도 황충이 돌아오지 않자 급히 갑옷 입고 투구 쓰고 말에 올라 3천 명의 군사를 이끌고 황충을 후원하러 갔다. 떠나면서 그는 장익에게 당부했다.

"자네는 영채를 굳게 지키게. 양쪽 벽에 활과 쇠뇌를 많이 배치해서 적의 기습에 대비하게."

장익은 연거푸 "네, 네" 대답했다. 조운은 창을 꼬나들고 질풍같이 말을 몰아 앞을 향해 돌격해 갔다. 앞에서 한 장수가 길을 가로막았다. 바로 문빙의 부장 모용렬慕容烈이었다. 모용렬은 말을 다그치고 칼을 휘두르며 정면으로 덤벼들었다. 그러나 조운의 손이 번쩍 올라가며 단창에 모용렬을 찔러 죽였다. 조조의 군사들은 패해서 달아났다. 조운이 겹겹이 둘러싼 포위망 속으로 돌입하는데 또 한 갈래의 군사가 길을 가로막았다. 앞장선 위군 장수는 초병焦炳이었다. 조운이 호통을 치며 물었다.

"촉병은 어디에 있느냐?"

초병이 대꾸했다.

"이미 모조리 죽여 버렸다!"

크게 노한 조운은 질풍같이 말을 몰아 다시 한창에 초병을 찔러 죽이고 남은 군사들을 흩어 버렸다. 그 길로 곧장 북산 아래 이르러 보니 장합과 서황이 황충을 에워싸고 있는데 촉군은 곤경에 빠진 지가 오래였다. 조운은 대갈일성大喝一聲 고함을 내지르며 창을 꼬나들고 질풍같이 말을 달려 겹겹이 둘러싼 포위망 속으로 뛰어들었다. 그러고는 마치 무인지경을 달리는 듯 창을 휘두르며 좌충우돌했다. 휘두르는 창날이 상하로 오르내릴 때는 하얀 배꽃이 춤을 추는 듯하고 온몸을 감돌며 번득일 때는 새하얀 첫눈이 바람결에 펄펄 흩날리는 것만 같았다.

장합과 서황은 그만 심장이 얼어붙고 쓸개가 오그라들어 감히 대적할 수가 없었다. 황충을 구출한 조운은 연방 싸우면서 연방 달아나는데 그가 이르는 곳이면 누구 하나 감히 앞을 막는 자가 없었다. 높은 곳에서 이 광경을 바라보던 조조는 너무나 놀라 장수들에게 물었다.

"저 장수는 누구냐?"

조운을 알아본 자가 대답했다.

"저자가 바로 상산의 조자룡입니다."

조조가 탄식했다.

"옛날 당양 장판파의 영웅이 아직도 살아 있었단 말이냐?"

그러고는 급히 명령을 내렸다.

"저자가 이르는 곳엔 섣불리 맞서지 말도록 하라!"

조운이 황충을 구하여 겹겹의 포위망을 뚫고 나오자 군사 하나가 손가락질하며 소리쳤다.

"동남쪽에 포위되어 있는 사람은 틀림없는 부장 장저입니다."

조운은 자신의 영채로 돌아가지 않고 즉시 동남쪽을 향하여 쳐

들어갔다. 가는 곳마다 '상산 조운 常山趙雲'이라는 네 글자가 적힌 깃 발이 펄럭였다. 일찍이 당양 장판파에서 활약한 그의 용맹을 아는 자들이 서로 말을 전하여 이 깃발만 보면 모조리 뺑소니를 쳤다. 이리하여 조운은 장저까지 구해 냈다.

조운이 동에 번쩍 서에 번쩍하며 가는 곳마다 앞이 훤히 트이고 감히 대적하는 자가 없을 뿐만 아니라 황충은 물론이요 장저까지 구해 내는 걸 본 조조는 화가 머리꼭지까지 치밀었다. 그는 직접 좌우의 장졸들을 거느리고 조운의 뒤를 쫓았다. 이때 조운은 이미 자신의 영채로 돌아와 있었다. 부장 장익이 조운을 맞이하면서 바라보니 멀리 뒤편에서 흙먼지가 자욱하게 일어나고 있었다. 장익은 조조의 군사가 쫓아오는 걸 알아채고 조운에게 말했다.

"추격병이 점점 가까이 다가오고 있습니다. 영채의 문을 닫아걸고 적루로 올라가서 방어하는 것이 좋겠습니다."

조운이 호통을 쳤다.

"문을 닫지 말라! 그대는 내가 지난날 당양 장판파에서 혼자서 조조의 83만 군사를 초개처럼 여긴 일을 모른단 말인가! 지금은 군사와 장수까지 있는데 무엇을 두려워하겠는가?"

조운은 즉시 영채 밖 해자 속에 궁노수를 매복시키고 영채 안의 깃발과 창검은 모두 내리고 북과 징도 울리지 못하게 했다. 그러고는 혼자 영채 문밖에 나와 섰다.

장합과 서황이 군사를 거느리고 쫓아와 촉군의 영채에 이르렀을 땐 날이 이미 저물어 가고 있었다. 영채 안에는 깃발도 꽂혀 있지 않고 북소리도 들리지 않는데 조운이 홀로 창을 들고 영채 앞에 서 있었다. 영채 문은 활짝 열려 있었지만 두 장수는 감히 전진하지 못했다. 한창 망설이고 있는 사이에 조조가 당도하여 군사들을 재촉하여 전진하게 했다. 명령을 받은 군사들이 '와!' 함성을 지르며 영채 앞으로 달려갔다. 그러나 조운은 꿈쩍도 하지 않았다. 오히려 조조의 군사들이 겁을 먹고 몸을 뒤집으며 돌아섰다.

이때 조운이 창을 번쩍 들어 신호를 보내자 해자 속의 궁노수들이 일제히 활과 쇠뇌 살을 발사했다. 날은 이미 어두워져 촉군이 얼마나 되는지 숫자조차 알 길이 없었다. 조조가 먼저 말머리를 돌려 달아났다. 뒤이어 뒤에서 고함 소리가 진동하고 북소리, 나팔 소리가 일제히 울리면서 촉군이 쫓아왔다. 조조의 군사들은 서로 밟고 밟히며 한수까지 밀려났는데 강물에 빠져 죽는 자가 이루 헤아릴 수도 없었다. 조운과 황충, 장저가 각기 한 부대씩 군사를 이끌고 급히 뒤를 쫓으며 후려쳤다.

조조가 한창 정신없이 달아나고 있는데 별안간 유봉과 맹달이 두 갈래로 군사를 인솔하여 미창산 산길로 쳐들어오더니 군량과 마초 더미에 불을 질렀다. 조조는 북산에 쌓아 놓은 식량과 마초를 내버리고 부랴부랴 남정으로 돌아갔다. 서황과 장합도 더 이상 배겨 내지 못하여 영채를 버리고 달아났다. 조운은 조조군의 영채를 점령하고 황충은 조조의 식량과 마초를 탈취했다. 한수에서 얻은 군수품과 무기는 또 얼마인지 그 수를 헤아릴 수 없을 지경이었다. 대승을 거둔 그들은 사람을 보내 현덕에게 첩보를 올렸다. 현덕은 공명과 함께 한수까지 나아가서 조운의 수하 군졸들에게 물었다.

"자룡이 어떻게 싸우더냐?"

군사들은 자룡이 황충을 구해 내던 일과 한수에서 적을 막아 낸 일들을 한바탕 상세히 이야기했다. 현덕은 크게 기뻐했다. 그러고 는 산 앞뒤의 험준한 길을 두루 살펴보더니 기쁜 얼굴로 공명에게 말했다.

"자룡의 몸뚱이는 온통 담 덩어리로구려!"

후세 사람이 시를 지어 칭찬했다.

지난날 장판교에서 떨친 용맹 / 그 위풍 여전히 줄지 않았네. //
적진을 뚫어 영웅성 과시하고 / 포위를 당해도 용맹을 떨치네.

귀신이 소리를 내어 울부짖고 / 하늘과 땅도 놀라 어두워지네. //
상산의 용감한 장수 조자룡은 / 몸뚱이가 온통 담 덩어리로다!
昔日戰長坂, 威風猶未減. 突陣顯英雄, 被圍施勇敢.
鬼哭與神號, 天驚幷地慘. 常山趙子龍, 一身都是膽.

이에 현덕은 자룡을 호위장군虎威將軍이라 부르고 장수와 사병들 을 크게 위로했다. 즐거운 잔치는 날이 저물 때까지 계속되었다.

그때 조조가 다시 대군을 보내 야곡斜谷(포야도褒斜道의 북쪽 입구)의 좁은 길로 한수를 치러 온다는 보고가 들어왔다. 현덕은 빙긋 웃 었다.

"조조는 이번에도 별 수가 없을 것이야. 나는 틀림없이 한수漢水

를 얻을 것이야."

현덕은 곧바로 군사를 인솔하여 한수 서쪽에서 적군을 맞았다. 조조는 서황을 선봉으로 삼고 앞으로 나가 결전을 벌이려 했다. 이때 군막 앞에서 한 사람이 나서며 말했다.

"제가 지리를 잘 알고 있으므로 서장군과 함께 가서 촉병을 깨뜨리겠습니다."

조조가 살펴보니 바로 파서 탕거宕渠 사람 왕평王平이었다. 왕평은 자가 자균子均으로 이때 벼슬은 아문장군牙門將軍(하급 장수)이었다. 조조는 대단히 기뻐하며 즉시 왕평을 부선봉에 임명하여 서황을 돕게 하고, 조조 자신은 정군산 북쪽에 군사를 주둔시켰다. 서황과 왕평이 군사를 거느리고 한수에 이르렀다. 서황이 선두 부대에게 강물을 건너 진을 치라고 명했다. 왕평이 물었다.

"군사들이 물을 건넜다가 혹시 급히 물러나야 할 상황이 되면 어떻게 하시겠소?"

서황이 대답했다.

"옛날 한신韓信은 강을 등지고 배수진背水陣을 쳤네. '죽을 처지에 내몰리면 살길이 열린다'고 했네."

왕평이 반대했다.

"그렇지 않소이다. 한신은 적이 꾀가 없음을 헤아렸기 때문에 그런 계책을 쓴 것이오이다. 지금 장군께선 조운과 황충의 의도를 짐작하실 수 있소이까?"

서황은 그 말을 듣지 않았다.

"자네는 보병을 이끌고 적을 막으면서 내가 기병을 데리고 저놈들을 깨뜨리는 것을 구경이나 하시게."

서황은 이윽고 부교를 놓게 하고 뒤이어 강을 건너 촉병과 싸우러 갔다. 이야말로 바로 다음 대구와 같다.

위나라 사람 망령되이 한신을 본받지만 /
촉나라 승상 자방일 줄 어찌 알았으랴?
魏人妄意宗韓信　蜀相那知是子房

승부는 어떻게 될 것인가, 다음 회를 보라.

72

양수와 계륵

제갈량은 한중을 지혜로 차지하고
조아만은 야곡으로 군사를 물리다
諸葛亮智取漢中 曹阿瞞兵退斜谷

서황은 군사를 이끌고 한수를 건넜다. 왕평이 간곡히 말렸지만 끝
내 그 말을 듣지 않고 강을 건너 영채를 세웠다. 황충과 조운이 현덕
에게 말했다.

"저희들은 각기 수하의 군사를 이끌고 가서 조조
의 군사와 맞서겠습니다."

현덕이 응낙하자 두 사람은 군사를 이끌고
출발했다. 황충이 조운에게 말했다.

"지금 서황이 용맹만 믿고 왔으니 잠시 그와 대적
하지 맙시다. 날이 저물어 적군이 지치기를 기다렸다
가 우리 두 사람이 군사를 나누어 두 길로 들이치면
될 것이오."

조운은 그 말을 옳게 여겼다. 두 사람
은 각기 한 부대씩 군사를 이끌고 영채
를 지켰다. 서황은 군사를 이끌고

진시부터 시작하여 신시에 이르도록 줄기차게 싸움을 걸었지만 촉군은 꼼짝도 하지 않았다. 서황은 궁노수들을 모조리 앞으로 내보내 촉군의 영채를 향하여 화살을 쏘게 했다. 황충이 조운더러 말했다.

"서황이 활과 쇠뇌를 쏘게 하는 걸 보니 군사를 물리려는 게 틀림없소. 이 틈에 들이칩시다."

말이 채 끝나기도 전에 조조군의 후미 부대가 정말 뒤로 물러가기 시작했다는 보고가 들어왔다. 이때 촉군의 진영에서 북소리가 크게 울리면서 황충은 군사를 거느리고 왼편으로 나가고 조운은 군사를 거느리고 오른편으로 나갔다. 양쪽에서 협공을 받고 서황은 크게 패했다. 군사들은 촉군에게 밀려 한수에 빠져 죽는 자가 셀 수도 없을 지경이었다. 서황은 죽기로 싸워 간신히 위기를 벗어나서 영채로 돌아오자 왕평을 책망했다.

"우리 군사의 형세가 위급한 걸 보고도 어찌하여 구원하러 오지 않았느냐?"

왕평이 대답했다.

"제가 장군을 구하러 갔다면 이 영채마저도 보전하지 못했을 것이오. 그러기에 가시지 말라고 말리지 않았소이까? 공이 제 말을 듣지 않아 이렇게 패한 것이지요."

서황은 왕평을 죽이고 싶도록 화가 뻗쳤다. 이날 밤 왕평은 수하의 군사를 지휘해서 영채 안에 불을 질렀다. 조조의 군사들은 큰 혼란에 빠지고 서황은 영채를 버리고 달아났다. 왕평이 한수를 건너 조운의 영채로 찾아가니 조운은 왕평을 데리고 현덕을 알현했다. 왕평은 한수의 지리적 조건을 남김없이 이야기해 주었다. 현덕은 크게 기뻐하며 말했다.

"내가 왕자균子均(왕평의 자)을 얻었으니 한중을 손에 넣을 것은 의심할 나위가 없게 되었구려."

현덕은 즉시 명을 내려 왕평을 편장군偏將軍으로 삼고 향도사嚮導使를 겸하여 길 안내를 하게 했다.

한편 도망쳐서 돌아간 서황이 조조에게 말했다.

"왕평이 배반하고 유비에게 항복했습니다!"

크게 노한 조조는 친히 대군을 이끌고 한수의 영채를 빼앗으러 갔다. 조운은 고립된 부대로는 버티기 어려울 것을 염려하여 한수 서쪽으로 물러났다. 양편 군사는 물을 사이에 두고 대치했다. 현덕이 공명과 함께 지형을 살펴보았다. 공명이 보니 한수 상류에 군사 1천여 명을 매복시킬 만한 쭉 뻗은 토산이 있었다. 영채로 돌아온 그는 조운을 불러 분부했다.

"그대는 군사 5백 명을 이끌고 모두 북과 나팔을 지니고 토산 아래로 가서 매복하시오. 한밤중이나 황혼 무렵에 우리 영채에서 포 소리가 나면 그 소리에 맞추어 북을 울리되 나가 싸우지는 마시오."

자룡은 계책을 받고 떠났다. 공명은 높은 산 위에서 적군의 동태를 살폈다. 이튿날 조조 군사가 와서 싸움을 걸었지만 촉군 진영에서는 한 사람도 나오지 않고 활과 쇠뇌 역시 쏘지 않았다. 조조의 군사들은 제풀에 지쳐 돌아갔다. 그날 밤이 깊었다. 조조의 영채에 켜졌던 등불들이 막 꺼지고 군사들도 쉬는 걸 본 공명은 마침내 신호포를 터뜨렸다. 자룡은 이 소리를 듣고 군사들에게 일제히 북을 치고 나팔을 불게 했다. 놀라고 당황한 조조의 군사들은 적군이 영채를 습격하러 오는 줄로만 알았다. 그러나 영채에서 나가 보니 군사는 단 한 명도 보이지 않았다. 그래서 영채로 돌아와 막 쉬려고 했다. 이때 또 신호

왕굉희 그림

포가 터지고 북과 나팔이 다시 울리면서 고함 소리가 지축을 흔들며 산골에 메아리쳤다. 조조의 군사들은 온밤 내내 불안에 떨었다. 이렇게 불안과 의심 속에 연달아 사흘 밤을 지내고 나자 조조는 겁을 먹고 영채를 뽑아 30리나 물러나서 사면이 확 트인 곳에 영채를 세웠다. 공명이 웃으며 말했다.

"조조가 비록 병법을 잘 알지만 이런 속임수는 모르는군."

공명은 현덕에게 친히 한수를 건너가 물을 등지고 영채를 세우라고 권했다. 현덕이 계책을 묻자 공명이 대답했다.

"이러저러하게 하시면 됩니다."

조조는 현덕이 물을 등지고 영채를 세운 것을 보자 마음속으로 의혹이 들었다. 그는 사람을 시켜 싸우자는 전서戰書를 보냈다. 공명도 다음날 결전을 벌이자는 회답을 보냈다. 이튿날 양편 군사는 중간에서 만나 오계산五界山 앞에 진을 벌였다. 조조는 문기 앞에 말을 세웠다. 용과 봉황을 수놓은 정기가 양쪽으로 늘어섰다. 세 바탕의 북소리가 울리고 조조는 말을 나누자며 현덕을 불렀다. 현덕은 유봉과 맹달을 비롯한 서천의 장수들을 이끌고 나타났다. 조조는 채찍을 쳐들고 삿대질을 하며 크게 욕설을 퍼부었다.

"유비 이 배은망덕하고 조정을 배반한 역적놈아!"

현덕이 대꾸했다.

"나는 대한의 종친으로서 조서를 받들어 역적을 토벌하는 것이다. 너는 모후母后를 시해하고 스스로 왕이 되어 함부로 천자의 수레를 타고 다니니 이것이 반역이 아니고 무엇이란 말이냐?"

화가 난 조조는 서황에게 말을 타고 나가 싸우라고 명령을 내렸다. 유봉이 맞받아 나왔다. 두 사람이 어우러져 싸우는데 현덕은 먼저 말을 달려 진으로 들어가 버렸다. 유봉은 서황을 당해 내지 못하고 말을 돌려 달아났다. 조조가 명령을 내렸다.

"유비를 잡는 자는 서천의 주인으로 삼으리라."

대군이 일제히 함성을 올리며 현덕의 진으로 쳐들어갔다. 촉병들은 한수를 향해 달아나며 영채를 죄다 버렸다. 그들이 버린 말이며 군기들이 길 위에 가득 떨어졌다. 조조의 군사들은 다투어 그것을 차지하려고 했다. 조조는 급히 징을 울려 군사를 거두었다. 장수들이 물었다.

"저희가 막 유비를 잡으려는 판인데 대왕께서는 무슨 까닭으로 군사를 거두셨습니까?"

조조가 대답했다.

"내가 보건대 촉군이 한수를 등지고 영채를 세웠으니 이것이 첫 번째 의심스러운 일이고 말과 군기를 많이 내버리니 이것이 두 번째 의심스러운 일이오. 군사를 물려 옷이나 물건들을 줍지 못하게 하는 것이 좋겠소."

그러고는 명령을 내렸다.

"함부로 물건을 줍는 자는 그 자리에서 목을 치겠다. 신속히 군사를 물려라."

조조의 군사가 바야흐로 발길을 돌리려 할 때였다. 공명이 신호기를 번쩍 쳐들었다. 현덕이 중군의 군사를 거느리고 쳐 나오고 황충은 왼편에서, 조운은 오른편에서 돌격해 나왔다. 조조의 군사들은 크게 무너져 도망을 쳤다. 공명은 밤이 새도록 그 뒤를 추격했다. 조조가 흩어진 군사들에게 명령을 전해 남정으로 돌아가는데 문득 다섯 길에서 불길이 치솟았다. 위연과 장비가 엄안에게 대신 낭중閬中을 지키게 하고 군사를 나누어 와서 먼저 남정을 차지해 버린 것이었다.

놀란 조조는 양평관陽平關을 향하여 달아났다. 현덕은 대군을 거느리고 조조의 뒤를 쫓아서 남정의 포주褒州에 이르렀다. 백성들을 안심시키고 나서 현덕이 공명에게 물었다.

"조조가 이번에는 어찌 그리도 속히 패한 것이오?"

공명이 대답했다.

"조조는 평소 의심이 많은 위인입니다. 아무리 용병에 능하더라도 의심이 많으면 패하기 쉬운 법입니다. 그래서 제가 의병疑兵을 써서 이긴 것입니다."

현덕이 다시 물었다.

"지금 조조는 양평관으로 물러나서 지키고 있는데 그 형세가 이미 외롭게 되었소. 선생은 어떤 계책으로 그를 물리칠 생각이시오?"

공명이 대답했다.

"제가 이미 생각해 두었습니다."

공명은 장비와 위연에게 두 길로 군사를 나누어 가서 조조의 식량 수송로를 끊게 하고 황충과 조운에게는 두 길로 군사를 나누어 가서 산에 불을 지르게 했다. 네 장수는 각각 향도관과 군사를 이끌고 네 길로 떠났다.

한편 조조는 양평관으로 물러나 지키면서 군사를 시켜 적의 동정을 탐지하게 했다. 정찰 나간 군사가 돌아와서 보고했다.

"지금 촉군이 멀고 가까운 샛길을 모조리 끊어 버리고 땔나무를 구할 만한 곳에는 모두 불을 질러 태워 버렸습니다. 그런데 그 군사들이 대체 어디에 있는지를 모르겠습니다."

조조가 한창 의심을 하고 있는데 또 보고가 들어왔다. 장비와 위연이 군사를 나누어 군량을 겁탈한다는 것이었다. 조조가 물었다.

"누가 장비를 대적해 보겠는가?"

허저가 나섰다.

"제가 가겠습니다!"

조조는 허저에게 정예 군사 1천 명을 거느리고 양평관으로 통하는 길로 가서 군량과 말먹이 풀을 호송해 오게 했다. 군량 운반을 맡은 관원이 허저를 맞이하고 기뻐했다.

"장군께서 오시지 않았다면 이 군량은 양평관까지 도착할 수 없었을 것입니다."

그러고는 수레 위에 두었던 술과 고기를 허저에게 바쳤다. 허저는 권하는 대로 실컷 마시는 바람에 자신도 모르게 잔뜩 취했다. 취흥이 오른 허저는 식량 수레를 재촉하여 앞으로 나아갔다. 식량 호송관이 만류했다.

"벌써 날이 저물었고 앞의 포주 땅은 산세가 험악하여 지나갈 수가 없습니다."

허저는 고집을 부렸다.

"나는 만 명의 군사를 대적할 용기가 있거늘 어찌 다른 사람을 두려워한단 말인가? 오늘 밤은 달빛도 비춰 주니 식량 수레를 몰고 가기엔 안성맞춤일세."

허저는 칼을 빗겨 들고 앞장서서 말을 놓아 군사를 이끌고 전진했다. 2경이 지났을 때 포주로 가는 길로 들어섰다. 길을 반쯤 갔을 때였다. 갑자기 산골짝 우묵한 곳에서 북소리, 나팔 소리가 울려 퍼지더니 한 갈래의 군사가 길을 막았다. 앞장선 대장은 바로 장비였다.

장비는 장팔사모를 꼬나들고 말을 달려 곧바로 허저를 덮쳤다. 허저도 칼을 휘두르며 마주 나왔다. 그러나 취했기 때문에 장비를 당해낼 수가 없었다. 싸움이 붙은 지 몇 합이 되지 않아 장비가 내지른 창에 어깻죽지를 찔린 그는 몸을 뒤집으며 말에서 굴러 떨어졌다. 군사들이 황급히 그를 구해 일으키고선 뒤로 물러서서 달아났다. 장비는 식량과 풀을 실은 수레를 모조리 탈취하여 돌아갔다.

한편 장수들이 허저를 보호하며 돌아가서 조조에게 보였다. 조조는 의사를 시켜 허저의 상처를 치료하게 하는 한편 친히 군사를 일으켜 촉군과 결전을 벌이러 나왔다. 현덕도 군사를 이끌고 마주 나왔다. 양편이 마주보며 둥그렇게 진을 치고 나자 현덕이 유봉을 출전시켰다. 조조가 욕설을 퍼부었다.

"짚신이나 삼아 팔던 같잖은 녀석이 걸핏하면 가짜 아들을 내보내 적을 막게 하는구나! 내 황수아黃鬚兒(둘째 아들 조창曹彰의 별명. 수염이 누렇다)를 불러오면 너의 가짜 아들놈 따위는 어육이 되고 말 것이다!"

머리꼭지까지 화가 난 유봉이 창을 꼬나들고 질풍같이 말을 몰아 곧바로 조조에게 달려들었다. 조조가 서황에게 마주 나가 싸우게 하자 유봉은 거짓 패해서 달아났다. 조조는 군사를 이끌고 그 뒤를 쫓았다. 그때 촉군의 영채 안에서 사방으로 포 소리가 일어나고 북과 나팔 소리가 일제히 울렸다. 조조는 복병이 있을까 두려워서 급히 군사를 물렸다. 조조의 군사들은 자기네끼리 서로 밟고 밟혀서 부지기수로 죽어 자빠졌다. 한달음에 양평관까지 돌아와서야 겨우 한숨을 돌리는데 촉병들이 어느새 성 아래까지 쫓아왔다. 촉병은 동문에서는 불을 놓고 서문에서는 고함을 지르며 남문에서는 불을 지르고 북문에서는 북을 두들겨 댔다. 더럭 겁이 난 조조는 관을 버리고 달아났다. 촉병이 그대로 뒤를 몰아쳤다.

조조가 한창 도망을 치고 있는데 앞에서 장비가 한 갈래의 군사를 이끌고 길을 끊는가 하면 조운도 한 갈래의 군사를 이끌고 뒤를 치며, 황충 또한 군사를 이끌고 포주 쪽으로부터 쳐들어 왔다. 조조는 크게 패하고 말았다. 여러 장수들이 조조를 보호하여 길을 앗아 달아났다. 겨우 야곡 입구에 이르렀을 때 앞쪽에서 흙먼지가 자욱하게 일어나며 한 떼의 군사가 달려왔다. 조조가 소리쳤다.

"저 군사가 복병이라면 나는 끝장이다!"

그러나 군사가 가까이 이르고 보니 군사를 거느린 장수는 바로 조조의 둘째 아들 조창이었다. 조창은 자가 자문子文으로 어릴 적부터 말 타기와 활쏘기에 능했다. 특히 팔 힘이 남달리 강하여 맨주먹으로 맹수를 때려잡을 정도였다. 조조가 일찍이 훈계한 적이 있었다.

"너는 글은 읽지 않고 활쏘기와 말 타기만 좋아하니 이는 한낱 필부의 용맹일 뿐이다. 귀할 게 무엇이겠느냐?"

조창은 늠름하게 대답했다.

"사내대장부라면 마땅히 위청衛靑이나 곽거병霍去病*을 본받아 사막에서 공을 세우며 수십만의 무리를 이끌고 천하를 종횡하며 달릴 일이지 어찌 박사博士(유가의 경전을 가르치는 벼슬) 노릇이나 하고 있겠습니까?"

조조가 일찍이 여러 아들들의 뜻은 물은 적이 있었다. 그때 조창은 이렇게 대답했다.

"장수가 되는 게 좋겠습니다."

---

*위청과 곽거병 | 무제武帝 때의 명장들. 위청은 일곱 번, 곽거병은 여섯 번 흉노를 쳐서 큰 공을 세웠다.

"장수가 되면 어떻게 해야 하느냐?"

조창이 대답했다.

"튼튼한 갑옷을 걸치고 날카로운 무기를 들고 난리에 임해서는 몸을 사리지 않고 군사들보다 앞장서 나갈 것이며, 공이 있으면 상을 주고 죄가 있으면 벌을 주어 상벌을 반드시 미덥게 해야 합니다."

이 말을 듣고 조조는 크게 웃었다. 건안 23년(218년)에 대군代郡의 오환烏桓이 반란을 일으키자 조조는 조창에게 군사 5만 명을 주고 가서 토벌하게 했다. 떠날 때 조조가 훈계했다.

"집에 있을 때는 아비와 자식이지만 일단 일을 맡으면 임금과 신하가 되느니라. 법은 사사로운 정을 돌보지 않는 것이니 너는 깊이 경계해야 하느니라."

조창은 대군 북쪽에 이르러 솔선하여 진두에서 싸우며 곧장 상건桑乾까지 쳐들어가 북방을 모두 평정했다. 그러다가 조조가 양평관에서 패했다는 소식을 듣고 이렇게 싸움을 도우러 온 길이었다. 조조는 조창이 온 것을 보고 크게 기뻐했다.

"나의 노란 수염 아들이 왔으니 틀림없이 유비를 깨뜨릴 것이다!"

조조는 즉시 군사를 되돌려 야곡 어귀에 영채를 세웠다. 어떤 사람이 조창이 당도한 사실을 현덕에게 보고했다. 현덕이 장수들에게 물었다.

"누가 조창과 싸우러 가겠는가?"

유봉이 나섰다.

"제가 가겠습니다."

맹달 또한 가겠다고 말했다. 현덕이 허락했다.

"그대들 두 사람이 함께 가겠다니 누가 공을 세우는지 두고 보겠다.”

두 사람은 각기 군사 5천 명씩을 거느리고 적군과 마주하여 나가는데 유봉이 앞서고 맹달은 뒤를 따랐다. 조창이 말을 달려 나와 유봉과 싸우는데 겨우 3합 만에 유봉이 크게 패해서 돌아왔다. 이번에는 맹달이 군사를 이끌고 나가서 막 조창과 어울려 싸우려 할 때였다. 문득 조조의 군중이 크게 어지러워졌다.

마침 마초와 오란이 거느린 두 갈래 군사가 쳐들어오는 바람에 조조의 군사들이 놀라서 소동을 일으킨 것이었다. 맹달이 군사를 거느리고 얼른 협공했다. 마초의 군사들은 오랫동안 예기를 길러 온 터라 여기에 이르러 무예를 뽐내고 위엄을 떨치니 그 형세를 도저히 당할 길이 없었다. 조조의 군사는 패해서 달아났다. 이때 조창은 마침 오란과 맞닥뜨렸다. 두 사람이 서로 맞붙은 지 몇 합이 못 되어 조창이 한 창에 오란을 찔러 말 아래로 거꾸러뜨렸다. 삼군이 혼전을 벌였다. 조조는 군사를 거두어 야곡 어귀에 주둔했다.

조조가 그곳에 주둔하고 여러 날이 흘렀다. 앞으로 전진하려니 마초가 버티며 지키고 있고 군사를 거두어 돌아가자니 촉군의 비웃음을 살까 두려워 머뭇거리며 결단을 내리지 못하고 있었다. 때마침 요리사가 닭백숙을 올렸다. 조조는 그릇에 담긴 닭갈비를 보고 느끼는 바가 있었다. 한창 생각에 잠겨 있는데 하후돈이 군막으로 들어와 야간에 사용할 암호를 정해 달라고 했다. 조조는 입에서 나오는 대로 중얼거렸다.

“계륵鷄肋(닭갈비)이야. 계륵!”

하후돈이 관원들에게 명을 전하여 이날 밤에는 모두가 ‘계륵’이라고 암호를 불렀다. 행군주부 양수는 암호가 ‘계륵’이라는 말을 듣고는 즉시 수하의 군졸들에게 짐을 수습하여 돌아갈 채비를 하게 했다.
누군가 양수의 행동을 하후돈에게 알렸다. 깜짝 놀란 하후돈은 양수
를 군막으로 불러다 물었다.

"공은 어찌하여 행장을 수습하시오?"

양수가 대답했다.

"오늘밤 암호를 보면 위왕께선 며칠 안으로 군사를 물려 돌아갈
걸 알 수 있습니다. 닭갈비란 먹자니 별 맛이 없고 그렇다고 버리기
엔 아까운 것이지요. 지금 우리 군사는 나아가도 이길 수 없고 물러
서면 남의 비웃음을 살까 두려운 형편입니다. 하지만 여기 버티
고 있어 봤자 이로울 게 없으니 차라리 일찌감치 돌아가는
게 낫지요. 위왕께서는 내일이면 반드시 군사를 물
릴 것입니다. 저는 떠날 때 허둥대지 않으려고
미리 행장을 수습하는 것이지요."

하후돈은 감탄했다.

"공은 참으로 위왕이 폐부를 꿰뚫어 보고 있
구려!"

하후돈 역시 행장을 수습했다. 이리하여 영채
안의 장수들은 모두가 돌아갈 채비를 하게 되었
다. 이날 밤 조조는 마음이 산란해서 잠
을 이루지 못하여 강철 도끼를 들고
영채를 돌아보고 있었다. 하후돈의
영채를 살펴보니 군사들이 제각기 짐
을 꾸리며 돌아갈 준비를 하고 있는 게 아닌
가? 깜짝 놀란 조조는 서둘러 막사로

돌아와서 하후돈을 불러 그 까닭을 물었다. 하후돈이 대답했다.

"주부 양덕조德祖(양수의 자)가 대왕께 돌아가실 뜻이 있음을 미리 알고 있었습니다."

조조가 양수를 불러 물으니 양수가 '계륵'의 뜻을 풀어 대답했다. 조조는 머리꼭지까지 화가 치밀었다.

"네 어찌 감히 쓸데없는 말을 지어내어 군심을 어지럽힌단 말이냐?"

조조는 즉시 도부수들을 호령하여 양수를 끌어내 목을 치게 했다. 그리고 그 수급을 원문 밖에 내걸어 뭇사람들이 보게 했다.

원래 양수는 자기 재주를 믿고 거침없이 행동하여 여러 차례 조조의 비위를 거슬렀다. 언젠가 조조가 화원花園을 하나 만들었다. 화원이 완성되자 조조가 가서 보고 좋다 나쁘다 말도 없이 그저 붓을 들어 문 위에 '활活' 자 한 자만을 적어 놓고 갔다. 아무도 그 뜻을 알아채지 못했는데 양수가 말했다.

"'문門' 안에 '활活' 자를 넣으면 넓을 '활闊' 자가 되지요. 승상께서는 화원의 문이 너무 넓은 게 마음에 안 드신 것이오."

그래서 담을 다시 쌓고 문을 고친 다음 조조를 청해서 보게 했다. 조조가 대단히 기뻐하며 물었다.

"누가 내 뜻을 알았는고?"

좌우의 측근들이 대답했다.

"양수입니다."

조조는 입으로는 칭찬을 했지만 속으로는 그를 몹시 꺼렸다. 또 하루는 북쪽 변방에서 수酥(치즈나 크림 종류) 한 상자를 보내왔다. 조조가 뚜껑에 손수 '일합 수一盒酥' 석 자를 적어서 상에 놓아두었다. 양수가 들어와 이것을 보고 숟가락을 가져와 여러 사람과 나누어 먹었다. 조조가 까닭을 묻자 양수가 대답했다.

"뚜껑에 '한 사람이 한 입씩 수를 먹으라—人—口酥'고 적어 놓으셨는데 어찌 승상의 명을 어기겠습니까?"

조조는 비록 기쁜 얼굴로 웃어넘겼지만 속으로는 그를 미워했다.

조조는 남이 자기를 해치지나 않을까 두려워 늘 좌우의 측근들에게 일러두었다.

"나는 꿈에 곧잘 사람을 죽이곤 하니 내가 잘 때는 절대로 가까이 오지 말라."

어느 날 조조가 휘장 안에서 낮잠을 자는데 덮고 자던 이불이 땅바닥에 떨어졌다. 이것을 본 한 근시가 황급히 이불을 집어서 다시 덮어 주었다. 그러자 조조가 자리에서 벌떡 일어나 검을 뽑아 그를 베고 다시 침상 위로 올라가 잠이 들었다. 반나절이 지나서야 일어난 조조는 짐짓 놀란 척하며 물었다.

"누가 내 근시를 죽였느냐?"

여러 사람이 사실대로 대답하자 조조는 통곡하며 후히 장사지내주게 했다. 사람들은 모두 조조가 과연 꿈속에서 사람을 죽인 것이라 여겼지만 양수만은 그 뜻을 알고 그 사람을 장사지낼 때 손가락질하며 탄식했다.

"승상께서 꿈을 꾸셨던 게 아니라 그대가 꿈을 꾸었던 것일세!"

이 말을 전해 듣고 조조는 그를 더욱 미워하게 되었다.

조조의 셋째 아들 조식은 양수의 재주를 사랑해서 종종 양수를 청해 담론하며 밤이 새도록 그칠 줄을 몰랐다. 조조가 조식을 세자로 세우려고 여러 사람에게 의논했다. 조비가 이 일을 알고 비밀리에 조

曹操夢中好殺人

左貞福図

하우직 그림

1780

가朝歌의 현장인 오질吳質을 부중으로 청해 대책을 상의하려고 했다. 그러나 다른 사람이 알까 겁이 나서 커다란 둥근 대광주리 속에 오질을 숨기고는 비단이 들었다고 둘러대고 부중으로 들여왔다. 그런데 양수가 이 일을 알아내고 곧바로 조조에게 고해 바쳤다. 조조가 조비의 부중으로 사람을 보내 살피게 했다. 당황한 조비가 오질에게 알리자 오질이 대답했다.

"걱정하실 것 없습니다. 내일 큰 광주리에 진짜 비단을 담아 들여와서 속이십시오."

조비는 그 말대로 큰 광주리에 비단을 담아서 실어 들였다. 조조의 사자가 광주리를 뒤져보니 과연 비단이 들어 있었으므로 자신이 본 대로 조조에게 보고했다. 이 말을 들은 조조는 양수가 조비를 해치려고 헐뜯는 것이라 의심하고 더욱 그를 미워하게 되었다.

조조는 조비와 조식의 재간을 시험해 보고 싶었다. 그래서 하루는 두 사람을 업성 문밖에 나가라고 하고 문지기들에게는 아들들을 내보내지 말라고 분부했다. 조비가 먼저 성문에 이르렀다. 문지기가 앞을 막자 조비는 하는 수 없이 그대로 물러나 돌아왔다. 조식이 이 말을 듣고 양수에게 대책을 물으니 양수가 가르쳐 주었다.

"왕명을 받들고 나가시는 길이니 앞을 막는 자는 가차 없이 목을 자르면 되오리다."

조식은 그 말을 옳게 여겼다. 성문에 이르자 문지기가 앞을 가로막았다. 조식은 그들을 꾸짖었다.

"내가 왕명을 받들었거늘 뉘 감히 내 앞을 막는단 말이냐?"

조식은 즉시 문지기의 목을 쳐 버렸다. 이리하여 조조는 조식이 유능하다고 여겼다. 그런데 뒤에 어떤 사람이 조조에게 고해 바쳤다.

"이는 양수가 가르쳐 준 것입니다."

조조는 크게 노했고 이로 인하여 조식마저 좋아하지 않게 되었다.

양수는 또 조식을 위해 조조의 질문을 예상하여 답안 10여 조목을 만들어 주었다. 조조가 묻기만 하면 조식은 그 조목에 맞추어 답변을 했다. 조조는 군사 일이나 나라 일을 물을 때마다 조식이 물 흐르듯 거침없이 대답하는 걸 보고 은근히 의심스러웠다. 후에 조비가 조식의 측근들을 매수하여 양수가 만들어 준 답안을 훔쳐다가 조조에게 바쳤다. 그 내용을 본 조조는 크게 노했다.

"하찮은 놈이 어찌 감히 나를 속인단 말이냐!"

이때 이미 조조는 양수를 죽일 생각이었는데 지금 군심을 어지럽혔다는 죄명으로 그를 죽인 것이다. 죽을 때 양수의 나이는 34세였다. 후세 사람이 지은 시가 있다.

총명하고 뛰어난 재주꾼 양덕조는 /
대대로 고관 지낸 명문의 후예라네. //
붓을 들면 용이 내달리는 듯하고 /
흉중의 문체는 비단처럼 화려했네.

입만 떼면 재담으로 좌중이 놀라고 /
기발한 응구첩대 영재 중 으뜸일세. //
재주를 잘못 부려 죽어간 것이지 /
철군하려던 일과는 관련이 없다네.
聰明楊德祖, 世代繼簪纓. 筆下龍蛇走, 胸中錦繡成.
開談驚四座, 捷對冠群英. 身死因才誤, 非關欲退兵.

조조는 양수를 죽이고 나서 일부러 화를 내며 하후돈의 목도 자르려고 했다. 여러 관원들이 용서해 달라고 빌었다. 그제야 조조는 하후돈을 꾸짖어 물리치고 진군 명령을 내렸다. 이튿날이었다. 조조의 군사가 야곡 어귀로 나가자 앞쪽에서 한 부대의 군사가 맞이했다. 앞장 선 장수는 위연이었다. 조조가 위연에게 항복을 권유하자 위연이 큰소리로 욕을 퍼부었다. 조조는 방덕에게 출전 명령을 내렸다. 두 장수가 한창 싸우고 있을 때 조조의 영채 안에서 불길이 일어났다. 마초가 중앙과 뒤쪽의 두 영채를 습격한다는 보고였다. 조조는 검을 뽑아 들고 호령했다.

　　"장수들 중 뒤로 물러서는 자가 있으면 목을 치겠다!"

　　모든 장수들이 힘을 다하여 전진했다. 위연은 짐짓 패한 척하며 달아났다. 조조는 그제야 군사를 몰아 되돌아서서 마초와 싸우게 하고 자신은 높은 언덕에 말을 세운 채 양편 군사들이 싸우는 광경을 구경했다. 이때 한 떼의 군마가 앞쪽에서 들이닥치며 크게 외쳤다.

　　"위연이 여기 있다!"

　　위연은 활에 살을 메겨 그대로 조조를 쏘았다. 조조는 몸을 뒤집으며 말에서 굴러 떨어졌다. 위연은 활을 내던지고 칼을 들고 질풍같이 말을 몰아 조조를 죽이려고 산비탈로 치달아 올랐다. 그때 옆에서 한 장수가 번개같이 뛰어들며 고함을 질렀다.

"우리 주공을 해치지 말라!"

위연이 보니 방덕이었다. 방덕은 기운을 떨쳐 전진하여 위연을 물리치고 조조를 보호해서 앞으로 나아갔다. 이때 마초는 이미 물러간 뒤였다. 조조는 상처를 입고 영채로 돌아왔다. 위연이 쏜 화살에 인중人中을 맞아 앞니가 두 개나 부러졌던 것이다. 급히 의원을 불러 치료하게 했다. 조조는 그제야 양수의 말을 떠올리고 그의 시체를 수습하여 돌아가면 후히 장사지내 주라고 하고 회군 명령을 내렸다. 방덕에게는 뒤를 끊게 했다. 조조는 짐승 털로 짠 담요를 둘러친 수레 안에 누워 좌우로 호분군虎賁軍의 호위를 받으며 나아갔다. 그런데 갑자기 야곡의 산 위 양쪽에서 불길이 일어나며 복병이 쫓아온다는 보고가 들어왔다. 조조의 군사들은 하나같이 놀라며 두려워했다. 이야말로 다음 대구와 같다.

예전 동관에서 당한 곤경과도 비슷하고 /
당시 적벽에서 받은 위험과도 흡사하네.
依稀昔日潼關厄 彷佛當年赤壁危

조조의 목숨은 어떻게 될 것인가, 다음 회를 보라.

三國志

부록

● 정세도 ● 삼국지 지명 일람

190년 후한 말기의 군웅할거

189년 동탁이 낙양에서 헌제를 옹립한 후 한 왕실의 권위가 땅에 떨어진다.
조조에 의해 각지의 제후들이 동탁을 타도하려고 연합군을 결성한다.

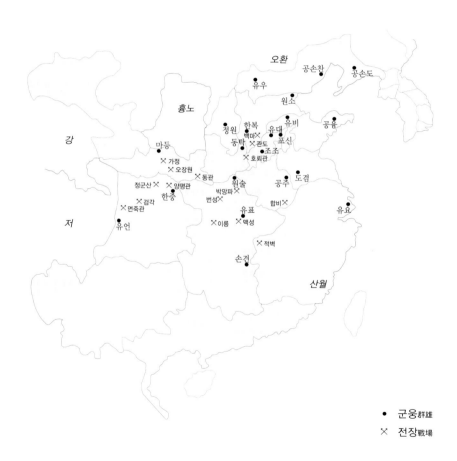

● 군웅群雄
✕ 전장戰場